केशवप्रसाद मिश्र

केशवप्रसाद मिश्र का जन्म 26 जुलाई, 1926 को ग्राम–बलिहार, जिला–बलिया, उत्तर प्रदेश में हुआ। उन्होंने प्रयाग विश्वविद्यालय, इलाहाबाद से अर्थशास्त्र में एम.ए. किया। 1986 में ए.जी.यू.पी., इलाहाबाद से ऑडिटर पद से सेवा-निवृत्त हुए।

उनकी प्रकाशित पुस्तकें हैं—'कोहबर की शर्त' (इसी उपन्यास पर 'नदिया के पार' व 'हम आपके हैं कौन' नामक फ़िल्मों का फ़िल्मीकरण राजश्री प्रोडक्शन्स द्वारा हुआ है), 'देहरी के आर-पार', 'काली दीवार', 'महुआ और साँप', 'गंगा जल', 'क्या रोशनी मौत है', 'उस रात के बाद' (उपन्यास); 'समुहुत', 'कोयला भई न राख (कहानी-संग्रह)। लगभग 350 कहानियाँ प्रकाशित।

निधन : 22 अक्टूबर, 1989

कोहबर की शर्त

केशव प्रसाद मिश्र

राजकमल पेपरबैक्स

पहला पुस्तकालय संस्करण
राजकमल प्रकाशन प्राइवेट लिमिटेड द्वारा
1965 में प्रकाशित

राजकमल पेपरबैक्स में
पहला संस्करण : 1986
बारहवाँ संस्करण : अगस्त, 2025

राजकमल पेपरबैक्स : उत्कृष्ट साहित्य के जनसुलभ संस्करण

राजकमल प्रकाशन प्रा.लि.
1-बी, नेताजी सुभाष मार्ग, दरियागंज
नई दिल्ली-110 002
द्वारा प्रकाशित

शाखाएँ : अशोक राजपथ, साइंस कॉलेज के सामने, पटना-800 006
पहली मंजिल, दरबारी बिल्डिंग, महात्मा गांधी मार्ग, प्रयागराज-211 001
1, अनमोल सोराबजी सन्तुक लेन, धोबी तलाव, मरीन लाइंस, मुम्बई-400 002

वेबसाइट : www.rajkamalprakashan.com
ई-मेल : info@rajkamalprakashan.com

बी.के. ऑफसेट
नवीन शाहदरा, दिल्ली-110 032
द्वारा मुद्रित

मूल्य : ₹250

KOHBAR KI SHART
Novel by Keshav Prasad Mishra

ISBN : 978-81-267-1422-3

उत्तर प्रदेश में, बलिया से पूरब, तीसरा स्टेशन रेवती उतरकर चलने पर, लगभग तीन मील पूरब और दक्षिण के कोने पर एक गाँव है बलिहार। चारों ओर पाँच-सात गाँवों से घिरा हुआ। इन गाँवों को उत्तर और पूरब से वृत्ताकार घेरती हुई रेल की पटरियाँ बिहार राज्य में प्रवेश कर गई हैं। पश्चिम-दक्षिण में गंगा-सरजू की जल-धाराएँ हैं। दोआब में बसे हुए ये दो गाँव—बलिहार और चौबेछपरा—ही इस उपन्यास की कथा-भूमि हैं।

—केशव प्रसाद मिश्र

मझले चाचा को—
जिनकी गोद में कथाएँ सुनते-सुनते
सो जाता था।
बहन गुंजा को,
जिसके केवल नाम का मैंने यहाँ
उपयोग किया है।
और, गाँव के उन सबको,
जो किसी भी रूप में इस कथा में
आए हैं।

खंड : 1

एक

कचहरी से काका को चार बजे फुरसत मिली। तीन बजे मुक़दमे की पेशी हुई, चार बजे तक बहस। बाहर निकलते ही वकील से विदा माँगी और गाड़ी पकड़ने स्टेशन की ओर लपके। स्टेशन पहुँचते-पहुँचते पसीने से नहा गए। पूरब वाली पाँच-बज्जी प्लेटफ़ॉर्म पर खड़ी थी। बैठने को जगह खोजने लगे। रोज़ की तरह, साँझ को घर लौटनेवाले मुक़दमेबाज़ और बिना टिकट चलनेवाले स्कूली लड़कों से, बलिया से पूरब जानेवाली यह गाड़ी खचाखच भर गई थी। सारी भीड़ पाँच स्टेशनों तक की थी। पहले स्टेशन बाँसडीह पर ही भरभराकर भीड़ उतर जाती है, लेकिन काका को तीन स्टेशन रेवती तक जाना था। पूरी गाड़ी के दो चक्कर लगाने के बाद, बड़ी कठिनाई से एक डिब्बे में खड़े होने को जगह मिली। जगह तो मिली, लेकिन गरमी के मारे खड़ा रहना भी कठिन लगने लगा। अँगोछे से हवा करते हुए चुपचाप बाहर देखते रहे।

गाड़ी चली तब जान-में-जान आई। बाँसडीह के बाद सहंतवार, फिर रेवती आया। काका उतरे तो दिन डूबने में अभी डेढ़ घंटे की देर थी।

स्टेशन से बाहर निकलते ही, पूरब-दक्खिन के कोन पर, गढ़-सा बसा हुआ गाँव बलिहार दिखाई देने लगता है। धरती तो दो ही कोस की है, लेकिन चलाती बहुत है। स्टेशन से चौबेछपरा के बीच का चौड़ा सपाट ताल जल्दी कटता ही नहीं। आजकल तो रामपुर के सामने भरी हुई नदी सोना पार करनी पड़ती है, अगर नाव न मिली तो देह के सारे कपड़े सिर में लपेट तैरना पड़ता है। अँजोर रहते अगर पहुँच गए तब भी गनीमत रहती है, नहीं तो सँझलौके में इस उफनती हुई नदी को देखकर हिम्मत छूट जाती है। भादों की साँझ का कौन ठिकाना! बादल उमड़े, तो पहले ही घटा घिर आई। फिर काका को रात में रतौंधी होती थी। प्लेटफ़ॉर्म पर उतरकर, एड़ी के बल उचक-उचककर काका ने उतरे हुए लोगों को ध्यान से देखा। लेकिन जब गाँव का कोई न दिखा तो बाहर निकलने के लिए बाहर फुरती से फाटक की ओर बढ़े।

स्टेशन की सीमा के बाहर, ढलान के नीचे, महाजन की दुकान के पास पहुँचे तो उसने टोका, "इधर कहाँ, तिवारीजी?"

काका चलते-चलते बोले, "गाँव जा रहा हूँ महाजन, रुकना नहीं होगा। आज अकेले हूँ, इसी से तेज़ी है।"

"राह तो बन्द हो गई है।"

"ऐं!" काका चलते-चलते रुक गए, "क्या कहा?"

"कितने दिनों पर बलिया से लौटे हैं?"

"तीन दिनों पर। गया था सुक को, पेशी हुई आज सोमवार को।"

"तभी तो मालूम नहीं है। पानी तो पोखरे तक चढ़ आया है। देखते नहीं, सारे लोग पटरी के किनारे-किनारे, पुल की ओर छारा* पकड़ने को बढ़ रहे हैं।"

"छारा चलने लगा क्या?"

"खूब, चारों ओर जवार में पानी भर गया, अब भी छारा नहीं निकलेगा! अब तो स्टेशन आना-जाना और भी आसान हो गया। पुल से चार पैसे सवारी, यहाँ बैठकर एकदम गाँव पर उतरना।"

"हमने भी कहा कि लोग पुल की ओर क्यों बढ़ रहे हैं! तीन दिन में सरेह डूब गई तो भगवान जाने आगे क्या हो!" कहकर काका स्टेशन की ओर वापस मुड़े, जहाँ से पटरी के किनारे-किनारे पूरब की ओर बढ़े। पुल पर पहुँचे तो केवल दो छारा बची थीं, जिनमें दस-दस, बारह-बारह लोग बैठे थे। तीन पहले से ही भरकर आगे बढ़ गई थीं।

चौबेपुर, पियरौंटा, रामपुर, अचलगढ़, छेड़ी और अपने गाँव बलिहार के चारों ओर जल-ही-जल दिखाई पड़ता था। दूर तक फैली हुई इस अपार जलराशि को काका देखते ही रह गए। परसों आए थे तो सरेह में भदई लहरा रही थी और आज उसका नाम-निशान तक नहीं। सात-सात फ़ीट ऊँचे जोन्हरी-जनेरा के पौधों की फुनगी तक नहीं दिखाई देती। चारों ओर गंगा का मटमैला उबलता जल हिलोरें मार रहा था। "धन्य हो माता गंगा!" काका ने झुककर किनारे से अँजुरी भर जल ले माथे पर चढ़ाया और डंडे के सहारे एक छारा पर चढ़ गए। छारा को पूरी सवारियाँ मिल गईं तो एक मल्लाह अगली फेंग पर, दूसरा पिछली फेंग पर बैठकर पतवार चलाने लगे। छप्प्-छप्प् करता हुआ छारा मटमैले जल पर बढ़ चला।

"बड़ी आस थी कि युग-युग का संकट अब दूर हुआ।" एक पैर पर दूसरा पैर चढ़ाते हुए काका बोले।

"कैसे तिवारीजी?" सामने बैठे पटवारी शिवबालकलाल ने पूछा।

"बाँध बँध जाने से आस थी कि इस साल पानी नहीं चढ़ेगा।"

---

* एक प्रकार की पतली लम्बी डोंगी।

"हाँ, सरकार ने लाखों रुपए खर्च करके यह बाँध बँधवाया, लेकिन पानी के वेग को भला ऐसा बाँध क्या रोकता! पानी ने धक्का मारा, तेलिया नाला के पास बाँध दरक गया और देखते-देखते सरेहों में लबालब पानी..."

अपार जल पर पतवारों की छप्प्-छप्प् के साथ पानी काटता हुआ छारा आगे बढ़ रहा था। जिधर देखो उधर ही जल। रेवती से आगे गोलाई में घूमी हुई रेलवे लाइन के चारों ओर, जहाँ तक आँखें देख सकती थीं, जल-ही-जल दिखाई पड़ता था। चौरासी की जनेरा-जोन्हरी की कचोह* फ़सलें फुनगियों तक डूब गई थीं। बस, खेतों में जहाँ-तहाँ खड़े बबूल के पेड़ ही दिखाई पड़ते थे।

चौबेछपरा पहले पड़ता था। किनारे से सटकर मल्लाहों ने छारा लगाया। पाँच-सात आदमी उतर गए तो मल्लाहों ने बाकी लोगों को इधर-उधर सरककर बैठने को कहा कि आगे-पीछे और बीच का भार बराबर हो जाए। भार बराबर करके जब छारा आगे बढ़ा तो पितम्बरलाल बोले, "हमको तो पियरौंटा उतारते चलते, भाई।"

"वाह, छारा पर सवारियाँ बैठी हैं दक्खिन के लिए, छारा जाए पश्चिम की ओर!" काका बोल पड़े।

"चुप रहिए आप, मैं मल्लाहों से कहता हूँ।"

"चोप-चोप करोगे तो आकर पानी में उलट दूँगा, मल्लाह जैसे इनके बाप के नौकर हैं!"

"हमने खेवाई नहीं दिया है क्या?"

"खेवाई दिया है रामपुर में उतरने की, वहाँ से पैदल पियरौंटा चले जाइएगा।"

"अगर हम पैदल चलने लायक न हों तब?"

"तब बलिया से तिन-पहियवा संग में ले आए होते!"

मुंशी पितम्बरलाल गुस्से से लाल हो गए, "देख लीजिए आप लोग, कैसी बोली बोल रहे हैं ये बलिहार के तिवारी!"

काका हँसने लगे, "तिन-पहियवा का नाम खराब लगता है तो अलग एक छारा पियरौंटा के लिए किए होते। कौन कहें पैसे की कमी है! क़ानूनगोई में अफ़रात की रक़म तो काटे हो।"

छारा पिंपरा बाबा के पास पहुँच रहा था। नदी में झुकी हुई लम्बी टेढ़ी डाल को पानी छू रहा था। काका के मुँह से अचानक निकल गया, "बाप रे, तीन दिनों में पानी इतना बढ़ गया!"

बलिहार आ गया था। हिसाब से मल्लाहों ने किनारेवाले पीपल के पेड़ की सोरों से छारा सटा दिया। पितम्बरलाल की बग़ल से काका उतरकर बोले, "कहा-सुनी क्षमा करना, मुंशी पितम्बरलाल!" पितम्बरलाल और भी चिढ़ गए। पीपल की सोरों से पतवारों को टेक दे मल्लाह ने छारा का मुँह मोड़ दिया, छारा आगे की ओर बढ़ गया।

---

* हरी-भरी।

ऊपर चन्दन खड़ा था। काका ने टिकरीवाली गमछी उसे पकड़ा दी। आगे-आगे चन्दन, पीछे-पीछे काका अपने घर के लिए चल पड़े।

दो

काका निकसार में ताला डालकर जैसे ही खंड के लिए मुड़े कि सामने से आती हुई नेउर हजाम की औरत दिख गई। वह रुक गए। बड़ी थाली को अँगोछे से तोप, कन्धे पर टिकाए नाउन काका के पास पहुँची तो बोले, "का है ठकुराइन?"

"है का?" ठकुराइन चोन्हा के (नखरे से) बोली।

काका को मौक़ा मिल गया, "आज तो लहरदार टिकुली साट के निकली हो!" काका चुप हो मुसकराने लगे।

लेकिन नाउन भी एक तेज़ थी, भीतर से खुश हो, लेकिन ऊपर से बिगड़कर बोली, "तो का तुम पर साटी हैं?"

काका हँसने लगे, "हम पर एक भी साट लेती, तो हमारी किस्मत बन जाती! बीस साल से टुकुर-टुकुर ताक रहा हूँ, यह तीसी फूल की चुनरी, बाप रे बाप!"

"जैसे तुम्हीं तो खरीद के दिए हो?"

"हम! अरे, एक बार इशारा कर देती, तो तीसी फूल की जगह बनारसी साड़ी होती, ठकुराइन!"

"परगसिया मलाहिन तो बनारसी साड़ी पहन-पहन के मर ही गई!"

"कहाँ परगसिया, कहाँ तुम! राम-राम, तुमने भी किसका नाम लिया?"

"हमारे लिए हमारा भतार है। चालीस के रँडुआ, कुछ तो सरम-हया करो।"

"कौन कहें कि तुम ही बार-बिटिया हो, नाती-पोतों से घर भरा है, सिंगार-पटार देखो, तो जवान पतोहू से भी बढ़-चढ़ के!"

"घर से निकल कै सबका सिंगार-पटार ही निहारते चलते हो! लो अपने घर का बायना!" नाउन तुनककर बोली।

"बार रे बाप! इस उमिरि में भी हाव-भाव जस-का-तस है।"

आगे जवाब देने के लिए नाउन रुकी नहीं। काका के हाथों में बायना पटककर, झेंपती हुई नाउन आगे बढ़ गई। काका खंड चले आए।

लगभग बारह बज रहे थे। आकर कुबेर के खंड में बैठ गए। खंड में लोगों की बातचीत से जाना कि दूबेछपरा के सहुआ की बेटी के ब्याह में नाच और नौटंकी दोनों आई हैं तो मन में गुदगुदी होने लगी। तभी बगल में बैठे बचनवाँ ने काका के कान में चुपके से कह दिया कि नाच देखने के लिए आज रात रघुनाथ की नाव खुलेगी तो उनके मन में हिलोरें उठने लगीं।

लेकिन ठीक-ठीक पता कैसे लगे! काका बेचैन होने लगे। पदुम तो पूछने पर दिल्लगी करने लगता है, आज तक शायद ही किसी बात का सीधा जवाब दिया हो!

काका जानते थे रघुनाथ की नाव खुली तो दल के पदुम, कृपाल, अनिरुद्ध और सुमेसर चारों-के-चारों गोल बाँधेंगे। काका थोड़ी देर तक बैठे रहे। पर रहा न गया, तो बारी, रामकृपाल, अनिरुद्ध और पदुम के खंड में चक्कर काट आए। कृपाल के पेट में दर्द था, पदुम के बैल के सींग टूट गए थे, दूसरे गाँव दवाई बँधवाने जा रहा था। अनिरुद्ध ने कहा कि उसके पैर में मोच आ गई है, सहुआ के घर नौटंकी आए चाहे बॉयस्कोप, कौन देखने जाए!

काका निराश होनेवाले जीव न थे। रघुनाथ की पलानी में पहुँच ही तो गए। पलानी के आगे नीम-तले रघुनाथ के बाप मलिकार बैठे थे। स्पष्ट वक्ता होने के कारण दूसरे के मुँह पर ही बात मार देते थे। पद में काका के बड़े भाई लगते थे, इसीलिए काका उनके सामने जाने में प्राय: कतराते थे। लेकिन नाच देखने की झोंक में वह सब कुछ भूल गए। काका को देखते ही मलिकार बोले, ''किधर से कुलबोरन?''

''सरेह घूम के!'' बिना सोचे-समझे काका ने जवाब दे दिया।

''भादों की बाढ़ में सरेह घूम के कि नाच के चक्कर में निकले हो?''

''हमको तो रतौंधी होती है मलिकार, नाच से हमें क्या मतलब?''

''पचपन का मैं हुआ, लेकिन सँझलौके में भी अभी सूई में डोरा डाल दूँ। और तुमको चालीस में ही रतौंधी होने लगी? वाह रे किरपानिधान! नाच का नाम सुना कि बयाल्ला। आगे नाथ न पीछे पगहा, अब तो छोड़ो धरमावतार, खंड-दुआर पर बैठने की अवस्था हुई, मिजाज नवही से भी बढ़के।''

''क्या देखे हो मलिकार जो ऐसे बोलते हो?''

मलिकार हँसने लगे, ''लँगोटी पहनते थे तब से तुमको देख रहा हूँ। हमीं से पूछते हो कि क्या देखे हो? सोलह साल का भतीजा ओंकार घर में कुँआरा पड़ा है, यह नहीं होता कि घेर-घारकर उसका ब्याह करा दें! आज यहाँ गौनई, कल वहाँ नाच, इससे फुरसत मिले तब तो आगे की चिन्ता हो!''

''दैतेरे की! छन-भर इनके खंड में कोई आया नहीं कि लगे उपदेश छाँटने!'' काका कुछ नाराज होते हुए बोले, ''लो चले तुम्हारे खंड से। कोई पास आया नहीं कि लगे ज़हर उगलने।'' खंड के ऊँचे चबूतरे पर से काका नीचे उतर ही रहे थे कि घर से बैलों का दाना-भूसी लेकर मलिकार के लड़के रघुनाथ आ गए। आँख नीची कर सामने बँधे बैलों को दाना चलाने लगे। दाना देख बैलों की घंटियाँ टुनटुनाईं तो लोटा उठाकर मैदान जाते हुए मलिकार बोले, ''लो, आ गए बबुआजी! बतिया के तय-तपाड़ कर लो, मैं तो काम से चला।''

मलिकार को जाते देख काका रुक गए, लेकिन रघुनाथ भी गुमसुम रहे। बात खुली नहीं तो काका फिर अपने खंड में चुपचाप लौट आए और ओंकार को माल

गोरुओं को जल्दी-जल्दी खिला-पिलाकर चरन से हटा देने की सलाह दी। पितिया होते हुए भी अपने इस स्वभाव के कारण काका अपने भतीजे ओंकार से दबते थे। बैलों की नाँद में भूसा डालते हुए ओंकार ने बोली फेंकी, "आज बड़ी जल्दी मची है काका! कहीं का पाँयत है क्या?"

"जल्दी क्या, बाढ़-बूड़े का दिन, अन्हार होने पर मस-माछी के मारे गोरू खाते नहीं। एक दिन ज़रा जल्दी कह दिया तो पूछता है, कहीं का पाँयत है क्या? हो भी तो मानुष-तन है, जनावर तो नहीं!"

अपने खंड से अनिरुद्ध सब सुन रहा था, वहीं से चिल्लाया, "बड़े भाग मानुष तन पावा, कटे न आज रात भर नौटंकी।"

"अच्छा बरमेसर के बेटा, गँऊझी खेत कोड़ार की मालगुजारी तो बाप ने टिकरी में झोंक दिया, अब पितिया से पिहुरी तुम न करोगे तो करेगा कौन!"

अनिरुद्ध चुप लगा गया। थोड़ी देर के बाद काका ने बँसवार में से खरपतवार बीनकर, गोरुओं पर लगनेवाली मक्खियाँ और मच्छर भगाने के लिए धुआँ कर दिया। उसके बाद घर चले गए और वहाँ से बना-खाकर दीया-बत्ती जलते-जलते रघुनाथ के खंड की ओर बढ़े। फेर में थे कि मलिकार के रहते नाच देखने चलने की बातचीत कैसे होगी। किन्तु पहुँचने पर जाना कि वह साँझ की गाड़ी पकड़ने को स्टेशन चले गए तो उनकी प्रसन्नता का ठिकाना न रहा। भीतर से प्रसन्न, किन्तु ऊपर से चुप। काका रघुनाथ के खंड के आगे नीम-तले पड़ी हुई चौकी पर चुपचाप जा बैठे।

उधर गोल में राय हो रही थी कि काका को आज छोड़ दिया जाए। मलिकार मुक़दमे के लिए बलिया चले गए, अगल-बगल के नवही नाच देखने जाएँगे ही। खंड सूना पड़ जाएगा। रात में कोई अगोरनेवाला भी तो रहना चाहिए।

रघुनाथ घर से खाकर लौटे तो देखा काका जमे हैं। वह कुछ नहीं बोले और बैलों को चरन से हटाकर पलानी में बाँधने लगे।

तभी रघुनाथ के संगी रामकृपाल को काका पहचान तो न सके, लेकिन बोली से चीन्हकर बोले, "कहाँ यारो! आज कहाँ की तैयारी है?"

रामकृपाल कुढ़कर बोला, "काम न धाम, बस दिन-रात नौटंकी! नाच देखने चलना हो तो आज अपनी नाव ले चलो।"

काका चुप रहे।

"बस!" रामकृपाल फिर बोला, "दूसरे के ही कन्धे पर बन्दूक रखकर फैर करना जानते हो! अपनी नाव खोलने को कहा तो बोली बन्द हो गई!"

"साझे की नाव है, बेटा! अबगा की नहीं है कि जब चाहा खोल दिया!"

"साझे की है तो तुम्हारा भी तो हिस्सा है। नाच देखने का मन हो तो आज अपनी डोंगी ले चलो। सब दिन तो रघुनाथ की नाव पर झिलहिर काटते हो, एक रात अपनी ही रहेगी तो क्या कम मज़ा मिलेगा!"

काका फिर भी चुप रहे तो रामकृपाल बोला, "चलना हो तो जल्दी बोलो, नहीं तो हम लोग चलें।"

काका फेर में पड़ गए। बचाव का और कोई उपाय न सूझा तो बोले, "अच्छा जाओ खोल लाओ, लेकिन ओंकार को पता न चले, नहीं तो सबेरे आफ़त कर देगा।"

"खोल क्यों लावें, सब लोग आगे पिपरा बाबा के पास चढ़ जाना।"

रामकृपाल नाव खोलने चला, बाकी लोग पिपरा बाबा की ओर बढ़े। रतौंधी के कारण रात में काका को पूरी तरह दिखता नहीं था, इसलिए पिपरा बाबा के पास क़रीब दस आदमी जुट गए, जिनमें ओंकार भी था।

दूबेछपरा और बलिहार के बीच की दूरी पैदल चलने पर लगभग दो मील की है, पर बाढ़ के दिनों में नाव से आने-जाने के कारण राह सीधी हो जाती है, जिससे दूरी तो कम हो जाती है पर समय अधिक लगता है। बाढ़ के दिनों में बलिहार के चारों ओर तीन-चार कोस में पानी फैल जाता है और इस हद के सारे गाँव के बीच में जैसे नदी के द्वीप बन जाते। सारी फ़सलें पानी में बह जातीं, मवेशी चारा के लिए तड़प जाते, लोगों में त्राहि-त्राहि मच जाती, किन्तु गाँवों के चारों ओर बाढ़ का ठहरा हुआ जल महीने-डेढ़ महीने तक लोगों को नाव में विहार करने का एक अद्‌भुत सुख देता था। दिन में लोग छोटी-छोटी डोंगियों में इधर-उधर आते-जाते, क्योंकि आने-जाने का साधन सिर्फ़ ये डोंगियाँ ही रह जातीं। किन्तु इस फैले जल पर डोंगियों में रात में घूमने का सुख झिलहिर, बाढ़ की और परेशानियाँ कम-से-कम रात-भर के लिए तो भुला ही देता। चाँदनी रात में, छोटी-छोटी डोंगियों में ढोलक और हारमोनियम के साथ, गाँव के नौजवानों का दल जब झिलहिर को निकलता तो दृश्य देखते ही बनता!

रात के लगभग आठ बजे नाच देखनेवालों से भरी हुई बलिहार की डोंगी, दूबेछपरा की ओर बढ़ी। पारी-पारी सभी डोंगी खेते जा रहे थे।

मील-भर पहले से ही, बरात के बड़े तम्बू में जलते हुए दर्जनों पेट्रोमेक्सों की रोशनी, डोंगियों में भरे हुए नचदेखउओं के मन में अपार उत्सुकता भर रही थी। पास पहुँचे तो देखा, दो बड़े-बड़े तम्बू नचदेखउओं से खचाखच भरे थे। नाव पास की बँसवारी में बाँध दी गई। जिसको जहाँ जगह मिली, भीड़ में बैठ गया; लेकिन रघुनाथ काका के साथ बैठे। पैर तले डंडा दबाकर काका बैठे, पीछे रघुनाथ। सामने, मंच पर का परदा अभी उठा नहीं था, इसलिए लोगों में कुछ बेचैनी-सी थी। सहुआ की बेटी की बरात में तीन चीज़—नौटंकी, नाच और ठेटर, रात-भर की मौज। ऐसा मौक़ा जवार में कहाँ मिलता है!

एकाएक पटाखा छूटा और धड़ाके की आवाज के साथ सामने का परदा उठा। नौटंकी शुरू हुई, ठाकुर की जवान बेटी ब्राह्मण के लड़के के साथ भागने की ज़िद कर रही थी। लड़का बार-बार इनकार कर रहा था। अन्त में जब लड़की ने कोई और उपाय नहीं देखा, तो कहने लगी कि यदि वह उसे भगाकर नहीं ले जाएगा तो हल्ला

मचाकर वह अपने घरवालों को बुलाकर उसकी दुर्गति करा देगी। सामने मंच पर ब्राह्मण का लड़का पसोपेश में पड़ा हुआ था, लड़की अपने भयंकर रूप में खड़ी हुई लड़के के उत्तर की प्रतीक्षा कर रही थी।

"काका!" रघुनाथ पीछे से बोले।

"का है रे?"

"देख रहे हो कि नहीं?"

"देख रहा हूँ बेटा, कैसा कलिकाल लगा है, धरम का नास हो गया है। वाह रे तिरिआ-चरित्तर!"

मंच पर लड़का ठाकुर की बेटी को पद्य में उतर देने लगा। काका दोनों हथेलियों से अपनी आँखों को बगल से घेरकर नौटंकी देखने में जुटे। लगभग दो घंटे के बाद रघुनाथ चुपके से उठे और डोंगी को हटाकर दूसरी बँसवारी में बाँधकर फिर अपनी जगह पर आकर बैठ गए। काका नाच देखने में वैसे ही तन्मय थे। थोड़ी देर के बाद काका की देह में नीचे से रह-रहकर रघुनाथ चिकोटी काटने लगे। दो-तीन बार तो काका ने समझा कि नीचे से कोई चीज़ गड़ रही है, इसलिए हाथ से आगे-पीछे की देह नीचे से झाड़ दी। थोड़ी देर बाद रघुनाथ ने फिर चिकोटी काटी तो इस बार कुछ क्रोध में घूमकर काका ने पीछे की ओर देखा। रघुनाथ ने पूछा, "क्या है?"

"मालूम नहीं, पीछे से कोई खोद रहा है।"

"लोग नाच देखने आए हैं कि तुमको खोदने? जहाँ जाते हो, वहीं खड़मंडल डाल देते हो। चुपचाप अपनी जगह पर बैठो।"

काका फिर मंच की ओर देखने लगे। रघुनाथ ने फिर वही हरकत की।

काका ने आव देखा न ताव, पैर के नीचे दबाया हुआ अपना डंडा निकाला और बिजली की तरह घूमकर अपने पीछे के लोगों पर दो-एक बार बरसा दिया। किसी के कन्धे, किसी की कनपटी, किसी के सिर पर चोट लगी; क्रोध में लोग एकाएक खड़े हो गए। गाली-गलौज और 'बैठो-बैठो' की आवाजें आने लगीं। कौन बैठता है! तम्बू में हुड़दंग मच गया। रघुनाथ ने काका की बाँह पकड़ी और फुरती से तम्बू के बाहर खींच लाए। पीछे बैठे हुए लोग आगे के खड़े हुए लोगों से बैठ जाने के लिए चिल्लाने लगे। झगड़ा दूसरे-दूसरे लोगों में बढ़ने लगा। नाटक बन्द हो गया।

दस-पन्द्रह मिनट बाद लोग अपनी-अपनी जगह पर बैठ गए। रात के लगभग दो बज रहे थे। किन्तु ललचायी आँखों से काका मुड़-मुड़कर तम्बुओं की ओर देख रहे थे। रघुनाथ उन्हें गाँव चलने को विवश कर रहे थे। रहा न गया तो काका बोले, "थोड़ी देर और देखा जाए, यार!"

"रात-भर नाच देखो, उधर नाव कोई खोल ले गया तो माला जपोगे।" और काका की बाँह पकड़कर बँसवारी की ओर खींचते हुए रघुनाथ बोले, "चलो, झटपट निकला जाए, नहीं तो गाँव के लोग डोंगी पर लद जाएँगे।" बेबसी में काका वापस चले। नाव

पर आए हुए बाकी लोग अपनी जगह से ही काका और रघुनाथ को ताड़ रहे थे। नाव की ओर इन्हें बढ़ते देखा तो तम्बू में से उठकर वे लोग भी पीछे-पीछे चले।

पहली बार जहाँ नाव बँधी थी, वहाँ पहुँचने पर नाव नहीं मिली तो काका के प्राण सूख गए, "नाव कहाँ है रे?"

"जाओ खूब नाच देखो!" रघुनाथ ने ताना मारा।

"आख़िर गई कहाँ, यहीं तो बाँधकर हम लोग गए थे? ढूँढ़ो यारो, ढूँढ़ो; कोई सुई-डोरा है जो नहीं मिलेगा! देखो, रस्सी टूटकर अगल-बगल बह तो नहीं रही है।"

रघुनाथ कृत्रिम ढंग से बिगड़े, "तुम्हारी चार आँखें हैं तो ढूँढ़ो।"

काका को पसीना छूटने लगा, डर के मारे काँपते हुए बोले, "अब क्या होगा, रघुनाथ?"

"रघुनाथ क्या बतावें, अकेले वही तो चढ़ के आए नहीं थे। और लोगों से क्यों नहीं कहते हो?"

चार-पाँच मिनट वैसे ही खड़े रहने पर काका सिर पकड़कर बैठ गए। गोल के बाकी लोग अँगोछे से मुँह तोपकर हँस रहे थे।

"नाव अगर न मिली तो सुन लो रघुनाथ, गले में अँगोछा कस के प्रान दे दूँगा।"

"नाच देखने तुम आए, प्राण दोगे रघुनाथ पर!"

"नाव न मिली तो क्या होगा!" बगल में खड़े बिहारी ने बात कसी।

रघुनाथ ने बिहारी को इशारा किया और बिहारी बगल की बँसवारी में बँधी नाव थोड़ी देर में खोल लाया। आते ही काका से बोला, "बाप-रे-बाप! न जाने कितनी दूर नाव बह गई थी। लो नाव, चढ़ाते समय तो नाकुर-नुकुर करते हो, लेकिन मौके पर बिहारी ही काम आते हैं।"

काका ही देह में जैसे जान आ गई। काका नाव पर बैठे, उनके पीछे दस-बारह लोग भरभराकर चढ़े। नाव बलिहार को मुड़ी। बाढ़ के ठहरे जल पर चाँदनी का चँदोवा तना था। नाव तेज चाल से बढ़ रही थी, क्योंकि सभी घर पहुँचकर सोना चाहते थे, इसलिए लग्गी तेज़ी से मार रहे थे। दो-दो, तीन-तीन कोस की दूरी पर चारों ओर स्थित गाँवों के बीच के खेतों में बाढ़ का फैला हुआ जल एक बड़ी-सी झील की तरह लग रहा था। शान्त, निस्तब्ध, सफेद रात, हल्की-हल्की पछुआ, काका को नींद आने लगी।

तीन

कातिक की बोआई शुरू हो गई। घर-घर में बोआई-जुताई के लिए कामों में तेज़ी आ गई। ओंकार किसी तरह से बीज बनवा रहा था, काका दुआर सँभालते थे। इसी समय काका बीमार पड़ गए तो ओंकार की परेशानियाँ और भी बढ़ गईं। सबेरे, सूरज निकलने से पहले, हलवाहे के साथ हल-बैल और बोने के लिए

बीज लेकर खेत में पहुँचना, हल नधवाकर घर लौटकर खाना बनाना, फिर बारह साल के छोटे भाई चन्दन को खिला-पिला उसके हाथ हलवाहे के लिए खेत में खाना भेजना और ऊपर से काका की तीमारदारी। साँझ को खेत से लौटे हुए बैलों के कन्धे पर हल्दी पीसकर छापना, उन्हें खिलाना-पिलाना तथा घर-दुआर—दोनों की देख-रेख में ओंकार टँग गया। निरोग रहने पर काका दुआर के अलावा और भी काम सँभाल लेते थे। किन्तु बोआई के ऐन मौक़े पर वह बीमार क्या पड़े, ओंकार की एक टाँग ही टूट गई।

पाँच-सात दिन की खैरबिरवा दवाई के बाद भी जब कोई लाभ न हुआ तो ओंकार ने वैद्य बुलवाने के लिए काका से राय ली। काका बिगड़ गए, "सारी कमाई हकीम-बैद को दे दो। ज़रा-सी जर-खाँसी क्या हुई कि पड़ गए बैद-हकीम के पीछे। भगवान के सहारे नहीं रहा जाता, अपने आप सब ठीक हो जाएगा।" काका कुछ और भी कहना चाहते थे, लेकिन बगल की पड़ाइन चाची के आ जाने से चुप लगा गए।

"का है, ओंकार?" आते ही चाची ने पूछा।

"यही, काका बीमार पड़े हैं। चौबेछपरा के बैदजी को बुलाने की बात चलाई तो कहते हैं, 'सारी कमाई हकीम-बैद को ही दे दोगे! चुपचाप रहो, ऐसे ही अच्छा हो जाऊँगा।' "

"ऐसे ही अच्छा हो जाएगा!" चाची कुछ कड़ी हो कहने लगीं, "आगे नाथ न पीछे पगहा। रुपया बटोरने के पीछे तो इस आदमी की सारी जिनगी सिरा गई। धरम-पुन्न करने और गंगाजी नहाने के लिए रटती हुई मेहरारू मर गई, लेकिन ये आदमी कान में तेल डाले बैठा रहा। इनसे हँसी, उनसे दिल्लगी। रुपया अपने संग ले जाओगे!" चाची ने काका को बचपन से खिलाया-पिलाया, तेल-उबटन किया था। काका उनसे बहुत दबते थे। चुप्पी पर चाची फिर बोलीं, "बोलते क्यों नहीं? चुप्पी क्यों साध ली?"

"क्या बोलूँ?" काका धीरे-से बोले, "हमने कहा कि दो-चार दिन और देख लो..."

"दो-चार दिन और क्या देख लो, इतने दिन में खाँसी-बुखार काबू में नहीं आया तो देर करने से क्या लाभ? कातिक की बोआई, अकेला ओंकार। तुमको देखेगा कि खेत की बोआई सँभालेगा! सुनो ओंकार, कल सबेरे चौबेछपरा वाले बैदजी को बुलवा लो। रुपया हमसे लेना।" चाची बगल के पीढ़े पर बैठ गईं और काका की ओर ताक-ताककर तरह-तरह की बातें समझाने लगीं।

काका चुपचाप लेटे हुए चाची की बातें सुनते जा रहे थे। चाची फिर कहने लगीं, "तीसरी के हक़दार हो, इन भतीजों को पाला-पोसा तो इन्हें ब्याह करके बसा भी दो।"

"हमने ब्याह-शादी के लिए कब रोका, चाची! कोई तिलकहरू भी आए कि ब्याह ही हो जाए!"

"घर-द्वार की चिन्ता करो। तिलकहरू तो दुआर खोद मारें। लेकिन अपनी बेटी कोई ऐसे थोड़े देगा, लोग जानें भी तो कि घर पर किसी बड़े-बूढ़े की छाँह है। तुमको तो नाच-नौटंकी से फुरसत नहीं, घर की चिन्ता कैसे करोगे?"

तभी उनके बेटे बिहारी ने अपने घर से आवाज लगाई। चाची उठती हुई बोलीं, "सुनो ओंकार! अगर ये मना भी करें, तब भी चन्दन को किसी के साथ चौबेछपरा भेज देना।"

दूसरे दिन, भोर में ही ओंकार ने वैद्यजी को बुलाने के लिए चन्दन को तैयार किया। नदी में पानी भरा था, इसलिए नाव से ही जाने को कहा। नाव खेने के लिए अपने हलवाहे के लड़के सुमरिया दशरथ को चन्दन के साथ लगा दिया। चन्दन डोंगी की अगली फेंग पर बैठा, दशरथ ने लग्गी सँभाली।

नाव चौबेछपरा और बलिहार के बीच में पहुँच रही थी—चौबेछपरा की सीमा में, किनारे पर खड़े बरगद के बड़े पेड़ के नीचे बने दीपासत्ती के चौरे के पास। कुछ देर सुस्ताने के बाद दशरथ ने कान पर हाथ रखकर तान छेड़ दी—

"गोरे-गोरे साँवर-साँवर उमिरि में बरोबर बाड़े,
केहू नइखे लउकत मझोल, हाय रे जियरा..."

दशरथ के अलाप पर चन्दन के बदन में जैसे गरमी आ गई। वह जल्दी-जल्दी लग्गी मारने लगा। चाल तेज हो गई और समय से पहले ही नाव चौबेछपरा के पास पहुँच गई।

सूरज निकल आया था। तीर पर एक कतार में बैठी हुई दस-बारह लड़कियाँ बर्तन माँज रही थीं। लग्गी से पानी काट चन्दन नाव को वृत्ताकार मोड़ रहा था। अगला फेंग जब किनारे की ओर घूम गया तो एक लग्गी तेज़ी से हुँमच दी। तेज़ गति से नाव किनारे की ओर बढ़ी। अपनी ओर घूमती हुई नाव के कारण, बर्तनों पर लूड़े चलाते हुए लड़कियों के हाथ रुक गए और वे नाव पर बैठे हुए दशरथ तथा लग्गी मारनेवाले चन्दन को देखने लगीं। चन्दन ने दूसरी लग्गी मारी, नाव का अगला फेंग झोंके से लड़कियों से एकदम सटकर एक की बटलोई से लड़ते हुए किनारे पर चढ़ गया। पास की दो-तीन लड़कियाँ भरभराकर उठ गईं, "अरे रे, एकदम से आन्हर हो का?"

"पातर लग्गी है, लचक गई। सध न सकी, पानी गलत कट गया।"

"एक छोटी-सी नाव मान में नहीं आती तो लग्गी मारने क्यों चले हो? इसी जगह पर नाव चढ़ानी थी और घाट नहीं था क्या?" फाँड़ का फेंटा कमर में लपेटे, फुफती घुटने से मोड़कर मर्दानी धोती की तरह पीछे खोंसी हुई, दोनों हाथों में बटलोई के पेंदे की कालिख लगाए क्रोध से भरी हुई लड़की चन्दन को ताकने लगी।

दशरथ कूदकर नाव का अगला फेंग दोनों हाथों से खींचकर ऊपर चढ़ा रहा था और चन्दन डोंगी में लग्गी फँसा अपने को साधता हुआ, नीचे उतरने के लिए नाव

के अगले फेंग की ओर बढ़ रहा था। एकाएक पैर फिसला तो अपने को बचाने के लिए चन्दन घुटने-भर पानी में छप्प से कूद गया। कपड़े तो नहीं भीगे, किन्तु ऊपर से नीचे तक छींटे पूरी तरह चन्दन की देह पर पड़ गए।

सारी लड़कियाँ खिलखिलाकर हँस पड़ीं। खड़ी हुई लड़की की जगह नाव से भर गई थी। उसे सम्बोधित कर दूसरी लड़की बोली, "ऐ गुंजा, बर्तन उठा के मेरे पास आ जा।"

गुंजा बर्तन उठा रही थी कि चन्दन ने सहमी आवाज़ में पूछा, "बैदजी का घर किस टोल में है?"

बर्तन माँजती हुई लड़कियों के हाथ रुक गए। एक बोली, "गुंजा के ही बाप तो बैदजी हैं।"

"लेकिन घर किस टोल में है?"

"है तो पूर्वी टोल में ही, लेकिन गाँव के बीच में पड़ता है। मन्दिर की बगल से सेमलवाला पेड़ तकते हुए ऊपर गाँव में चढ़ जाना। दुआर पर नीम का एक झंगाठ (घना) पेड़ है। पूछोगे तो कोई भी बैदजी के घर की राह बता देगा।"

"बैदजी को जल्दी से ले जाना है। अगर यही साथ चली चलती तो..." चन्दन ने कुछ प्रार्थी स्वर में गुंजा को देखते हुए कहा।

"हूँ-अँ! हमको क्या पड़ी है!" गुंजा बोल उठी, "तुम्हें अपने काम की जल्दी है, हमको अपनी जल्दी है।"

चन्दन और दशरथ एक-दूसरे का मुँह ताकने लगे।

"चलो, चलो चन्दन। चौबेछपरा कोई कलकत्ता शहर नहीं है कि बैदजी का घर नहीं मिलेगा, न हम लोग बबुआ हैं जो भूल जाएँगे।" चन्दन की पीठ को आगे ठेलता हुआ दशरथ बोला।

"अच्छा तो ज़रा नाव पर निगाह रखना।"

"नाव का ऐसा डर था तो संग में कोई रखवार ले आते।" गुंजा फिर बोली।

"रखवारी की कोई जरूरत नहीं है। नाव कोई चोरी थोड़े ही हो जाएगी। कहीं पानी में बह न जाए इसी का ज़रा ख़याल रखना है। जाड़े का दिन है, फिर तैरकर पकड़ना पड़ेगा। यहाँ किनारे पर बाँधने लायक कोई फेड़-खूँट भी नहीं।" चन्दन बोला।

"नहीं है तो तुम्हारी नाव अगोरने के लिए कोई बैठा नहीं रहेगा। हम लोगों के रहते अगर लौट आए तो ठीक है, नहीं तो तुम जानो, तुम्हारी नाव जाने!" गुंजा फिर बर्तन माँजने लगी।

पन्द्रह-बीस मिनट में बर्तन माँज-धोकर सभी निपट गईं। चन्दन और दशरथ मन्दिर की ओट हो गाँव में घुस चुके थे। बड़ी थाली में अपने बर्तनों को सरिहाकर गुंजा ने रख दिया और सभी लड़कियों की मदद से नाव को पानी में ज़ोर से ठेल

दिया। नाव चक्कर खाती हुई बलिहार की ओर धीरे-धीरे बहने लगी। सारी लड़कियाँ खिलखिलाकर हँसने लगीं। नाव जब बीच में पहुँच गई तो सभी अपने-अपने सिरों पर बर्तन उठा गाँव की ओर लपकीं। रास्ते में लौटते हुए चन्दन-दशरथ से मुठभेड़ होने के डर से वे मन्दिर के पास से दूसरी राह से गाँव में घुस गईं।

चन्दन और दशरथ वैद्यजी के घर पहुँचे तो वह पूजा कर रहे थे। दोनों बाहर पलानी में पड़ी चौकी पर बैठ गए। थोड़ी देर बाद बगल से आती हुई, सिर पर चमचमाते बर्तन लिये हुए, गुंजा दिख गई।

"नाव तो ठीक-ठिकाने है?" चन्दन ने पूछा। गुंजा ने चन्दन को नहीं देखा था। एकाएक चन्दन द्वारा टोक दिए जाने से वह सहम गई। कुछ घबराती हुई-सी एक ही साँस में बोल गई, "जब लौटे तो थी, इस समय की कौन जाने!" और वह तेज़ी से दरवाज़े की ओर बढ़ गई।

वैद्यजी को बाहर निकलने में लगभग पाँच-सात मिनट और लग गए। लोग घाट पर पहुँचे तो देखा, नाव बहकर उस पार के किनारे की एक झाड़ी में अटक गई है। चन्दन ने दशरथ का मुँह देखा और दशरथ अपने कपड़े उतार, अँगोछा पहन पानी में कूद गया।

नाव पर बैठकर बलिहार की ओर चले तो राह में ही वैद्यजी ने चन्दन से उसके घर के बारे में सब कुछ पूछ लिया।

बलिहार आए तो काका को देखने से पहले उन्होंने ओंकार को देखा, बातचीत की। उसके बाद काका को देखने घर पहुँचे।

काका चुपचाप लेटे थे। वैद्यजी से हल्का-फुल्का परिचय था। लेकिन वैद्यजी ने बड़ी आत्मीयता दिखाई। नाटिका देख लेने के बाद वैद्यजी काका से इधर-उधर की बातें करते रहे। बातचीत के सिलसिले में जब वैद्यजी से काका ने सुना कि उनकी बीमारी बिगड़ गई है और दवाई लगभग तीन महीने करानी पड़ेगी, तो वह उठकर बैठ गए और वैद्यजी की ओर तर्जनी दिखाकर बोले, "सुनिए बैदजी! हकीम-बैद से हमारा मन नहीं भरता, जो जनम देता है वही रोग भी देता है। जो कुछ भोग-भोगाव लिखा रहता है, भोगना ही पड़ता है। अगर डोरी लटक गई तो पकड़ के चढ़ जाऊँगा। उस समय कोई बैद-हकीम रोक नहीं पाएगा। इसीलिए दवा-बिरो के फेर में मैं नहीं पड़ता। लेकिन इन लड़कों के आगे अब नहीं चलती। गाँववालों के बहकाने में आ गए, चट आपको बुला लिया। अब बुला तो लिया, लेकिन दाम कहाँ से आएगा?"

"दाम की चिन्ता आप क्यों करते हैं? आप जिसमें खुश हों, वही होगा। लेकिन हम जैसे कहें वैसे चलिए। जो दवा दें, खाइए, नियम-परहेज से रहिए।"

तीन दिन तक की दवाई दे, खाने की पूरी विधि बता और चौथे दिन फिर आने को कहकर वह घर चले गए। गाँव के बाहर तक ओंकार पहुँचाने आया। ओंकार

से इधर-उधर की बातें करते हुए वैद्यजी नाव से पार उतरकर दूसरे गाँव में रोगी देखने चले गए।

वैद्यजी जवार के दस-बारह गाँवों के लिए सुखेन थे। बराबर उनको दौड़ते ही बीतता था—आज इस गाँव में, कल उस गाँव में। बुलाहट पर तो विशेषकर वह गाँव में जाते ही थे, वैसे अपनी सुविधानुसार उन्होंने प्रत्येक गाँव के लिए पारी बाँध ली थी। अपनी घोड़ी पर, अगल-बगल के पाँच-सात गाँवों तक का वह दौरा कर लेते थे। वह एक बार घर से निकलते, तो दो-दो, तीन-तीन दिन के बाद लौटते। बिना बुलाए लोगों को देख आते और कुछ-न-कुछ कमा लेते। रुपया तो उन्हें उतना नहीं मिलता जितना साल-माथ के दिनों में बोरे-के-बोरे अनाज पा जाते थे। बैसाख में लोग साल-भर की चुकतान अनाज देकर कर देते। वैद्यजी अनाज वहीं बेचकर अच्छी आमदनी कर लेते। छोटा-सा परिवार था—पत्नी, दो लड़कियाँ—रूपा और गुंजा। रूपा ब्याहने लायक हो गई थी, लगभग चौदह साल की; गुंजा दस-ग्यारह की। रूपा के ब्याह के लिए वैद्यजी कुछ चिन्तित रहने लगे थे। गाँव-गाँव में वर की तलाश किया करते।

ओंकार रूपा के लिए पसन्द पड़ गया। उगते हुए छोटे-से परिवार में काका, ओंकार और चन्दन। बाकी भीतर का घर एकदम सूना। वैद्यजी ललच गए। तीसरे-चौथे काका को देखने के लिए बलिहार आने लगे और मन से उपचार में जुटे। प्रारम्भ में तो काका की बीमारी कुछ बढ़ी, लेकिन फिर वैद्यजी ने काबू में कर ली। बीच में दो-चार बार काका और ओंकार ने वैद्यजी को रुपए देने चाहे, किन्तु वैद्यजी ने अस्वीकार कर दिया।

काका की बीमारी में लगभग दो महीने लग गए, किन्तु इस बीच उन्होंने काका, ओंकार, चन्दन तथा गाँव के बड़े-बूढ़ों से अच्छी तरह घनिष्ठता बढ़ा ली। काका की बीमारी में ओंकार को भी एक-दो बार चौबेछपरा जाना पड़ा। वैद्यजी की पत्नी ने भी ओंकार को पसन्द कर लिया।

चार

काका की बीमारी से खंड की बैठकी में सूनापन आ गया था। दोपहर को जामुनवाली परती में जब खा-पीकर गाँव के लोग जुटते, तो देखते-देखते साँझ हो जाती। परती में लगभग बारहों महीने हरी-हरी मुलायम दूब भरी रहती, जगह-जगह चार-पाँच जामुन के पेड़ थे, जो गरमी के दिनों में छाया और ठंडक देते थे। जाड़े में लोग इस परती में घाम लेने बैठते। बच्चे दिन-भर इसमें खेला करते। गाँव का बर-बिटोर यहीं होता, पूरबी और पश्चिमी टोल की बेटियों के ब्याह में तम्बू-कनात यहीं गड़ते। इस परती से गाँव के सभी लोगों का लगाव था।

दो महीने के बाद, पूरी तरह निरोग होकर, काका पहली बार जब घर के बाहर निकले तो सबसे पहले इसी परती में बैठे।

काका के बैठते ही उनकी बीमारी की चर्चा छिड़ गई। लोग वैद्यजी की प्रशंसा करने लगे।

"बैदजी ने काका को अच्छा कर दिया, लेकिन एक रुपया भी नहीं लिया।" बगल में बैठा हुआ जियावन बोला।

"बैदवा बेवकूफ नहीं है, एक का चार वसूलेगा।" अनिरुद्ध काका की ओर ताककर मुसकराया।

"चौबेछपरा वाले नम्बरी गोइयाँ हैं। काका से एक-दो बीघा खेत तो ज़रूर ही लिखवाएगा।"

काका भीतर-ही-भीतर खिसियाकर बोले, "तेरे बाप ने कोड़ार का खेत लिख दिया, तो समझता है कि बलिहार में सब कपूत ही जनमे हैं!"

तभी सामने से घोड़ी पर चढ़कर आते हुए वैद्यजी दिखाई पड़े।

"आ गए बैदजी!" अनिरुद्ध फिर बोला, "गाँव भर में बैदजी कह आए हैं कि तुम्हारी बीमारी में पाँच सौ रुपए की दवाई और मेहनत लगी है। या तो एक बीघा खेत लिखो, नहीं तो हुई बटोर! काका, पहले से चेत जाओ!"

वैद्यजी के आने से गाँव के दो-चार बड़े-बूढ़े आकर पास बैठ गए।

वैद्यजी के बैठते ही अनिरुद्ध फिर बोला, "काका अच्छे हो गए, लेकिन आपने कुछ लिया नहीं, बैदजी!"

"वही तो माँगने आज आया हूँ।" वैद्यजी बोले।

अनिरुद्ध हँसा, "अब बोलो काका, हमारी बात तो पतियाते नहीं थे। अब दो बैदजी को।" फिर वैद्यजी से बोला, "तो माँगिए न बैदजी, क्या माँगते हैं?"

"रुपया-पैसा हमको नहीं चाहिए।" वैद्यजी बोले।

"तो खेत ले लीजिए।" अनिरुद्ध फिर बोला।

"अरे अनिरुद्धवा, बक-बक मत कर, नहीं तो देखता है ये डंडा! कहिए बैदजी, कुशल-मंगल!" काका बोले।

"सब ठीक है, लेकिन अनिरुद्ध की बात आपने सुनी!" वैद्यजी बोले।

"आप सुनाइए," काका बोले।

"हमारी आप सुनेंगे?" वैद्यजी ने प्रश्न किया।

"आपने तो हमारी नहीं सुनी, लेकिन मैं आपकी सुनूँगा। कहिए तो सही!"

"मेरे कहने भर से ही काम नहीं बनेगा, जो कहूँ उसको मानने से होगा।"

"हम आपसे बाहर नहीं हैं, बैदजी! आप मुँह तो खोलिए!"

"हमें अपना ओंकार दे दीजिए।"

भीड़ में बैठे हुए लोग एक-दूसरे का मुँह ताकने लगे।

"जो कुछ होगा," वैद्यजी फिर कहने लगे, "पान-फूल से यथाशक्ति पूजा भी कर दूँगा।"

"का राय है अँजोर?" बगल में बैठे हुए, पद में काका के चाचा लगनेवाले ददुआ बोले।

"जब आप लोगों की राय है तो हमको भी मंजूर है। बैदजी की राय है तो हम कैसे कुछ कहें! उन्होंने हमारी जान बचाई है।"

"वाह रे बैदजी, वाह! क्या साध के लकड़ी मारी कि काका एकदम से चित! काका की तकदीर सही में सोना है। बिना पैसे के दवाई भी कराई और ऊपर से समधी भी बन गए। तो हो जाए बरइछा (बरच्छा) लगे हाथ। फिर तिलक में भी खाने को मिले। चट-मँगनी, पट बिआह।"

बात वैसी ही हुई। वैद्यजी ने पत्रा निकाल लिया और चश्मा लगाकर पत्रा खोलते हुए बोले, "आज शुभ साइत है, आप कहें तो बरच्छा कर दूँ।"

"हो जाए, हो जाए।" ददुआ कहने लगे, "शुभ काम में क्या देरी! चलिए बैदजी, दुआर पर चलिए। चलो हो, राम अँजोर!" ददुआ पहले ही उठ गए। वैद्यजी, काका और लगभग सभी बैठे हुए लोग उठकर काका के दुआर की ओर चले।

वैद्यजी ने इक्यावन रुपए से ओंकार की बरच्छा कर दी।

पाँच

कंजूसी के लिए काका गाँव-भर में प्रसिद्ध थे। भैवदी में गाँव के लगभग सभी घरों में भोज-भात खा चुके थे। खान-पान तो दोनों ओर से चलता है, इसी बात को लेकर गाँव के लोग काका को अकसर टोका करते थे कि घर-घर घूम के तो खा आते हो, कभी खिलाने का भी मन करता है? खाते समय तो मोछा बोर-बोर के खाते हो, खिलाने के नाम पर बाई गुम हो जाती है। लेकिन काका पर इसका कोई असर न था। टोकनेवालों में अनिरुद्ध था मुँहफट, लेकिन उसको बिना दो-चार गाली सुनाए काका पास में बैठने ही न देते।

लेकिन, ओंकार के तिलक के दिन काका के घर न जाने कहाँ की रौनक आ गई! बाहर-भीतर से लिप-पुतकर मकान जगमगा गया। काका बलिया से किराए पर लाउड-स्पीकर तय कर आए थे। सबेरे ही मकान के आगे, नीम के पेड़ से लाउड-स्पीकर से गाने निकलने लगे। गाँव की गली-गली से लड़के काका के घर की ओर दौड़े और तवा बजानेवाले को चारों ओर से घेरकर डट गए।

गाँव में जिसके साथ खान-पान की भैवदी थी, उसके घर खाने का न्योता तो गया ही, जिसके साथ न भी थी काका उसके घर स्वयं जाकर न्योता दे आए। छोटे-से बड़े सभी 'घरजनवा' (घर पीछे एक व्यक्ति) का न्योता पहुँच गया।

साँझ होते-होते दुआर पर बिछी हुई चौकियाँ, खाटें और कुर्सियाँ गाँव-जवार के लोगों से खचाखच भर गईं।

काका को धूसने-हँसनेवालों की बोलती बन्द हो गई। उनके दलवाले मुनेसर, रघुनाथ, अनिरुद्ध, रामकृपाल, सूभा—सभी अतिथियों के सादर-सत्कार में जुटे थे।

तिलक में वैद्यजी ने नकद एक हज़ार रुपए, कपड़े और बर्तन दिए। आँगन लोगों से ठसाठस भर गया। पीतल के गगरे, परात, हंडे और फूल के लोटे-गिलास इतने चढ़े कि गाँव के लोग एक-दूसरे का मुँह ताकने लगे। इतना सामान गाँव के कम लोगों के ही घर चढ़ा था। किन्तु तिलक में गाँव के किसी ने भी इतने लोगों को न्योता न था।

सबेरे विदाई के समय वैद्यजी बरात में कम-से-कम लोगों को ले आने की प्रार्थना करने लगे।

पन्द्रह दिनों बाद ब्याह का दिन तय हुआ। काका ब्याह की तैयारी में मन से जुटे। जवार के गाँवों में हाथी-घोड़ेवालों के पास बरात का न्योता फिरा।

निश्चित तिथि पर बरात चलने को तैयार हुई। सजे हुए हाथी, घोड़े और ऊँट। बाजे और धुँधके की आवाज़ से काका का दुआर गूँजने लगा। बलिहार से चौबेछपरा था ही कितना! अधिक-से-अधिक घंटे-भर की राह। दिन डूबते भी बरात चले, तो समय से दरवाज़े लग जाए।

सजी हुई बरात जब वैद्यजी के द्वार लगी, तो लोगों को खड़े होने की भी जगह न मिली। बरात की शोभा देख, पीली पगड़ी और धोती पहने, द्वार-पूजा करते हुए वैद्यजी के मन में अपार खुशी भर गई थी।

द्वार-पूजा के बाद वैद्यजी ने बरातियों को शामियाने की जगह अपने घर पर ही जलपान करा दिया। जलपान के बाद शामियाने में महफ़िल जमी। धराऊ रेशमी कुर्ता, मुरेठा और कन्धे पर रेशमी चादर डालकर काका वर की बगल में आ बैठे। भोजन वगैरह हुआ और जल्दी ही ब्याह सम्पन्न हो गया।

ब्याह के बाद कोहबर की रस्म पूरी करने के लिए शहबाले की भी बुलाहट हुई। शहबाला था छोटा भाई चन्दन। रात के ग्यारह बजे थे। चन्दन शामियाने में सो गया था। नाऊ ले जाने को जगाने लगा तो उसकी आँख न खुले। नाऊ तन्दुरुस्त था—हट्टा-कट्टा; उसने चन्दन को गोद में उठाकर आँगन में लाकर खड़ा कर दिया। नींद में माता चन्दन खड़े-खड़े झूमता रहा। ब्याह के बाद मँड़वे में से सभी आदमी हट गए थे। कोहबर की रस्म पूरी करने के लिए केवल औरतें रह गई थीं। नींद में असलाए चन्दन को झकझोर-झकझोरकर जगाने के लिए कई बार ओंकार ने प्रयत्न किया, फिर भी चन्दन की नींद पूरी तरह नहीं खुली।

दीवार से पीठ टेके चन्दन को जगाने के लिए नाउन ने भी कई बार झकझोरा तो ओंकार बोला, "बहुत सोता है, सो जाने पर इसको जगाना बड़ा कठिन हो जाता है।"

"यह चौबेछपरा है पहुना! यहाँ अच्छे-अच्छे की ऊँघाई टूट जाती है। इनको तो मैं चुटकी बजाके जगाती हूँ।" बगल में खड़ी हुई गुंजा बोली और देखते-देखते पानी भरे हुए कंडाल में से एक पुरवा जल निकाल, चल्लू में भरकर, उसने छप्प से

चन्दन की आँखों पर मार दिया। नींद में माती आँखों पर ठंडा पानी पड़ा तो चन्दन ने आँखें खोल दीं।

''देखा पहुना!'' गुंजा फिर बोली।

''बाप-रे-बाप! हर घड़ी लुत्ती की तरह फर्र-फर्र उड़ती है, चीन्ह लो बबुआ, यह तुम्हारी साली है गुंजा।'' नाउन बोली। अबकी ओंकार ने गुंजा को चीन्हने की नज़रों से देखा, तो वह लजाकर पास में खड़ी हुई लड़कियों में दब गई।

आधी रात बीत रही थी। आँगन में जलनेवाले दो पेट्रोमैक्सों में से एक की रोशनी कम हो गई थी, इसलिए पहले से कुछ अँधेरा हो चला था। रूपा ओंकार से गठबन्धन किए झुकी हुई उसके पीछे खड़ी थी। नाउन ने जल्दी करने को कहा, तो गुंजा बोली, ''अभी तो चुमावन बाकी है।''

''चुमावन अब कोहबर में होगी, यहाँ नहीं। चलो, पहले कोहबर पूज लेने दो।''

आगे-आगे नाउन, पीछे ओंकार, उसके पीछे रूपा कोहबर घर की ओर बढ़े। अन्य लड़कियों के साथ गुंजा पहले ही कोहबर के द्वार पर जा खड़ी हुई। द्वार रोके रहने से ओंकार को भी रुक जाना पड़ा। ओंकार, बगल में चन्दन, पीछे रूपा और नाउन सभी रुक गए। द्वार रोके चौखट पर खड़ी गुंजा की ओर ओंकार ने ताका तो बोली, ''यह कोहबर का दुआर है पहुना, इसे ऐसे नहीं लाँघने पाओगे। यहाँ दुआर पढ़ना पड़ता है।''

बात न समझ पाने के कारण ओंकार ने गुंजा की ओर फिर देखा तो बोली, ''पढ़े-लिखे हो तो कोई दोहा, सवइया या कवित्त सुना दो।''

''हाँ बचवा, कुछ सुना दो। कोहबर के दुआर की रसम पूरी हो जाए। सासजी यहाँ दामाद को रुपए देती हैं।'' बगल में खड़ी हुई एक अधेड़ औरत ने कहा।

आँखें नीची कर ओंकार कुछ सोचने लगा, किन्तु चन्दन कुछ सोचते हुए गुंजा को निहारने लगा।

ओंकार की चुप्पी पर लड़कियों ने सम्मिलित चोट की, ''बहिरे हो क्या, पहुना? या अपनी बहन की याद आ रही है?''

''हम क्यों अपनी बहन की याद करें! हमारे तो कोई बहन भी नहीं है। हम तो दूसरे की बहन लेने आए हैं!'' चन्दन ने तपाक से जवाब दिया।

फव्वारे की तरह सभी औरतों के मुँह पर एकाएक हँसी फूट गई।

''बाप रे, बड़ा तेज़ है यह लड़का!'' दो-तीन लड़कियाँ बोलीं।

''तुम्हारे भाई कुछ पढ़े-लिखे तो हैं नहीं, अब तुम बोलो।'' गुंजा ने चन्दन को ताकते हुए कहा।

''ब्याह के पहले यह पता नहीं लगाया था?'' चन्दन ने चट प्रश्न किया।

''तो क्या हुआ, पहले नहीं लगा तो अब सबके बीच में लग जाएगा। तुम्हारा बिआह अभी हुआ नहीं, तुम्हीं पढ़ दो।'' गुंजा बोली।

"पढ़ दो बचवा! तो तुम्हारा बिआह गुंजा से हो जाएगा।" पास में खड़ी हुई पचास साल की एक स्त्री बोली, "जोड़ी भी अच्छी रहेगी। बर-कनिया ने बिआह के पहले ही एक-दूसरे को देख भी लिया है।"

तभी ओंकार ने कोई सवइया बुदबुदा दिया। सास ने ओंकार के हाथ में रुपए दिए तो गुंजा बोली, "और शहबाला?"

"शहबाला कुछ नहीं पढ़ेगा!" चन्दन बोला।

"पढ़ना पड़ेगा!" गुंजा अकड़कर बोली।

"तुम तो हमारे स्कूल के मास्टर साहब की तरह हुकुम चला रही हो!"

"और क्या! तुम्हारे मास्टर से मैं कम थोड़े ही हूँ। हमारे कहने से दुआर पढ़ो!" एक अँगुली से अपनी गर्दन ठोकती हुई गुंजा रोब से बोली, "पढ़ो तो रुपए मिलेंगे।"

"अच्छा बचवा, तुम ऐसे ही रुपए लो। चलो घर में। गुंजिया, छोड़ दुआर, देर हो रही है।" गुंजा की माँ बोली।

"देखा, रुपया तो चट से ले लिया!" गुंजा बोली।

चन्दन मुसकराने लगा।

लड़कियाँ हट गईं। ओंकार, चन्दन, रूपा कोहबर घर में घुसे।

पन्द्रह-बीस औरतों के बैठने लायक छोटा-सा घर था। दरवाजे के सामने वाली दीवार के पास मिट्टी का रँगा हुआ सफ़ेद कलश रखा था। कलश के मुँह पर आम के हरे-हरे पल्लव और पल्लव के ऊपर कलश का मुँह ढँकनेवाली छोटी ढकनी में भरा हुआ जौ और जौ के ऊपर घी से भरा हुआ एक दीप जल रहा था। कलश के पीछे की दीवार लगभग दो हाथ लम्बाई-चौड़ाई में गोबर से लिपी थी, जिस पर चूने से हाथ की कई थापें पड़ी थीं। बगल में फूल की एक नई थाली में पूजा का सामान—दूब, अक्षत, रोली, दही, गुड़ और फूल-पान रखे थे। जौ वाली ढँकनी में जलती अगरबत्तियों की महक से घर सुवासित हो रहा था।

चूँकि इस घर में केवल औरतें ही रहती हैं, इसलिए पूजा का काम नाउन और पुरोहित की पत्नी करा रही थीं। कलश के सामने ओंकार के बाईं ओर रूपा और दाईं ओर चन्दन बैठे। इन तीनों को घेरकर बैठीं लड़कियाँ और कुछ स्त्रियाँ।

पूजा पन्द्रह-बीस मिनट में समाप्त हो गई तो गठबन्धन खोलकर रूपा को उठाकर नाउन घर से बाहर लेकर चली गई। उसके बाद पंडिताइन भी उठती हुई बोली, "अच्छा, अब हम लोगों का काम तो खतम हुआ, बाकी रसम तुम लोग पूरी करो।" पंडिताइन के साथ प्रौढ़ स्त्रियाँ भी बाहर निकल गईं। रह गईं गुंजा की सखियाँ और अगल-बगल के घर की बहुएँ।

"गुंजा, पहचानती हो इनको?" एक लड़की ने चन्दन की ओर इशारा किया।

गुंजा मुसकरा पड़ी।

"यही हैं नाववाले।"

"हमें याद है।" गुंजा बोली।

"अरे, बाप-रे-बाप!" बोलनेवाली लड़की ने आँचल से अपना मुँह तोप लिया।

गुंजा झटके से बाहर हो गई और मिनट-भर में पलटकर ओंकार के पीछे खड़ी हो उसके आगे हाथ में एक सुपारी बढ़ाती हुई बोली, "पहुना, यह पूजा की हुई सुपारी है, इसे मुँह में रख लो।"

ओंकार गुंजा की हथेली से सुपारी ले अपने मुँह में रखने ही जा रहा था कि चन्दन एकाएक बोल पड़ा, "नहीं-नहीं, भइया! मुँह में यह सुपारी मत रखना।"

"वाह! तुम मना क्यों करते हो? यह कोहबर की रसम है।" गुंजा कृत्रिम रोब दिखाते हुए बोली।

"कोहबर में जूठी सुपारी खिलाने की रसम है!" चन्दन गुंजा को ताकते हुए बोला।

"जूठी! किसकी जूठी?"

"तुम्हारी बहन की। बिआह के दिन लड़की दिन-भर मुँह में सुपारी रखती है, मुझे मालूम है। किसी और को चराना!"

सारी लड़कियाँ हँस पड़ीं, "बाप रे, ये तो हर बार हरा देते हैं।" गुंजा फिर कमरे से बाहर हो गई।

चन्दन पर फिर नींद का नशा चढ़ने लगा। वह रह-रहकर झपकी लेने लगा। ओंकार ने उसे दो-एक बार जगाया, लेकिन चन्दन अपने को रोक न पाया और दीवार के सहारे उठँग गया।

गुंजा फूल की एक थाली चावल से भरकर ले आई और दूसरी खाली। चन्दन को देखती हुई बोली, "अरे, सो गए! पहुना, तुमने भी नहीं रोका!" और चन्दन को झकझोरती हुई बोली, "ऐ, यहाँ सोने आए हो कि बतियाने?"

"मुझे ऊँघाई आ रही है!"

"ऊँघाई आ रही है तो यहाँ सोने को नहीं मिलेगा। कोहबर में रात-भर जगना पड़ता है। अभी से यह हाल है तो अपने ब्याह में क्या करोगे?"

लेकिन चन्दन फिर दीवार के सहारे लुढ़क गया।

"अच्छा बच्चू! तो यह लो।" और गुंजा ने बगल के लोटे में से एक चुल्लू पानी लेकर चन्दन की नींद में माती आँखों पर छप्प से मार दिया।

चन्दन की झपती आँखें पूरी तरह खुल गईं तो गुंजा अपने आँचल से चन्दन की आँखें और मुँह पोंछने लगी। रँगी हुई नई साड़ी की गन्ध चन्दन की नाक में भर गई। प्यारी, सोंधी गन्ध। चन्दन पूरी तरह जग गया, "अरे-अरे, मैं कोई बच्चा थोड़े हूँ!"

"और नहीं तो क्या बच्चे के बाप हो?"

पास में बैठी हुई सारी लड़कियाँ हँसने लगीं। झेंपते हुए नीची आँखों से चन्दन मुसकराने लगा तो गुंजा बोली, "यहाँ के लोगों को जान लो। ये बदामो है, चाचा

की लड़की, ये सूरज कुमारी है, ये परेमा—हमारी सखियाँ।'' फिर अपनी गर्दन ठोकती हुई बोली, ''और मेरा नाम गुंजा है। बहिना की छोटी बहिन हूँ। और तुम्हारा नाम ?''

''तब से भइया चन्दन-चन्दन कह रहे हैं, सुना नहीं!''

''बाप रे, इसमें खिसियाने की क्या बात है!'' परेमा बोली।

''अच्छा तो लो,'' गुंजा बोली, ''इस थरिया का चावल अन्दाज़ से बताओ कि कै अँजुरी है ?''

''क्यों ?'' चन्दन ने पूछा।

''पहले बताओ तो बताती हूँ।''

''नहीं, पहले बता दो।'' चन्दन बोला।

''बड़े जिद्दी हो! अगर अँजुरी से नापने पर तुम्हारा अन्दाज सही निकला, तो तुम जीत गए। तब तुमको उतने रुपए मिलेंगे।''

''अगर गलत निकला, तो ?''

''तो तुम हार गए। और हार गए बच्चू तो जो मैं कहूँगी, तुम्हें करना होगा।'' गुंजा ने अपना सिर हिलाते हुए कहा। सिर हिलाती हुई गुंजा को चन्दन ध्यान से देखने लगा, तो वह कुछ लजाकर बोली, ''हमको क्या निहारते हो, बता के चावल नापो।''

भाई के सामने ऐसी बात सुनकर चन्दन कुछ सहम गया। इसलिए लाज को तोपने के लिए चट से बोला, ''तीस अँजुरी!''

''तो अब नापो।'' गुंजा बोली।

चन्दन अँजुरी से चावल नापने लगा। पाँच-दस-बीस-तीस। चावल पैंतीस अँजुरी निकला।

गुंजा की ओर ताकते हुए चन्दन बोला, ''मैं तो हार गया! बताओ, मुझे क्या करना होगा ?''

''दूसरे से पूछकर हारी हुई शर्त पूरी की गई तो उसका मोल क्या ?'' गुंजा ने कहा।

''तुम्हीं ने तो कहा था कि हारने पर जो कहूँगी, करना होगा।''

''अच्छा, कभी कहूँगी। याद रखना। अब पहुना की बारी है। इनको भी नाप लेने दो। लो पहुना, अब तुम।''

तभी गुंजा की माँ दो थालियों में खाना लेकर आ पहुँची और एक थाली ओंकार और दूसरी चन्दन के आगे रखती हुई बोली, ''रात-भर यही होगा कि लड़के कुछ खाएँगे-पिएँगे भी ? मैं न देखूँ तो इस घर में एक खर भी इधर-से-उधर न हो। रूपा का भरोसा था सो चली, अब रह गई गुंजा, देखें नाव कैसे पार लगती है!''

गुंजा लोटा-गिलास में पानी लेने चली गई थी। ओंकार और चन्दन के आगे पानी रखने लगी, तो गुंजा की माँ बोली, ''देख, बैठ के ढंग से खिलाना। पहली बार पाहुन खाने में लजाता है। मैं जाती हूँ, भंडार सूना पड़ा है। सभी चीज़ें जहाँ-की-तहाँ पड़ी हैं।''

ओंकार ने दो पूरियाँ रखकर बाकी निकाल दीं। चन्दन की थाली में चार थीं। ओंकार तो दोनों खा गया, पर चन्दन डेढ़ पूरी खाकर थाली अलग सरकाने लगा, तो गुंजा ने थाली रोक दी, "वाह रे बबुआ! यही मरद बनते हो!"

"क्या?" चन्दन बोला।

"कि चार पूरियाँ तक नहीं खा सकते! अब यह परसाद किसके लिए छोड़ते हो?"

"तुम्हारे लिए।" चन्दन ने धीरे से कहा।

पास बैठी हुई लड़कियाँ मुसकराती हुई गुंजा का मुँह ताकने लगीं, जो चन्दन के इस उत्तर से एकाएक हल्के गुलाबी रंग से भर गया था।

छह

दूसरे दिन भोर में, आँगन के वातावरण में, एक अजीब-सी थकन और उदासी छा गई थी। रात-भर के जागरण और मेहनत से घर के लोगों की आँखों में कड़वाहट भर गई थी। जिसको जहाँ जगह मिली, वहीं ढरक गया था। मँड़वे से हटकर, आँगन में ही, खुले आकाश के नीचे, एक खाट पर ओंकार और चन्दन सो रहे थे। कोहबर के द्वार पर गुंजा भी उठँग गई थी। भिनसार होते-होते, सबसे पहले गुंजा की माँ जगी। उसने रूपा को जगाया और उसका हाथ-मुँह धुलाकर तैयार कराया। गुंजा आहट से ही जग गई। शान्त, सोए घर में धीरे-धीरे जान आने लगी।

बाहर से वैद्यजी आकर बोले, "दिन निकलने के घड़ी-भर के भीतर ही विदाई की साइत है।"

"है तो क्या करूँ?" गुंजा की माँ झनककर बोली।

"रूपा को तैयार करो। डाल के गहने एक बार अपने से सहेजकर, ताला बन्द कर चाभी रूपा को सौंप दो। गुंजा से कह दो, पाहुन को जगा दे। साइत के भीतर-भीतर ही मँड़वा हो जाना चाहिए।" और वैद्यजी बाहर निकल गए।

बहन को ठीक करके गुंजा ने ओंकार को जगाया। ओंकार तो उठ गया, लेकिन चन्दन सुगबुगाता ही न था, "जिसका विवाह हुआ वह तो उठ बैठे और ये हैं जो कुम्भकरन की नींद सोए हैं। देह में जैसे साँस-परान नहीं।"

"क्या सबेरे-सबेरे बकने लगी!" गुंजा की माँ पास आती हुई बोलीं। फिर पानी से हाथ गीला कर, चन्दन की आँखों पर फेरती हुई बोलीं, "उठो बचवा, बिहान हो गया, हाथ-मुँह धो लो।"

"कपार मुड़ा के तो एकदम बमभोले बाबा बने हैं!" गुंजा हँसती हुई बोली।

चन्दन बैठकर आँखें मल रहा था, ओंकार उसे लेकर शामियाने में चला आया।

घंटे-भर में ओंकार और चन्दन की आँगन में फिर बुलाहट हुई। मँड़वे के नीचे एक पलंग पर बढ़िया गलीचा बिछा हुआ था और गाँव-घर की ढेर-सी ब्याही-क्वारी लड़कियाँ तथा बहुएँ चारों ओर से उसे घेरकर खड़ी हुई थीं।

जलपान के बाद, सास ने ओंकार के हाथ में पच्चीस रुपए और चन्दन के हाथ में ग्यारह रुपए दिए। उसके बाद वर देखने को आई हुई भैवदी की औरतों ने एक-एक, दो-दो रुपए ओंकार और चन्दन को देने शुरू किए।

ओंकार और चन्दन के आगे काफ़ी रुपए जमा हो गए। गाँव की औरतें जब रुपए दे चुकीं तो अन्त में गुंजा ने चन्दन के हाथ में रुपए से भरा, बुना हुआ जालीदार बटुआ थमा दिया गया और अलग खड़ी हो गई।

"और बहनोई को?" गुंजा की ओर ताककर एक औरत बोली।

बगल में खड़ी हुई गुंजा की भौजाई लगनेवाली एक बहू बोली, "बहनोई से इनको क्या मतलब? जिसको बीछ लिया भरी सभा में, उसका हाथ पकड़ लिया!"

खड़ी हुई औरतों में हँसी फूट गई। चन्दन ने हाथ का बटुआ आगे गलीचे पर रख दिया।

"इसे खोल के बताओ कि कितने रुपए हैं। धरने को नहीं दिया!" गुंजा कुछ अकड़कर बोली।

"खोल के गिन दो बबुआ, तो तुम्हारे साथ ये लग जाएँगी।" भौजाई ने फिर बोली कसी।

"बक! जहाँ जो मन में आता है बोल देती हो, भउजी!" गुंजा बोली।

"ऐसा दुलहा खोजने पर भी नहीं मिलेगा, गुंजा बबुनी! शहबलिया को खाली मत लौटाओ। संग में लग जाओ। कहो तो चाची से कह दूँ।"

"चुप रहोगी कि नहीं!" गुंजा बिगड़ गई।

सरकवाँसी के फन्दे पर पतली डोरी से बँधे चुन्नटदार मुँहवाले बटुए को खोलने की चन्दन कोशिश करने लगा। काफ़ी कोशिश के बाद भी जब बटुए का फन्दा न सरका, तो गुंजा बोली, "ये अकिल-हेरानी बटुआ है, बच्चू! तुम्हारी बहिन का बनाया नहीं है जो फट से खुल जाएगा। हार मान लो, तो खोल के दिखा दूँ।" चन्दन ने गुंजा की ओर देखा। तभी बाहर से नाऊ आकर बोला, "बाहर असवारी लगी है, रूपा बबुनी को ले चल के चढ़ाना है। साइत के भीतर पीढ़ा बहरिया जाना चाहिए। घाम का दिन है, डेढ़-दो कोस धरती नापनी है। कहारों का दम निकल जाएगा। मँड़वे की रसम हो गई हो, तो पाहुन को जनवासे में लिवा जाऊँ?"

"अभी नहीं, पाहुन बाद में जाएँगे।" गुंजा बोली, "अभी तो इन लोगों को खिलाना-पिलाना है।"

कुछ औरतें ओंकार-चन्दन के पास रहीं, कुछ सामने वाले घर में बैठी हुई रूपा को गहने-कपड़े पहनाने चली गईं।

पन्द्रह–बीस मिनट के बाद ही अँकवार–भेंट की रुलाई से घर–आँगन भर आया। माँ, बहन, चाची, दादी, सखी–सहेलर के गले पकड़ रूपा रोती जा रही थी। घर में से जो भी निकलती, सभी लाल–लाल, आँसुओं में डूबी आँखें, आँचल की छोर से पोंछती हुईं।

बेटी को चुप कराने वैद्यजी आए। रूपा बाप के पाँव पकड़ फिर रो पड़ी। बेटी को चुप कराने की जगह वैद्यजी स्वयं रोने लगे। होंठ काँपने लगे और गालों पर से आँसू की बूँदें टप–टप धरती पर गिरने लगीं। हारकर उन्होंने नाउन को इशारा किया। नाउन ने दोनों कन्धे पकड़कर रूपा को अलग हटाया और चादर ओढ़ाकर द्वार पर लगी डोली में बिठाने ले चली। आगे रूपा, पीछे उसे पकड़े हुए नाउन और चारों ओर से घेरकर धीरे–धीरे चलती हुईं गाँव–टोले की लड़कियाँ, सबकी आँखें भरी हुईं, सबके चेहरे उदास।

नाउन ने रूपा को डोली में बिठा दिया। आगे सिन्होरा और फूल की थाली में दही, अक्षत, गुड़, पान आदि रख दिया। कहारों ने डोली उठा ली। गाँव के बाहर कुछ दूर तक पहुँचाने के लिए डोली के साथ नाउन और कुछ लड़कियाँ भी गईं। दीयासत्ती के पास डोली रुकी। रूपा और ओंकार से नाउन ने पूजा करवाई और डोली आगे बढ़ गई।

बाहर बरातियों से मिलनी हो चुकी थी।

मिलनी समाप्त होने के बाद बरातियों में से किसी ने पूछ लिया, "बैदजी ने काका को दहेज में क्या दिया?"

वैद्यजी हाथ जोड़कर खड़े हो गए, "हमारे पास है ही क्या?"

तभी भीतर से ओंकार और चन्दन आ पहुँचे। किसी ने इशारा कर दिया, सामने चरन पर बँधी गाय का पगहा चन्दन खूँटे से खोलने लगा।

"हँ–हँ! ये क्या, बबुआ! गाय मार देगी।" कहते हुए वैद्यजी का चरवाहा चन्दन को रोकने के लिए आगे बढ़ा।

"नहीं–नहीं, रोक मत! लड़के ने जब पगहा थाम ही लिया तो गाय खोल के साथ लगा दे।" वैद्यजी मुसकराते हुए बोले, "हमसे कहते बेटा, ये कौन बड़ी बात है! गाय पर खुश हो तो ले जाओ गाय।"

चन्दन को इशारा देनेवाला अनिरुद्ध था। उसने सोचा, वैद्यजी ना–नुकुर करेंगे, लेकिन वैद्यजी का यह हाल देखा तो वह दब गया।

कई लोगों के साथ वैद्यजी बरातियों को पहुँचाने के लिए गाँव के बाहर तक आए।

बरात चौबेछपरा से विदा हो गई।

सात

नाम था राम अँजोर तिवारी, लेकिन छोटेपन में ही, समौरिया लड़कों के यह काका लगते थे। छोटे लड़कों के साथ–साथ बड़े–बूढ़े भी इनको काका कहने लगे। धीरे–धीरे गाँव–भर इनको काका ही कहने लगा। बाप के इकलौते होने से दुलरुवा

हो गए। इस दुलार ने इनको आगे चलकर सहका दिया। जवानी में ब्याह के पहले गाँव की परगसिया मलाहिन से इनका मन लग गया था। रात में उसे पेड़ से तोड़कर जामुन दिया करते थे। एक रात पेड़ से उतरते समय फिसल गए, बाएँ पैर में ऐसी मोच आई कि टाँग पूरी तरह सीधी न हुई और चाल में भी थोड़ी-सी हचक आ गई।

तब से काका के ब्याह के लिए इनके बाप को बड़ी परेशानी उठानी पड़ी। देखनहरू आते, लौट जाते। बड़ी घेर-घार के बाद एक जगह ब्याह तय हुआ, बेहद ग़रीब घर में। बहू आई तो काका रम गए। पाँच साल के बाद माँ-बाप चल बसे। काका और काकी अकेले रह गए। ब्याह के सात वर्ष तक कोई सन्तान न हुई तो काका-काकी बेहद दुखी रहने लगे। सबसे निकट के थे चन्दन और ओंकार। काका को लोगों ने सुझाया कि इतने निकट से टूअर बच्चों के रहते घर क्यों सूना रखती हो ? बात सूझ गई काकी ने चन्दन-ओंकार को अपने घर में कर लिया। तब चन्दन नौ वर्ष का था, ओंकार चौदह का। घर में तब थोड़ी-सी चहल-पहल आई, लेकिन दो वर्ष बाद काकी भी चल बसीं।

काका और भी उदासी तथा अकेलापन अनुभव करने लगे। किन्तु चन्दन, ओंकार—दोनों भाई स्वभाव से इतने मधुर थे कि काका का मन उखड़ न पाया। इन्हीं के साथ ये बझ गए।

रूपा आई तो उसने हफ़्ते-भर के भीतर ही बहुरिया का बाना उतार दिया। घर को लीप-पोत, इधर-उधर फैली हुई चीजों को सरिहा दिया। भंडार-घर में माटी के पड़े हुए बहुत से बेकार कूड़े, भांडे और हाँड़िया बाहर फेंक दीं। घर का अनाज-पानी तथा पर-पवनी की लेन-देन महीने-भर के भीतर समझ गई। गृहस्थी में राह दिखानेवाली कोई बूढ़ी औरत तो थी नहीं, किन्तु महीने-भर के भीतर सारी गृहस्थी उसने क़ब्ज़े में कर ली।

काका, ओंकार और चन्दन के मन में उल्लास समा गया। किन्तु अब काका के बेपरवाही से घर में आने में रोक लग गई। देहरी पर आते ही उन्हें खाँस-बोल लेना पड़ता। भोजन के समय, चौके में बैठते ही, ढंग से परसी हुई थाली आगे आ जाती। जलपान के समय जलपान, नए-नए व्यंजन और नई-नई खाने की चीज़ें मिलने से भोजन की रुचि बदलने लगी।

तीनों मर्दों की दिनचर्या ही बदल गई। सभी तन-मन से खेती में जुटे। काका खंड में माल-गोरू सँभालने लगे, चन्दन और ओंकार खेती में जुटे। पहले जो खेत बन्दोबस्त होते, वे अब निज की जोत में आ गए। काका का हिस्सा शामिल हो जाने से एक हल की खेती दो की हो गई। बाहर ओंकार और चन्दन ने और भीतर रूपा ने वर्षों से इस उजड़ी, वीरान गृहस्थी को नए सिरे से बसाकर हरा-भरा कर दिया। एक बढ़िया गाय और दो बैल दुआर पर बँध गए।

काका को इधर-उधर घूमने की फुरसत कम मिलने लगी तो भीतर से कुछ व्यग्र रहने लगे। किन्तु घर की व्यस्तता के सुख ने उन्हें भटकने न दिया। नियम से सबेरे, दोपहर और रात को जलपान और भोजन को आते, देर होने पर कभी-कभी भीतर से रूपा भी टोक देती, इसीलिए काका डरते रहते।

एक दिन बाहर से दतुअन करने घर चले आए। घर के पीछे, कुएँ की जगत पर दतुअन करने बैठ गए। सबेरे पानी भरनेवाली भीड़ का झोंका तो पतरा गया था, लेकिन जगत भीगकर चारों ओर से पिचपिचा गई थी। कुएँ पर रमकलिया की विधवा महतारी पानी भर रही थी। उसकी ओर मुँह करके, जगत की कोर पर बैठते हुए काका बोले, "कहो, रामकली की महतारी!"

"का है तिवारीजी!" कमकरिन कुछ शंकित हो दबे स्वर में बोली।

"पैंतालीस-पचास की अवस्था हुई, इतना जाँगर अब किसके लिए पीटती है?"

"जाँगर में ज़ोर है तो सभी पूछते हैं पंडितजी, देह न चले तो पेट कैसे भरे!"

"बेटी-दामाद को अपने ही पास क्यों नहीं रख लेती?"

"माँग में सेनुर पड़ जाने के बाद बेटी पर कौन ज़ोर रहता है, तिवारीजी! हमारे पास धरा ही क्या है कि उसकी लालच में दामाद अपना गाँव छोड़कर यहाँ बसने आएगा!"

"अच्छा, पूजू अहिर के घर का क्या हाल है?" काका ने दूसरी बात छेड़ दी।

"पूजू का हाल क्या बताऊँ, तिवारीजी? बेटा-पतोहू अलग हो गए, बेचारे की दुर्गति हो रही है। अभी तो देह में बल है, जाँगर चलता है। राम जाने आगे क्या हो!"

काका चारों ओर ताककर बोले, "हमारी एक सलाह है, रामकली की महतारी!"

"कौन सलाह, तिवारीजी!"

काका दतुअन चीरकर जीभ छीलने लगे। फिर कुल्ला करके सिर पर बँधे अँगोछे से मुँह पोंछते हुए बोले, "पूजू पचास का हुआ होगा, तुम पैंतालीस की। तुम राँड़, वह भी रँड़ुआ। तुम पूजू के घर बैठ जाओ तो कैसा रहेगा? आपस में पटे भी, दोनों के बाकी दिन भी चैन से कट जाएँ।"

काका की बात पूरी भी न हो पाई थी कि कहारिन गरज पड़ी, "ऐ लँगड़ू! इसी नीयत से तुम्हारी मेहरारू मर गई, औलाद का मुँह तक देखने को नहीं मिला। जैसे अपने धरम की चिन्ता नहीं, वैसे दूसरे का भी धरम लेना चाहते हो!"

"इसमें बिगड़ने की क्या बात है, मेरी बात तो सुनो!"

"खबरदार! आगे बोले तो इसी डोल से तुम्हारा कपार फोड़ दूँगी!"

कहारिन का गरजना सुनकर कुएँ पर भीड़ जुटने लगी तो लोटा-डोर उठाकर काका धीरे-से वहाँ से जामुनवाली परती की ओर खिसक गए। लोगों ने कमकरिन

से कारण पूछा तो बोली, "कुछ नहीं, पपिया लँगड़ुआ का दिमाग फिर गया है। ऊछे-न-पूछे, मैं दुलह की चाची! सलाह देता फिरता है।"

आठ

रूपा के पेट में बच्चा आया। सात महीने बीत गए तो उठने-बैठने में तक़लीफ़ होने लगी। घर का काम सँभालने, रसोई-पानी के लिए किसी एक औरत की ज़रूरत पड़ी। किन्तु इस घर में रूपा के सिवा दूसरी औरत थी ही कौन! पड़ोस की बड़ी-बूढ़ी औरतों की सलाह तो मिल जाती थी, किन्तु गृहस्थी के कामों में बड़ी अड़चन पड़ने लगी। रूपा का चौबेछपरा जाना इतने दिनों के लिए सम्भव न था, गृहस्थी में बझ जाने के कारण वह घर से हटना नहीं चाहती थी। महीने-भर में कटिया शुरू होने वाली थी। अन्त में रूपा ने ओंकार के सामने गुंजा को बुलवाने की बात रखी।

"बड़ी बहन की ससुराल छोटी बहन कैसे आएगी?" ओंकार ने कहा।

"इसमें हर्ज़ क्या है?" रूपा बोली।

"ऐसा कभी हमारे घर में चलन न था।"

"जो काम कभी घर में न हुआ हो, अब होगा ही नहीं!" रूपा कुछ अचरज से बोली, "इसमें कोई ख़राबी तो है नहीं। छोटी बहन बड़ी बहन के ही तो पास आती है, दूसरा सँभालनेवाला है नहीं, तो किया क्या जाए? जहाँ काम निकले, वहाँ लकीर-के-फकीर बनने से नुक़सान के सिवा फ़ायदा तो नहीं होता। काका को समझाओ, वह मान जाएँ तो चन्दन के हाथ बाबू के नाम एक चिट्ठी भेज दो।"

बात काका के कान में पड़ी, वह तो जैसे पहले से ही तैयार बैठे थे, "सोचता हूँ कि चन्दन के हाथ बैदजी को एक चिट्ठी भेजी जाए, पहले कुछ जवाब तो मिले!"

"तो भेज दो।" काका राजी हो गए।

रूपा ने चन्दन से ही चिट्ठी लिखवाई और दूसरे दिन भोर में ही चन्दन को चौबेछपरा के लिए विदा कर दिया। चन्दन चौबेछपरा पहुँचा तो दिन के दस बज गए थे। फागुन का पहला पखवारा लगा था, घाम में गरमी बढ़ जाने से प्यास भी बढ़ने लगी थी। घर के बाहर फूस की पलानी में न बैठकर चन्दन घर में घुस गया। निकसार से भीतर घुसते ही देखा, किसी लड़की के साथ गुंजा ओखल में गेहूँ कूट रही थी। देह पर का आँचल अस्त-व्यस्त था। दाहिने हाथ में पकड़ा हुआ मूसल नीचे गिरने को ऊपर उठा कि दरवाज़े से घुसते चन्दन पर निगाह पड़ गई। ऊपर से ओखल में गिरनेवाला मूसल जल्दी में दूसरी लड़की के मूसल से लड़ गया। ठक् से आवाज हुई और गुंजा मूसल दीवार से टेक फुरती से आँचल ठीक कर भीतर घर में भागी। महतारी ओरियानी की छाँव में कचरी (हरा-चना) निकिया रही थी, पास जाकर बोली, "माई!

चन्दन आए हैं।'' वैद्यजी की पत्नी ने निकसार की ओर आँखें घुमाईं तो देखा, चन्दन खड़ा था, ''आओ, आओ बचवा, अपने घर में लजाते क्यों हो?''

चन्दन पास पहुँचा तो बगल में खड़ी हुई बँसखट बिछाती हुई गुंजा बोली, ''बैठो!''

''अरे, बड़ी पागल है! तेरी बहिन की देवर है, निखहरे बैठाएगी, घर में से दरी-चादर तो ले आ।''

''नहीं, ऐसे ही ठीक है।'' कहता हुआ चन्दन उस छोटी सी बँसखट पर बैठ गया। पैर में कपड़े के जूते थे, लेकिन घुटने तक राह की धूल चढ़ गई थी।

''राह में धूल उड़ाते आए हो क्या, या राह चलने भी नहीं आया, धूल से तो गोड़ भर गए हैं!'' गुंजा बोली।

गुंजा की माँ ने टोका, ''खड़ी-खड़ी बतकूचन करेगी कि कुछ रस-पानी लाएगी!''

''हाँ, मुझे प्यास लगी है।''

''जा-जा, जल्दी जा, इनार से टटका पानी खींच ला और रस बना।''

''जाती हूँ, पहले बहिना का समाचार बता दो।'' गुंजा ने हठ किया।

''नहीं, पहले टटका पानी ले आओ!'' चन्दन ने भी वैसा ही उत्तर दिया।

अब गुंजा पर महतारी की डाँट पड़ी, ''चौदह की हुई, तनिक भी बुद्धि नहीं आई! हर घड़ी लड़कपन!''

चन्दन को घूरती हुई गुंजा आँगन में पड़ी हुई डोर-बाल्टी उठाकर बाहर निकल गई। लौटकर आई तो देखा माँ भीतर घर में है। मौका मिला तो बाल्टी में से एक चुल्लू पानी चन्दन पर उछाल दिया।

चन्दन ने गुंजा को घूरकर सिर हिलाया।

''ले रस बना दे।'' भीतर से डलिया में चीनी लाकर खाट के पास रखती हुई माँ बोलीं और स्वयं सामने के घर में कुछ निकालने चली गईं।

लोटे में चीनी घोलती हुई गुंजा बोली, ''कैसे आए हो?''

''विदाई कराने!'' चन्दन ने कहा।

''विदाई कराने!'' गुंजा कुछ समझने की कोशिश करती हुई बोली, ''किसकी?''

''ससुराल में किसकी विदाई कराने जाते हैं?''

''बक्!'' गुंजा कुछ लजाकर मुसकराने लगी।

तब तक महतारी आ गईं, बोलीं, ''बलिहार जाएगी?''

''बलिहार!'' गुंजा कुछ अचरज से बोली, ''बलिहार क्या?''

''ले बहिना की चिट्ठी पढ़ ले।''

गुंजा महतारी के हाथ से जल्दी से चिट्ठी लेकर पढ़ने लगी। पढ़ चुकने पर चन्दन की ओर देखा, तो वह बोला, ''मैंने क्या कहा था, हमारी बात तो तुम पतियाती ही नहीं!''

"चल, चन्दन को खिला-पिलाकर, बाबू आते हैं तो पूछ के बलिहार जाने की तैयारी कर।"

आँगन में ओरियानी के नीचे वाले चूल्हे को लीप-पोतकर गुंजा रसोई बनाने लगी और माँ चन्दन से रूपा का समाचार विस्तारपूर्वक पूछने लगीं। घर-गृहस्थी कैसी चल रही है, अनाज की उपज पहले से कैसी है, काका घर में कैसे चल रहे हैं, घर में कभी अमनख तो नहीं हुआ, इत्यादि-इत्यादि। उसके बाद, महतारी गुंजा को साथ में देने के लिए सामान तैयार करने लगीं, चन्दन उसी बँसखट पर दीवार के सहारे उठँग गया। नींद आ गई। नाक खर्र-खर्र बजने लगी।

रसोई हो गई तो गुंजा ने माँ को बताया और फिर चन्दन को जगाने गई।

चन्दन को बड़ी जल्दी गहरी नींद आ जाती थी। पीठ टेकने को जगह मिली नहीं कि नींद आई और नाक बजने लगी। पास खड़ी हो गुंजा ने दो-तीन बार चन्दन को पुकारा, लेकिन चन्दन की नाक पूर्वतया बजती रही।

"न जाने इतनी ऊँघाई क्यों आती है, बिआह में आए थे तब भी यही हाल था, लगता है भाँग का गोला चढ़ाए रखते हैं।" गुंजा बोली। चन्दन देह तोड़ते हुए उठ खड़ा हुआ। गुंजा ने लोटे का पानी हाथ में थमा दिया। आँगन की मोरी पर हाथ-मुँह धोकर, चूल्हे के पास रखे हुए पीढ़े पर चन्दन बैठ गया। गुंजा रोटी सेंकने लगी, माँ परसी हुई थाली में गुंजा के हाथ से सिंकी रोटी चन्दन की थाली में डालने लगीं।

तभी वैद्यजी आ गए। गुंजा से चन्दन की थाली में रोटी डालने को कहती हुई माँ उठ गईं। वैद्यजी ने चन्दन को देखा तो कुछ घबराकर पूछा, "अरे! कब आए, कुशल तो है?"

"हाँ-हाँ, सब ठीक है, अभी थोड़ी देर हुए आए, रूपा की चिट्ठी आई है।" वैद्यजी की पत्नी ने कहा।

"क्या लिखा है?"

"पहले कपड़ा उतारो, फिर चिट्ठी पढ़ लेना! समाचार सब ठीक है।" गुंजा की माँ के चेहरे पर खुशी का भाव उभर आया।

वैद्यजी बाहर के ओसारेवाली अपनी कोठरी में मिरजई उतारने चले गए।

चन्दन खाकर उठने लगा तो गुंजा ने उसके दोनों कन्धे दबाकर पीढ़े पर बिठा दिया और चट से थोड़ा-सा भात और घी वाली कटोरी में दाल मिलाकर चन्दन की थाली में उलट दिया।

खाना खाकर चन्दन हाथ धोने उठ गया।

वैद्यजी कपड़े बदल निकसार में पड़ी चौकी पर आ बैठे। गुंजा, उसकी माँ और चन्दन तीनों उनके पास आ गए। वैद्यजी ने चन्दन को अपने पास चौकी पर बिठा लिया, गुंजा और उसकी माँ नीचे धरती पर बैठ गईं। रूपा की माँ ने चिट्ठी वैद्यजी के आगे रख दी। चिट्ठी पढ़कर वैद्यजी ने पत्नी की ओर देखा।

पत्नी चुप रहीं तो बोले, "क्या सोचा है ?"

"हमको सोचना क्या है ?"

"तो हमें सोचना है ! रसोई, पानी, घर के काम का हाल तुम जानती हो, सोचूँगा मैं !"

"यह सब तो चल ही जाएगा।"

"गुंजा से भी पूछो, जाना तो इसी को है !"

"सामने ही तो बैठी है, चिट्ठी भी पढ़ ली है, तुम भी पूछ लो।" वैद्यजी की पत्नी बोलीं।

"क्यों गुंजा, बलिहार जाओगी ?"

"भेजोगे तो क्यों नहीं जाऊँगी ?" गुंजा बोली।

इधर निश्चय हुआ, उधर गुंजा की सखियों और उनके घरों में बात फूटी कि गुंजा बहिनौरे जा रही है। तब से साँझ तक गुंजा की सखी-सहेलर उसे घेरे रहीं।

साझ को दरवाज़े पर बैलगाड़ी लग गई। आँगन सखी-सलेहर और नई भौजाइयों से भर गया था। गुंजा जब बाहर गाड़ी पर चढ़ने चली तो एक भौजाई बोली, "ससुराल जा रही हो ?"

"बक् !"

बैलगाड़ी के बीच में, बाज़ार में बिकने के लिए चार-पाँच बोरों में चावल-दाल रखे थे, आगे की ओर गाड़ीवान के पीछे गाँव का बनिया बैठा था, बोरों के बाद में पीछे की तरफ गुंजा बैठ गई। चन्दन पैदल चला, संग में कुछ दूर पहुँचाने को वैद्यजी चले।

"बबुआ, तुम भी बैठ जाओ, गाड़ी आगे की ओर ओलार है।" गाड़ीवान ने कहा।

"चलो, गाँव के बाहर निकलो तो मैं भी बैठ जाऊँगा।" चन्दन ने कहा। गाँव के बाहर तक गाड़ी पहुँचाकर वैद्यजी लौटने लगे तो उनके पैर छू चन्दन भी गुंजा की बगल में बैलगाड़ी पर बैठ गया।

नौ

सूर्यास्त होने में लगभग दो घंटे की देर थी। चौबेछपरा के बाद पियरौंटा के लिए जहाँ से राह मुड़ती थी वहाँ से बलिहार लगभग कोस-भर पड़ता था। पैदल चलना हो तो उस राह को छोड़कर बलिहार के लिए तिरछी पगडंडी गई थी, जिससे दूरी भी कम हो जाती थी और समय भी कम लगता था, किन्तु जाना खेतों की मेंड़ों से पड़ता था। खेत पके होने से मेंड़ों पर लटकी हुई गेहूँ-जौ की बालियों के टूँड़ पैरों में चुभते थे, इसीलिए लोग छवरि से ही जाना अधिक पसन्द करते थे। चन्दन चाहता था कि उतरकर पैदल ही चलें, जिससे दिन डूबते-डूबते गाँव पहुँच जाएँ, किन्तु गुंजा के कारण वह विवश था। बैलगाड़ी कछुए की चाल से धीरे-धीरे, चूँ-चीं-चर्र-चर्र करती हुई आगे बढ़ रही थी। गाड़ीवान बैलों को पैना मारता था, किन्तु लीकों में धूल हो जाने से चाल तेज़ नहीं हो पाती थी।

पियरौंटा को मुड़ने के पहले ही गाड़ी के दाहिने पहिए का धुरा घिसा होने से निकलकर गिर गया। गाड़ी ने खट् से पहिया फेंक दिया। गाड़ी दाहिनी ओर ओलरी कि चन्दन फट कूद गया और गुंजा को बाँह में पकड़कर नीचे खींच लिया। बीच में बैठे हुए बनिए की पीठ में थोड़ी सी चोट आई, बाकी गाड़ीवान और चन्दन ने मिलकर गाड़ी उलटने से बचा ली। धुरा ठोंकने और गाड़ी पर सामान ठीक करने में आधा घंटा और लग गया। गाड़ी चलने के पहले चन्दन ने पूछा, "गाड़ी में बैठने से तो गाँव पहुँचने में बहुत देर हो जाएगी। पैदल चलोगी?"

"हाँ-हाँ, चलो, मैं तो पहले ही कहने वाली थी, लेकिन सोचा..."

"लाओ, झोला हमें दो।"

"नहीं-नहीं, चलो, एक तो तुम लिये ही हो। ऐसी सुकुमार नहीं हूँ।"

बैलगाड़ी की राह छोड़कर, नदी के किनारे-किनारे आगे-आगे चन्दन और पीछे-पीछे गुंजा चलने लगी। सूरज डूबनेवाला था और अभी कोस-सवा कोस धरती नापनी थी।

"अभी कितनी देर लगेगी?" गुंजा ने पूछा।

"कम-से-कम एक घंटा। अँजोरिया उग जाएगी।"

"तो थोड़ी चाल बढ़ाओ।" गुंजा ने कहा।

"डर लगता है?"

"हमें डर-फर नहीं लगता!"

"अगर तुमको छोड़कर भाग जाऊँ तो?" चन्दन ने कहा।

"तो मैं अकेली भी बलिहार पहुँच जाऊँगी।"

"अरे बाप रे! तुम लड़की हो या लड़का?"

"दोनों।"

"तो चलो हमारी चाल से!" और चन्दन बेहद तेज चलने लगा। दो-तीन मिनट तो गुंजा साथ देती रही, फिर चुपचाप राह पर ही बैठ गई। चन्दन उसी रफ़्तार में चला जा रहा था। लगभग सौ गज निकल जाने पर मुड़कर देखा, तो गुंजा उसकी ओर पीठ किए हुए चपचाप डड़ार पर बैठी थी।

"जय सियाराम! ऐ लड़का! बैठ क्यों गए?" चन्दन वहीं से चिल्लाया। गुंजा वैसी ही बैठी रही। दो-तीन बार चन्दन ने फिर आवाजें लगाईं। लेकिन गुंजा टस-से-मस न हुई। हारकर चन्दन वापस लौटा और पास आकर बोला, "बस!"

हार जाने की खीज में गुंजा उठकर बोली, "जाओ, मैं तुम्हारे साथ नहीं जाती।"

"अच्छा, उठो-उठो।"

"पहले ही थका दोगे तो बाकी राह कैसे चलूँगी?"

"अब तेज़ नहीं चलूँगा, आगे-आगे तुम्हीं चलो।" कहते हुए चन्दन ने गुंजा का हाथ पकड़कर ऊपर उठाया, तब वह उठी और आगे-आगे चलने लगी।

सूरज डूब गया। चाँदनी की आभा छा गई। चन्दन और गुंजा हरी दूब से भरी हुई करइल माटी की कड़ी चौड़ी छवरि से चलने में लगे थे। बलिहार अभी लगभग डेढ़ मील था। सप्तमी की चाँदनी छवरि के दोनों ओर जौ-गेहूँ के पके खेतों पर पूरी तरह छा गई थी। शान्त, स्थिर वातावरण में हल्के हवा के झोंके, खेतों में खड़े अनाज के पके ठंडलों को लहराकर खनखना देते थे। दूर-दूर तक फैले हुए करइल, माटी के खेतों में बराबर ऊँचाई तक उगी हुई फसलों पर यदि थाली सरका दी जाए, तो कुछ दूर तक, बिना गिरे, बालियों पर फिसलती चली जाए। ऐसे थे दूर तक फैले हुए पक चले अनाज के लहराते-भरे खेत, जिनमें जहाँ-तहाँ खड़े छोटे-छोटे बबूल के पेड़ पहरेदारों की तरह लगते थे।

"गुंजा!"

"हूँ-ऊँ!"

"थकन तो नहीं आई?"

"आई भी हो तो क्या करोगे?"

"थोड़ी देर सुस्ता लेंगे।"

"बैठेंगे तो उठने को मन न होगा, चन्दन! ऐसी अँजोरिया में बैठने को मन नहीं करता है। अगर तुम थके हो, तो बैठ के सुस्ता लो।"

चन्दन ज़ोर से हँस पड़ा, "इतना चलना तो मेरे लिए रोज़ के जल-पान के बराबर भी नहीं है। कनिआँ (दुलहिन) जब ब्याह के जाती है तो ससुराल पहुँचने पर डोली में से उतर के, आँगन तक, दौरी में ही डेग पड़ते हैं!"

"संग में दुलहा भी तो होता है!" गुंजा ने धीरे-से कहा।

"लेकिन इस समय तो पैदल हो!"

"तुम कौन पालकी में सवार हो!"

"क्या मैं तुम्हारा... ?"

"ऐ चन्दन... ?"

हवा का एक झोंका आया और सारी सरेह को लहरा गया।

"चन्दन"

"हूँ।"

"मुझे प्यास लगी है।"

चलते-चलते चन्दन रुक गया, "प्यास लगी है।" और उसने गुंजा के चेहरे पर देखा, कनपटी से पसीने की लकीर चिबुक तक बह आई थी। आँचल पीछे सरककर जूड़े में अटका हुआ था। सँवारे हुए घने काले बालों के बीच में झलकती हुई लम्बी माँग चन्दन देखता ही रह गया।

"क्या देखते हो?"

"देखता हूँ, मैं तुमसे कितना ऊँचा हूँ?"

“नाप लो।” कहती हुई गुंजा चन्दन की बगल में सट गई और अपने सिर पर हाथ रख, चन्दन का कन्धा छूती हुई बोली, “तुम्हारे कन्धे से ज़रा-सी बड़ी हूँ।”

“चलो, आगे पाकड़वाले इनार पर ढेकुल लगी है, पानी पीएँगे, वहाँ से छन-भर में गाँव।”

आगे छवरि की बगल में एक कुआँ था और उसकी बगल में एक पाकड़ का पुराना घना पेड़ था। धूप के दिनों में राही उसके नीचे विश्राम करते थे। कुएँ की जगत लगभग कन्धे-भर ऊँची थी। गुंजा जगत पर चढ़ गई, चन्दन ने पानी खींचा, गुंजा को पिलाया, फिर गुंजा ने चन्दन को पिलाया। पानी पीकर, तृप्त हो, आँचल से मुँह पोंछती सामने खेतों की ओर देखती हुई गुंजा बोली, “चन्दन, अँजोरिया में यह सरेह कैसी लगती है?”

चन्दन गुंजा की बगल में खड़ा हो बोला, “तुम्हीं बताओ।”

“जैसे बिअहुती कनियाँ (ब्याही दुलहिन) पियरी ओढ़े हो!”

“कनियाँ बनने का मन होता है?” चन्दन ने हँसते हुए पूछा।

“बक्?”

पीछे से, गुंजा के दोनों कन्धे आगे की ओर ठेलते हुए चन्दन बोला, “तो चलो, नीचे उतरो।”

दोनों थैले हाथों में ले आगे गुंजा और गुंजा के दोनों कन्धों पर हाथ रखे चन्दन उतरा। दस कदम चलने के बाद चन्दन ने गुंजा से एक थैला ले लिया। थोड़ी दूर चलकर गुंजा बोली, “जब तुम पहली बार हमारे गाँव आए थे, तो तुम्हारी नाव पानी में किसने बहा दी थी, जाना?”

“किसी चुड़ैल ने ठेल दी होगी?”

“मैं चुड़ैल हूँ!” चलते-चलते गुंजा रुक गई।

“अरे, तो तुमने बहाई थी!”

“और क्या!”

“मैंने भी दशरथ से कहा था कि बहानेवाली ज़रूर कोई लुत्ती (चिनगारी) ही होगी। चौबेछपरा की लड़कियाँ, बाप रे!” चन्दन ने गुंजा की ओर देखा, तो वह मुसकरा रही थी। फिर थोड़ी देर तक उस सूने ताल की चाँदनी में दोनों जैसे डूब गए। पैरों तले, छवरि की हरी-हरी कोमल दूब थी। आखों के आगे, देह-मन को बाँधनेवाली, सुखद-शीतल चाँदनी थी। चन्दन और गुंजा, अगल-बगल चलते हुए, कभी सामने, कभी दाएँ-बाएँ, कभी एक-दूसरे को देखते हुए, बड़ी देर तक चुपचाप चलते रहे।

“चन्दन!” एकाएक गुंजा बोली।

“क्या है?”

“हमारा मन उदासेगा तो हमें कुछ दिन को चौबेछपरा पहुँचा दोगे न!”

“ससुराल में किसी का मन उदासता है!”

“बक्! हर घड़ी फक्कड़ा की ही तरह बोलते हो। देखो, ठीक से बोलो।”

"हमारे रहते तुम्हारा मन उदास जाएगा?"

"तुम हमारे हो कौन!" गुंजा धीमे-से बोली।

"मैं! मुझसे पूछती हो? अच्छा, तुम्हीं बताओ, अगर इस समय कोई तीसरा आदमी तुमसे आकर पूछे कि मैं तुम्हारा कौन हूँ तो तुम क्या बताओ?"

"मैं, मुझसे पूछते हो?" गुंजा भी वैसे ही चीन्हाके बोली।

"हाँ, तुम! तुमसे ही पूछता हूँ।"

गुंजा रुक गई तो चन्दन ने फिर पूछा, "बोलो, बताती क्यों नहीं?"

"यहाँ कोई आ ही नहीं सकता।"

"यहाँ कोई आ ही नहीं सकता, यह कैसे जानती हो? कहो तो अभी ताली बजाकर बुला दूँ?"

"किसको?"

"आगे, जो छवरि के किनारे वह बबूल का पेड़ देखती हो न, उसी पर से एक आदमी को बुला दूँगा। चलो, पास तो पहुँचो!"

"उस पर कौन आदमी है?"

"भूत।"

"भूत! अरे बाप रे?" गुंजा ने डरकर चन्दन को कसकर पकड़ लिया। चन्दन का आगे बढ़ना कठिन हो गया। बड़ी देर तक चन्दन ने समझाया कि आगे चलो, भूत वहाँ नहीं है, मैं तो हँसी करता था, तब कहीं गुंजा ने उसे छोड़ा। लेकिन जब तक आगेवाला बबूल का पेड़ बीत न गया, वह चन्दन से एकदम सटकर चलती रही। बलिहार पहुँचे तो रात के आठ बज चुके थे। राह में काका मिल गए, घर से खाकर खंड जा रहे थे, "बड़ी देर कर दी, सबेरे आते, रात में क्यों आए? जाओ, घर जाओ।" घर में घुसे तो आँगन में रूपा ओंकार को खाना खिला रही थी।

"अरे, गुंजा!"

झुककर गुंजा ने बहन-बहनोई दोनों के पाँव छुए। रूपा ने छोटी बहन को अँकवारी में भर लिया।

दस

रात में बड़ी देर तक गुंजा से रूपा बतियाती रही। गाँव-भर का समाचार पूछ गई और सबेरे मकान का एक-एक कोना उसने गुंजा को दिखा दिया। गोइँठा-लकड़ी से लेकर, तेल, नून, आटा, दाल के बर्तन तक गुंजा ने अपने हाथ से टो-टोकर देख लिये। काका, पहुना, चन्दन के खाने की बेला पूछ ली। चौका-बासन, रसोई-पानी, कूटने-पीसने का सारा भार अपने ऊपर ले लिया। रूपा छोटी बहन की पीठ पर रहती, यद्यपि गुंजा उसे कोई भी काम करने न देती। सबेरे मर्दों को खिला-पिला, चौका-

बरतन कर, जाँते पर पीसने बैठ जातीं। पड़ोस की लड़कियों से मेल इतना बढ़ा कि जाँते पर गुंजा के संग पीसते समय गीत गाने को वे ललच जातीं। एक तो गुंजा का कंठ सुरीला था, गीत भी उसे बहुत याद थे। सो दोपहर में पड़ोस की लड़कियाँ जाँतेवाले ओसारे में अपने-आप ही जुट जातीं। घर में काम न रहने पर अकसर उसे अपने घर खींच ले जातीं। झूमर, कजरी, ब्याह, माड़ो, संझा, प्रभाती, जब जो मन में आया, गुंजा के कंठ से फूट पड़ते। अड़ोस-पड़ोस के घरों में, देखते-देखते नेह-छोह इतना बढ़ गया कि गुंजा जैसे एकदम से बलिहार की बेटी हो गई।

और रूपा, घर की सारी गृहस्थी छोड़कर, निश्चिन्त हो ऊपर का इन्तजाम देखने लगी।

खेत पक गए थे। कटिया शुरू हो गई थी। बलिहार की कटाई की 'मूँठ'[1] और 'पंखा'[2] जवार-भर में प्रसिद्ध थे। अन्य गाँवों में कटाई दस बोझ में एक बोझ मिलती थी; बलिहार में दस पंजे में एक पंजा मिलता था, जो बाँधने पर लगभग डेढ़ बोझ होता था। इसी कारण दस-दस, पन्द्रह-पन्द्रह कोस के बनिहार (खेत काटनेवाले मज़दूर) फागुन से कटाई समाप्त होने तक झुंड-के-झुंड बलिहार में आकर टिक जाते थे। उनके आने से गाँव में रौनक और चहल-पहल हो जाती थी। दिन-रात खेतों की कटाई और बोझों की खलिहान में ढोआई लगी रहती। खेत पके नहीं कि लोग काटकर खलिहान में टलिआने लगते, नहीं तो फगुनाहट के झोंके डालों को झकझोरकर बालियों से दानों को खेत में ही छिटका देते, जौ-गेहूँ की खड़ी बालें टूट-टूटकर खेतों में गिर जातीं और चूहे अपनी बिलें भरने लगते।

ओंकार और चन्दन भी अपने खेतों की कटाई में लगे थे। पन्द्रह-पन्द्रह बनिहार एक कतार में खेत काटते जाते। ओंकार बनिहारों के साथ कटाई और बोझे बँधवाने में रहता, चन्दन उनके संग खेत से खलिहान तक दौड़ता। काका बैलों की सानी-पानी और खलिहान देखते। गुंजा और गर्भवती बहन गृहस्थी में रँग गईं। परिवार का जीवन सुचारु-रूप से तेज़ी के साथ आगे बढ़ने लगा।

फागुन की पूर्णिमा, धप्-धप् सफ़ेद रात। खेतों से खलिहान तक बोझों की ढोआई का ताँता लगा हुआ था। रात के बारह बजे होली जलने वाली थी। रात को ही, खाना खिलाते समय, रूपा ने ओंकार और चन्दन से पैरों में उबटन लगवाकर झिल्ली छुड़वा जाने को कह दिया था। घुटने के नीचे से पूरा पैर, नहीं तो सबके अँगूठे की झिल्ली, छुड़ाकर होली में डाल दी जाती थी। विश्वास था, अगले साल की सारी तकलीफें आग में जल जाती थीं। कटाई में इतनी भीड़ थी कि चन्दन और ओंकार घर आना भूल गए। बारह बजे होली जलने वाली थी, रात के ग्यारह बज गए, गाँव में बड़ी चहल-पहल थी, जलाकर भूँजने के लिए लड़के लुकाड़ बना रहे थे। रूपा ने गुंजा को भेजा। गुंजा खलिहान से ओंकार और चन्दन को बुला लाई। पीतल की बड़ी कटोरी में सरसों का उबटन गुंजा ने साँझ को ही पीसकर रख लिया था।

---

1. एक मुट्ठी में बालियों सहित पकड़े जा सकनेवाले ठंडल।
2. दोनों बाँहों में समानेवाले अनाज लगे ठंडल।

आँगन में गुंजा ने खटिया डाल दी। ओंकार आगे आया। ऊपर-नीचे धरती पर बैठे उसके पैरों में उबटन लगाने लगी, एक पैर में रूपा, दूसरे में गुंजा लगाने बैठी तो ओंकार ने हँसते हुए गुंजा को टोक दिया, ''तुम चन्दन को लगाना।''

''ऐ पहुना, हँसी करोगे तो मैं घर में भाग जाऊँगी।''

''अरे! इसमें हँसी की क्या बात है, आख़िर उसको कौन लगाएगा?''

''वो क्या हमारे बखरा पड़े हैं?'' गुंजा बैठी हुई ही बोली।

''अगर पड़ जाए तो?''

''हुँह...मैं आ गई तो बैदजी का खानदान ही तुम्हारे घर आ जाएगा!'' रूपा बीच में ही बोल पड़ी।

''नहीं, नहीं! ये तो रानीजी रजवाड़े जाएँगी।'' ओंकार ने मुँह बनाकर कहा।

''राजा-रजवाड़ा न सही, लेकिन तुम्हारे जैसे खेतिहार, झंखाड़ के घर हमारी सुकुमार बहिन नहीं आएगी! 'खाएँगे गेहूँ, नहीं तो रहेंगे ऐहूँ।' समझे! 'भले धिया रहिहें कुवाँरि हो।' हमारी बहिन जाएगी कलकतिहा कमासुत मरद के घर।''

तभी चन्दन ने आँगन में प्रवेश किया। ओंकार के पैरों की झिल्ली छूट गई थी। वह उठकर जाने लगा और चन्दन को कहा गया कि कागज में लपेटकर झिल्ली और काका के लिए अलग से थोड़ा उबटन लेता आएगा।

भाई के चले जाने पर चन्दन उसी खाट पर बैठ गया।

''लगा दे गुंजा, चन्दन के उबटन! मुझसे बैठा नहीं जाता।''

कटोरी लेकर गुंजा ने चन्दन के पैर पकड़ने को हाथ बढ़ाए तो उसने दोनों पैर मोड़कर ऊपर कर लिये।

''यह क्या?'' रूपा ने पूछा।

''तुम क्यों नहीं लगाती हो?'' गुंजा की ओर ताकते हुए चन्दन ने भौजाई से कहा।

''कमर दुख गई है, हमसे बैठा नहीं जाता तनिक सरको, मुझे जरा ओठँगने दो।'' कहती हुई रूपा उसी खाट पर दूसरी ओर मुँह करके करवट लेट गई।

''ऐसे रूखर हाथों से कौन उबटन लगवाए! एक तो ऐसे ही खेतों में आजकल खूँटा-खाँटी गड़ती रहती है, ऊपर से गोड़ कौन छिलवाए!''

''गोड़ तो हैं जैसे खरहरा, रगड़ जाएँ तो दूसरे की देह छिला जाए, लेकिन नखरा है राजकुमारों की तरह। जाओ, ले जाओ, लयनू की तरह हाथोंवाली से लगवाओ उबटन!'' उबटन की कटोरी पट से पटककर गुंजा अलग बैठ गई।

चन्दन हँसते हुए गुंजा को अपने पैरों की तरफ आकर झिल्ली छुड़ाने के लिए अँगुली से इशारा करने लगा।

''इसके आ जाने से बबुआ, अगरा गए हो, नहीं तो दोनों जून चूल्हा फूँकना पड़ता तब आँखें खुलतीं।'' रूपा लेटी हुई ही बोली, ''लगा दे गुंजा, इस बम्मड़ आदमी की बात क्या धरती है!''

गुंजा दोनों हाथों से चन्दन के पैर में घुटने से नीचे उबटन लगाने लगी। उबटन सुखाने के लिए जब वह पैर पर हाथ रगड़ने लगी तो चन्दन के पैर के बालों को रह-रहकर खींच देती। चन्दन एक-दो बार 'सी'-'सी' करके रह गया, लेकिन बाद में रूपा से शिकायत की, ''देख लो, भउजी!''

''क्या है?''

''हम क्या करें, बाल सट जाते हैं तो?'' गुंजा बोली।

''सट जाते हैं! लासा है क्या?'' चन्दन बोला।

''तो लो, अपने से रगड़ के छुड़ा लो।'' गुंजा पीछे सरक गई।

''भउजी!''

''छुड़ा दे गुंजा, देर हो रही है!'' रूपा बोली।

झिल्ली छुड़ाकर गुंजा एक कागज में बटोरकर चन्दन के हाथ में थमाकर उठने लगी, तो कटोरी में से थोड़ा-सा उबटन निकालकर चन्दन के गालों में लगा दिया।

''हूँ ऊँ...''

''मिलान करो इस रूखर हाथ से कि कौन ज्यादा चिकना है!'' फुरती से कटोरी में से उबटन निकालकर चन्दन ने लपककर गुंजा का जूड़ा पकड़ लिया और उसके पूरे मुँह-भर में अच्छी तरह उबटन पोत दिया।

''बहिना!''

रूपा उठ बैठी, ''यह क्या रे!''

''देख लो अपने देवर की करनी!''

''तुम भी देख लो अपनी बहिन की करनी!'' चन्दन ने उबटन पुता हुआ अपना दाहिना गाल भौजाई के आगे कर दिया।

रूपा हँसने लगी, ''आज ही फगुआ शुरू हो गया, अभी होली भी नहीं जली।'' रूपा देवर के गालों का उबटन अपने हाथ से छुड़ाने लगी।

उधर गुंजा भी वहीं बैठकर दोनों हाथों से अपने मुँह का उबटन रगड़-रगड़कर छुड़ाने लगी।

चन्दन का मुँह जब साफ हो गया तो वह गुंजा से बोला, ''कल बताऊँगा कि बलिहार का फगुआ कैसा होता है?''

उत्तर में गुंजा ने बहन से छिपकर चन्दन को अँगूठा दिखा दिया।

ग्यारह

रात आधी बीती, पच्छिम की बारी में गाँव जुट गया। होली की पूजा हुई, आग लगी, देखते-देखते लपटें चिटक-चिटककर आसमान छूने लगीं। लुकाड़ जला-जलाकर लड़के भाँजने लगे। गाँव के बड़े-बूढ़े इस ताक में थे कि लड़के दूसरे गाँव

के सिवान में बुझती हुई लुकाड़ें न फेंकें, बाकी प्रौढ़ और जवान, लाठी लिये इस पहरे पर थे कि दूसरे गाँववाले बुझती हुई लुकाड़ें बलिहार की सीमा में न फेंकें। ऐसा विश्वास था कि अपने गाँव की बुझती हुई लुकाड़ें दूसरे गाँव की सीमा में फेंक देने से नए साल का दुख-दारिद्र्य दूसरे गाँव में चला जाता था, इसलिए हर गाँववाले इस रात को अपने-अपने सिवानों की कड़ी निगरानी करते थे, लाठियों से लैस, क्योंकि कभी-कभी दो गाँवों में आपस में मारपीट हो जाती थी। गाँव के बड़े-बूढ़े इसी मारपीट को बचाने के लिए इस रात, विशेष करके जब तक गाँव के लड़कों की लुकाड़ें पूरी तरह भँजकर बुझ न जातीं, जागते रहते।

भोर हुई, गाँव फगुआ खेलने में जुट गया। दिन-भर के लिए कटिया बन्द हो गई। लोंग दूने उत्साह से होली में लग गए। चन्दन लोगों के गिरोह में घर-घर, द्वार-द्वार घूमता रहा। पहले से ही उसने आठ-दस लड़कों का एक दल बना लिया था और तय किया था कि इस वर्ष कीचड़, मिट्टी, गोबर से होली न खेलने का प्रचार करेगा, इसीलिए सबसे पहले इसके दलवाले गाँव में घूमना शुरू हो गए थे। नौजवानों को हाथ जोड़कर, समझा-समझाकर मना करते रहे कि कीचड़-पाँक की जगह होली रंग से खेली जाए। न जाने कैसा जादू हुआ कि सदियों की यह कुप्रथा एकाएक थम गई। हाथ में बाल्टी का रंग और टटके कटे बाँस की पिचकारी लिये वह घर-घर, पद की भौजाई लगनेवाली सभी औरतों से अपने दल के साथ होली खेल आया। फगुआ के दिन, घर की औरतें इसी पाँक-पानी के डर से भीतर से किवाड़ें सबेरे ही बन्द कर लेती थीं। सो इस साल, इस परिवर्तन पर, सभी ने जी भरकर होली खेली। गोबर-पाँक की जगह, गलियों में लाल-पीले-हरे रंग फैल गए।

गुंजा के संग में समौरिआ लड़कियाँ भी दलों में होली खेलने निकलीं, घर-घर जाकर क्वारी-ब्याही ननदें, भौजाइयों से होली खेलकर लाल-पीले रंग से ऊपर से नीचे तक नहा आईं।

चन्दन घर लौटा। भौजाई से अँगोछा माँग नदी में नहाने चला गया। बड़ी मेहनत से मल-मलकर तो रंग छुड़ाया। देर से लोग तीर पर नहा रहे थे। धारा न होती तो नदी का जल भी रँग जाता। लौटने लगा तो धूप चढ़ आई थी। दोपहर से बेर झुक गई थी। तीनदारे में गुंजा मिली, ''अरे! दिन-भर फगुआ ही खेलती रहोगी! नहाना-धोना न होगा क्या?''

''मैंने तो नहा लिया।''

''क्या नहा लिया? अभी तो देह-मुँह जस-का-तस लाल-पीला है।''

''न जाने कैसा रंग है कि छूटता ही नहीं!''

''बलिहार का रंग जल्दी नहीं छूटता, चढ़ा तो चढ़ गया!'' बात फेंककर चन्दन आगे बढ़ा, पलड़े की ओट में रखी हुई बाल्टी में से दो कटोरे रंग चन्दन की बनिआइन-धोती पर पीछे से छप्प्-छप्प् पड़ गए।

चन्दन पीछे मुड़ा तो गुंजा बगल में कतराकर झटके से दूसरे घर में भागी। लपककर चन्दन ने पकड़ लिया। बगल की घनौची पर भरी हुई बाल्टी रखी थी, पूरी-की-पूरी भरी हुई बाल्टी का जल गुंजा की देह पर—''हर-हर, महादेव!'' ऊपर से नीचे तक गुंजा सराबोर, कपड़े भीगकर देह से चिपक गए। स्वस्थ मांसल देह के अंग-प्रत्यंग निखर आए। लाज के मारे गुंजा वहीं सिकुड़कर बैठ गई तो दूसरी बाल्टी बचा हुआ पीला रंग भी ऊपर से चन्दन ने डाल दिया।

गोरी देह पर पीला रंग और भी जम गया।

''अब उठो।''

''बक्! बहिना! ए बहिनिया!'' गुंजा ने पुकारा।

छोटी बहन की पुकार पर रूपा घर में से आँगन में आ गई।

''ये क्या रे!''

''देख लो चन्दन की करनी।''

''चोरी और ऊपर से सीनाज़ोरी। नहा-धोके आए तो हमको तुमने नासा, ऊपर से भउजी से दुहाई करती हो।''

''कौन किससे कम है! उठ चल, मन न भरा हो तो हंडे में रंग घोर के तुम दोनों जी भरके छपक लो।''

गुंजा उठकर चली तो भीगी हुई फुफुती* फदर-फदर करने लगी।

''भउजी, ये तो बाजा बजता है!''

''जा, जा इनार पर फिर से नहा आ।''

''अब तो मैं नहीं जाता, गुंजा बबुनी जाए?''

''गुंजा इनार पर नहाने जाएगी। पागल हुआ है क्या? जा, दो बाल्टी पानी अपनी देह पर डाल लेना, दो लेते आना, एक से ये नहाएगी।''

बाल्टी में पानी लेकर लौटा तो गुंजा आँगन में घनौची के पास प्रतीक्षा में बैठी थी। रूपा रसोईघर में थी। घनौची पर पानी रखकर दूसरी बाल्टी गुंजा के पास रखते हुए बोला, ''नहा लिया तो फगुआ खेलने की सुधि आई!''

''तुमसे खेले बिना मेरा फगुआ कैसे पूरा होता...!''

तभी काका खाने को भीतर आ पहुँचे।

''अभी मत खाना, मैं नहाकर आती हूँ, तब परसूँगी। तब तक काका को खाने दो।'' वह बोली।

चन्दन काका के पीछे-पीछे चौके के आगे वाले ओसारे में उनके लिए पीढ़ा-पानी रखने चला गया। गुंजा फुरती से नहाने लगी।

साँझ के चार बजे से ही झाल और ढोल लिये, फगुआ गाते हुए गाँव के लोगों के झुंड-के-झुंड द्वार-द्वार घूमने लगे। चेहरे और शरीर अबरख पड़े, गुलाबी-हरे-

---

* कमर के नीचे आगे की ओर लटकने वाला साड़ी का चुन्नटदार हिस्सा।

लाल अबीर से रँगे हुए। किसी-किसी द्वार पर भीतर से औरतें गीला रंग भी फेंक देती थीं, नहीं तो अबरख मिला हुआ अबीर धुएँ की तरह मंडली के माथे पर उड़ता रहता। झाल और ढोल की लय में, बीसों कंठ से फाग मुखरित हो उठा :

बम भोले बाबा, बम भोले बाबा,
कँहवा रगबल पागरिया।

चन्दन के द्वार मंडली बैठी थी। भीतर से अड़ोस-पड़ोस की लड़कियों के साथ गुंजा भी झाँक रही थी। पीछे से गाँव की लड़कियाँ रह-रहकर उसे बाहर ठेल देने की कोशिश करतीं। चन्दन सामने से देख रहा था। गौनई चल रही थी। अन्तिम बार गानेवाले नवही जोश में आ गए। घुटने के बल बैठकर दरवाजे की ओर हाथ बढ़ाकर बोल फूटा :

कमलदल खोल,
तनिक हँसि के बोल...

उसके बाद दो-एक दल और आए। अन्त में नाच का दल आया, 'जोगिड़ा'* गानेवालों का। पूरब टोला का उत्तिमा गोड़ लौंडा (नचनियाँ) बना था। मऊग साला साड़ी पहनकर, पाउडर पोत मुँह पर चमकती हुई बिन्दिया और ललाट पर टिकुली, माँग में सेनुर भरे, पैरों में सेर-सेर भर के घुँघरू, पीछे गिरोहवाले ढोल-झाल लिये और इन्हें घेरकर चलते हुए गाँव के पचासों लड़के। घूमते हुए चन्दन के द्वार पर गोल जमा। ढोल तड़तड़ा उठा। 'जोगिड़ा' की बोल फूटी :

जोगिजी, बाह जोगिजी,
जोगिजी, धीरे-धीरे
नदी के तीरे-तीरे।
अरे रे कबीर...
सुनो रे कबीर...

और उत्तिमा, बीच की खाली जगह में जोगिड़े की अन्तिम बोल पर घड़ारी की तरह फुर्र से सरककर नाचने लगा। घुँघरुओं की आवाज पर ढोलक ताल देने लगा। 'जोगिड़ा' चलता रहा...

अरे रे कबीर
सुन रे कबीर
जोगिजी देख-सूनि के
मजे में आँखि मूनि के
चली जा, ताक धिनाधिन्
जोगिजी सर्र जोगिजी!
जोगिजी देह छोड़ के...

---

* होली के समय ढोलक पर ताल देते हुए मस्ती में गाए जानेवाले गीत।

पैंतालीस वर्ष का बूढ़ा उत्तिमा, ढोल की ताल पर छूटता है तो नए नाचनेवाले लौंडे भी मात हो जाते हैं। देह की सुधि-बुधि न जाने कहाँ चली जाती है, बस घंटे-घंटे पर चिलम का दम मिलता जाए, फिर रात-भर नचाते रहो। साँवरे हुए चेहरे पर पसीने की लकीरें पाउडर को धो देती हैं, लेकिन मुँह में भरे हुए पान के बीड़े, देह में चाभी भरते रहते हैं। गाँव में दो-तीन नचनियाँ और हैं, लेकिन उत्तिमा की बराबरी करनेवाला अभी तक कोई 'लौंडा' नहीं निकला।

नाच खत्म हुआ। फाटक के पीछे झाँकती हुई दर्जनों औरतों के पास घुँघरू झनझनाते हुए उत्तिमा पहुँच गया और ढोल बजानेवाले के सिर का अँगोछा खींच, दोनों हाथों से पकड़कर फाँड़ बना सामने फैला दिया। पूआ और पूड़ियों के गड्‌ अँगोछे में पड़ने लगे। उत्तिमा छन्न-छन्न करता हुआ दूसरे द्वार की ओर बढ़ा, पीछे-पीछे नचदेखउओं का झुंड हँसता, गाता, शोर मचाता।

काका इसे शुरू से ही मानते हैं। आज के दिन इसे एक रुपया देते हैं, पिछले तीन साल से हुमचउआ बोझा भी देने लगे हैं और उत्तिमा काका से ऐसे बतियाता है जैसे मेहरारू अपने मरद से। गाँव के सभी लोगों को वह नाम से पुकारता है। लेकिन काका से ऐसा लजाता है कि दूसरों के सामने, उनसे कभी बतियाता तक नहीं, नाम लेना तो दूर रहा। इनके दरवाज़े से, जैसे ही नाचकर आगे बढ़ा कि काका आते हुए दिख गए। भीड़ में किसी ने बोल दिया, "उत्तिम, तुम्हारे भतार आ गए।"

उत्तिमा चलते-चलते ठमक गया। सामने जो काका को देखा तो साड़ी का पल्ला खींचकर फुरती से घूँघट काढ़ लिया।

गोल रुक गया था। मुसकराते हुए काका गोल के पास पहुँचे, ढोलक वालों ने तड़-तड़ ढोल पीटा। उत्तिमा के घुँघरू झनझना उठे, बिजली की गति से उत्तिमा, गोलाई में महीन काट से ढुरुकने लगा। गले से गीत फूटा :

हाजीपुर के हाट में हेराइल हो,
मोरे नाक की झुलनिया,
सासु मोरा मारे, ननदि गरियावे
सइयाँ मारे बाँस की कोइनियाँ हो,*
सासु खोजवावे, ननद खोजवावे
पिय ढूँढ़े नाक के निसनियाँ हो,
मोरे नाक की झुलनिया...

काका ने धोती के फेंटे में बँधा एक रुपया निकालकर सामने किया।

"अब मान जाओ, जोगीजी!" कोई चिल्लाया।

अजीब मुसकराहट से, घूँघट निकाले हुए ही, उत्तिमा काका के आगे थिरकने लगा।

---

* छड़ी

काका ने रुपया का निचला कोर पकड़, खड़ा करके उत्तिमा के आगे हाथ बढ़ा दिया।

"जोगीजी, हाथ न छूना।"

उत्तिमा ने दो अँगुलियों से थोड़ा-सा घूँघट हटाकर, काका के बढ़े हुए हाथ में चाँदी के रुपए को तिरछी आँखों से देखा। फिर बड़े अन्दाज़ से, बचाते हुए, काका की उँगली छुए बिना उत्तिमा ने रुपया पकड़ा, काका ने रुपया छोड़ उत्तिमा की कलाई। लाज से झुककर, झटके से अपनी कलाई छुड़ा, गाते हुए उत्तिमा पीछे मुड़ा...

सइयाँ मोरा नादान रे...
पकड़े मोर कलाई...

एक साथ हँसती हुई भीड़ बोली, "वाह जोगीजी, जोगीजी, क्या काट है!" ढोल पाँच-सात बार टनक गया।

गोल आगे बढ़ गया। काका घर चले आए।

बारह

अचलगढ़ और बलिहार के बीच ताल में एक बीस बीघे का खेत था। बेहद उपजाऊ! खेत बलिहार की सीमा से लगा हुआ था। पूरी सरेह डुमराँव के महाराज की थी। वर्षों पहले डुमराँव के महाराज ने इस खेत को बलिहारवालों को बिना लगान दे दिया था। बलिहार के लोग गाँव के बच्चों के स्कूल का खर्च, पच्छिम की बारी वाले मन्दिर में ठाकुरजी की पूजा इत्यादि के लिए एक पुजारी का खर्च तथा गाँव की अनाथ बेवा औरतों की मदद या उनकी बेटियों के ब्याह आदि का खर्च, इसी खेत की आमदनी से चलाते थे। पुश्त-दर-पुश्त से यह खेत बलिहार के कब्जे में चला आता था। इसकी आमदनी का हिसाब-किताब तथा खेत की देख-रेख, तीन-तीन वर्षों के लिए गाँव के किसी व्यक्ति को सौंप दी जाती थी। पिछले तीन वर्षों के कर्ता थे सुमेसर मिसिर।

इन्हीं दिनों डुमराँव के महाराजा की हालत बिगड़ने लगी और उन्होंने अचलगढ़ के एक जमींदार से रुपए लेकर इस खेत का पट्टा लिख दिया। पट्टा तो लिख दिया, किन्तु खेत बलिहार की ही जोत में रहा। अचलगढ़ के जमींदार ने खेत जोतते समय बलिहार वालों को रोक लिया, किन्तु बलिहार के सारे गाँव के सामने अकेले जमींदार की चल न सकी। अन्त में उसने अदालत में मुक़दमा कर दिया।

सुमेसर मिसिर थे जीभ के बिगड़े। आमदनी खा जाते, मुक़दमे की पैरवी ठीक से हो न पाती। मुक़दमा बिगड़ गया। तीन वर्षों तक किसी तरह खींचने के बाद, बलिहार मुक़दमा हार गया।

अब आगे क्या होना चाहिए, इसी पर विचार करने के लिए गाँव का बिटोर हुआ, भनक मिली थी कि आषाढ़ में अचलगढ़ वाला जमींदार खेत पर हल चढ़ाएगा। इस

बीच अपील हो जानी चाहिए, नहीं तो मामला बिगड़ जाएगा। बिटोर में बूढ़े, अधेड़, जवान, सभी जुटे। सुमेसर मिसिर के पिछले तीन सालों के खेत की आमदनी माँगी गई, तो बताया कि आमदनी वाली बही कहीं खो गई है। बड़ी खलबली मची, लोग सुमेसर मिसिर के ख़िलाफ़ बोलने लगे। लगा, झगड़ा बढ़ेगा। काका इसी समय खड़े हो बोले, ''बही माँगने से अब क्या होगा? ऐसे आदमी को यह काम सौंपना ही बड़ी भारी भूल थी। अब जो हुआ सो हुआ।''

''हुआ सो हुआ कैसे? अपील का खर्च कौन देगा?''

''खेत की आमदनी से मिलने के बाद जो कमी होगी, उसके लिए चन्दा लग जाए।'' लोग किसी तरह चुप हुए। लेकिन बाद में कुछ लोग बोले, ''अगर अचलगढ़वाला खेत पर कब्ज़ा करने आया तब?''

''मौक़े से अपील हो जाएगी तो वह नहीं आएगा।'' काका बोले।

''और आ ही गया तब?''

''तब देखा जाएगा। अभी तो जो आगे है, उसका निपटारा होना चाहिए।''

बिटोर में आए हुए लोग इसी बात पर एक राय हो उठ गए।

काका अपने खंड की ओर लौट गए।

तेरह

यह बिहंसी जाने कैसे पड़ोस के मीनापुर से यहाँ चली आई थी। तब, जब काका बो जीवित थीं। खा-पीकर दरवाज़े के आगे धूप में पीठ सेंक रही थीं। छह महीनों की गर्भवती बिहंसी, पास आ आँचल फैला रोने लगी थी। पास बिठा, काका-बो गाँव, घर-जात और रोने का कारण पूछ गईं। रोती हुई पैंतीस साल की बिहंसी ने बताया था कि दो जवान बेटे हैं, सभी ने घर से निकाल दिया। आदमी को मरे दो वर्ष हो गए। और बिहंसी ने काका-बो के पैरों पर सिर टेककर अपना फूला हुआ पेट दिखा, रहने की सरन माँगी। काका-बो पिघल गईं, जाति की कुरमी उस बिहंसी को अपने घर में सरन दे दी। गोइँठावाला कोने का घर खाली करके एक बँसखट दे दी। बिहंसी रोज काका-बो के चरण धो-धोकर पीने लगी। कुटवनी-पिसवनी से खाने-भर को मिल जाता, कमी काका-बो पूरी कर देतीं। काका-बो की दया और उपकार से बिहंसी इसी गाँव में बस गई। दो-तीन महीनों के बाद बिहंसी को एक लड़का हुआ था, काका-बो ने अपनी पतोहू की तरह बिहंसी की सेवा की थी। किन्तु हफ्ते-भर बाद नवजात मर गया। काका-बो तो दुखी हुईं, किन्तु बिहंसी को खुशी हुई। झंझट से फुरसत मिली।

उसके बाद बिहंसी ने अपने घर को लीप-पोतकर सँवार दिया, गाँव-घर के लोगों के काम मेहनत से करने लगी। लोगों के बेटों-बेटियों की ससुराल, तीज-त्योहार पर करनी लेकर जाने लगी। ईमानदारी इतनी थी कि गाँव-भर के लोग बिहंसी को ही

खोजते, जिससे लगभग साल-भर वह इसी काम में व्यस्त रहती। देखते-देखते बिहंसी ने चार पैसे जुटा लिये, कपड़े-लत्ते, बर्तन इत्यादि से पूरी तरह वह बस गई। बिहंसी बलिहार की हो गई, काका-बो की चेरी।

गाँव में ब्याह-शादी पड़ती तो बिहंसी तन-मन से जुट जाती थी। भय से रहित बिहंसी काम पड़ने पर, आधी रात को भी एक गाँव से दूसरे गाँव चली जाती। तब जाँगर में ज़ोर था, दस-बारह बरस बाद देह थकने लगी थी। लड़के भी उसे बार-बार बुलाने आए थे, लेकिन बिहंसी नहीं गई। बेटों से कह दिया, जहाँ की माटी ने दुख में सरन दी, वहीं की माटी से उसकी अर्थी उठेगी।

फिर भी बिहंसी शादी-ब्याह के कामों में बड़ी रुचि लेती थी। लड़के की बरात जाने पर रात को डोमकच् (रतजगा) में वह विशेष काम करती थी। बगल के तिवारी के बेटे की बरात गई थी, कृष्णपक्ष के द्वादशी की रात। रात को जेठ की हल्की-हल्की पुरवा बह रही थी। सारे गाँव में सन्नाटा। अगल-बगल की सयानी लड़कियाँ और बहुएँ तिवारी के घर में जुट गई थीं। बिहंसी की खोज हुई। बुलाहट आई, तो बिहंसी ने कहा कि बिना गुंजा के वह नहीं जाएगी। लड़कियों ने गुंजा को ले जाने के लिए रूपा से मिन्नतें कीं, तब गुंजा के साथ बिहंसी डोमकच् में पहुँची। फूल की थाली में पानी भरकर कठवत से ढँक दिया गया और कठवत के पेंदे पर गोइँठे की राख फैलाकर दो लाठियाँ खड़ी की गईं, ऊपर के सिरों को दो लड़कियों ने पकड़ा। पेंदे पर लाठियों के हुर्रे, धरती पर बैठकर गुंजा अन्दाज़ से रगड़ने लगी। बड़ी ही पैनी पर मधुर आवाज, घर-आँगन में फैल गई। गुंजा के कंठ से गीत फूटा :

मोर पिछुवरिया बहोरिया के फेड़वा,
बिनपुरवा के घहराई...

कठोते के स्वर और गुंजा की लय पर ढोलक से ताल निकली, बिहंसी आँगन में नाचने लगी।

डोमकच् में बिहंसी का नाच मशहूर था। औरतों से खचाखच भरे हुए आँगन में घंटे-भर तक बिहंसी नाचती रही और गुंजा एक के बाद एक, गीतों के बोल कढ़ाती रही। घंटे-भर नाचने के बाद वहाँ थककर बैठ गई। आधा घंटा सुस्ताने के बाद उसने अपना वेश बदला। गाँव के चौकीदार का खाकी कोट पहन, सिर पर लाल पगड़ी बाँध ली। मर्दों की तरह धोती पहन हाथ में लाठी लेकर, दो-एक लड़कियों को भी मर्दों की पोशाक पहना, घर के बाहर निकली।

पास में घर था जालिम अहीर का। जालिम तो बरात में गया था, लेकिन उसका बूढ़ा बाप अपने दुआर पर सो रहा था। जालिम चोर था, गाँव के बरमेसर पांडे का बैल हफ्ते-भर पहले चोरी चला गया था। बिहंसी चौकीदार के वेश में जालिम के दुआर पर पहुँची। जाते ही, उसके बाप की खटिया के पाये को खट्-खट् लाठी से दो बार ठोंककर मोटी आवाज में पुकारा, "जालिम!"

"कवन है ?" जालिम का बूढ़ा बाप उठ बैठा।

"हम हैं थाने के सिपाही, जालिम कहाँ है ? मुखिया के दुआर पर बुलाहट है।"

"वह तो बरात गया है।"

"तो तुम चलो।"

"कवन काम है ?" बूढ़ा अहिर हाथ जोड़कर डर से काँपने लगा।

"काम क्या है, बरमेसर पांडे का बैल जो चोरी गया है उसमें जालिम का हाथ है। पता लगा है कि बैल बेचकर जालिम अपना हिस्सा लाया है। चलो, दरोगाजी तुमको पकड़के थाने ले जाएँगे, नहीं तो उनके पास रुपया जमा करके बैल का पता बताओ।"

"दोहाई सिपाहीजी की, हम सब बताते हैं।"

"बताओ किस गाँव में किसके हाथ बैल बिका है ?" बिहंसी ने कड़ककर पूछा।

"पियरौंटा के खेलावन अहीर के हाथ दो सौ में।" जालिम का बाप काँपते हुए दोनों हाथ जोड़कर बोला।

"अच्छा, अच्छा, अब सुत रहो। हम दरोगाजी से जाके कह देंगे।" और बिहंसी लाठी पटकती हुई आगे बढ़ गई। पास में छिपी हुई लड़कियाँ मुँह में कपड़ा ठूँसकर हँसती रहीं।

घर पर थे सुमेसर मिसिर! बरात नहीं गए थे और बाहर दुआर पर सोते हुए खर्र-खर्र नाक बजा रहे थे।

पहुँचकर उनकी बँसखट पर बिहंसी ने खट्-खट् दो बार लाठी पटककर आवाज़ लगाई, "सुमेसर मिसिर!"

सुमेसर मिसिर हड़बड़ाकर उठ बैठे, "कवन है ?"

"चलो मुखिया के दुआर पर, थाने से दरोगाजी आए हैं, बुलाहट है, हम थाने के सिपाही हैं।"

सुमेसर मिसिर को रात में कुछ कम दिखाई पड़ता था। घूरकर ताकने की कोशिश करते हुए घबराई आवाज में बोले, "कवन काम है ?"

"काम क्या है, गाँव-भर से दरख़्वास्त पड़ी है कि पंचबिगहवा की सारी आमदनी खा गए और हिसाब की बही भी नहीं दिखाते हो!"

सुमेसर मिसिर की बाई गुम। चुपचाप सोचने लगे, तो बिहंसी ने फिर टोका, "चलते हो कि नहीं ?"

"कहाँ चलें ? बही मिल गई है।"

"मिल गई तो लेके चलो दरोगा के पास, नहीं तो हमको दे दो।"

"हाँ, अभी ले आता हूँ।" सुमेसर मिसिर ने बाहर बरामदे में पड़ा बड़ा-सा चार पहिएवाला लकड़ी का सन्दूक खोलकर बही निकाली और बिहंसी के हाथ में रख दी। बही लेकर बिहंसी मोटी आवाज में कड़ककर बोली, "अच्छा, अब तुम सुत रहो।"

पीछे खड़ी लड़कियों का बुरा हाल। आँचल में मुँह तोप-तोपकर हँसी रोके हुए थीं। बही पाकर बिहंसी गली में घुसकर नौ दो ग्यारह! लड़कियों को घर पहुँचाकर उसी समय बरमेसर पांडे के घर पहुँची। घर के लोगों को जगाया। आधी रात चौकीदार को देख लोग घबराए। किन्तु बिहंसी ने पगड़ी उतार जालिम के बाप द्वारा जाना हुआ बैल की चोरी का भेद उन लोगों को बता दिया। रातोरात बरमेसर पांडे के घर के दो आदमी पियरौंटा को निकल पड़े। एक आदमी थाने गया। बैल पकड़ा गया, बाद में जालिम बरात में ही पकड़ लिया गया।

गाँव में सनसनी की तरह बात फैली। संग में सुमेसर मिसिर द्वारा बही दे दिए जाने की घटना पर लोगों को विश्वास नहीं हुआ, लेकिन हिसाब लगाने पर पता चला कि एक हजार रुपए सुमेसर मिसिर खा गए थे।

चौदह

तीन-चार महीनों के भीतर गुंजा ने घर-आँगन को अपने स्नेह के सम्मोहन में बाँध लिया। आदमी से लेकर जानवरों तक की चिन्ता, सूप, गगरे, बाल्टी, डोर, चूल्हे-जाँते से लगाव, गुंजा बलिहार के मोह में बँध गई। इन चार महीनों में रूपा ने घर का सारा बोझ गुंजा पर छोड़ दिया और गुंजा ने उसे सिर-माथे पर ओढ़ लिया। बैसाख के अन्त में एक बार वैद्यजी आए थे और गुंजा की माँ की तबीयत कुछ खराब होने के कारण रूपा ने गुंजा को कुछ दिनों के लिए चौबेछपरा भेज दिया था। दस-पन्द्रह दिनों के बाद वैद्यजी आप ही पहुँचा गए थे। किन्तु इन पन्द्रह दिनों के भीतर ही रूपा की जो दुर्गति हुई उसे वही जानती थी। एक तो देह भारी, फिर महीनों से गृहस्थी के भार से अलग, रूपा को रसोई बनाने में बेहद परेशानी हुई।

और जब गुंजा आई तो रूपा बोली, "जब तू चली जाएगी तब इस घर का क्या होगा?"

"होगा क्या, तेरा घर, तू सँभालेगी।"

चन्दन बैठकर भुजना चबा रहा था, उसकी ओर देखकर रूपा बोली, "और तो सँभाल लूँगी, लेकिन इस बम्मड़ महादेव को कौन सँभालेगा?"

वैसे ही गम्भीर, तिरछी आँखों से चन्दन की ओर ताककर गुंजा बोली, "मैंने किसी का ठीका लिया है?"

"तो क्यों नहीं ले लेती! बोल, ठीका लेगी तो बाबू से बात चलाऊँ?"

"गुंजा!" चन्दन ने रोब से पुकारा।

गुंजा और रूपा एक-दूसरे को ताककर हँसने लगीं।

हँसी के बाद चन्दन ने फिर पुकारा, "गुंजा!"

"क्या है?"

"उठो, एक लोटा रस बना दो।"

"बस! एक लोटा कि एक गगरा?"

तभी खाँसते हुए काका आ गए।

"हाँ, तो एक गगरा ही बना दो।" चन्दन बोला।

"एक गगरा क्या बन रहा है, चन्दन?" काका ने पूछा।

"रस, काका, रस बन रहा है।"

"एक गगरा! कौन पिएगा रे?"

"हूँ, पीनेवालों की कमी है, काका! पहले गुंजा से कहा एक लोटा बनाओ, बीच में तुम भी आ गए तो कहा कि अब एक लोटा में क्या होगा, बने एक गगरा, भइया भी दाना लेके आते होंगे, नुकसान न होगा।"

रूपा और गुंजा आँचल से मुँह तोपकर हँस रही थीं।

काका जमकर पीढ़े पर बैठ दीवार से पीठ टेकते हुए बोले, "बने गुंजा बेटी, तनिक जल्दी हाथ चलाओ, तुम्हारे बिना तो बड़ा उदास लगता था। ये चन्दन तो एक नहीं सुनता, पितिया (चचा) से पिहुरी (हँसी) करता है। तुम समाचार कहो, बैदाइन नीक हो गईं!"

"हाँ, हाँ नीक हो गईं।" चन्दन ने उत्तर दिया।

"तू ही चौबेछपरा से आया है?"

"आया नहीं है तो क्या, जो आया है उसने तो बताया है, रस घोर के गुंजा आती है तो पूछ लो!"

"अच्छा, रस घोर रही है।" काका भीतर से गद्‌गद हो कुछ जोर से बोले, "अच्छा, घोर बबुनी, फीका न होने पावे, दही हो तो डाल देना।"

रस जल्दी से इन लोगों के आगे रख, गुंजा घर से लाया सामान बाहर निकालने लगी।

काका समझ गए, उन्होंने चन्दन को चमाइन बुलाने को दौड़ाया।

और साँझ को, रूपा को पुत्र जन्मा। घर-आँगन में नए ढंग से खुशी समा गई। नहछू-नहान, बरही के भोज आदि में देखते-देखते डेढ़ महीना कैसे बीत गया, किसी को पता न चला। बच्चा होने के महीने-भर के बाद होनेवाले भोज में वैद्यजी भी आए थे। भोज समाप्त होने के दूसरे दिन वह रूपा से बोले, "अब गुंजा को बिदा कर दो, रूपा!"

किन्तु रूपा चुप रही तो वैद्यजी ने फिर प्रश्न किया, "क्या बात है, बेटी?"

"अभी देह पूरी तरह नहीं चलती बाबू, एक महीने और गुंजा को छोड़ देते तो मेरी देह सँभल जाती। गुंजा को सावन में मैं पहुँचवा देती।"

वैद्यजी घर में चारपाई पर बैठ, सामने धरती पर बैठी हुई रूपा को देख बोले, "गुंजा सयानी हो गई रूपा, इसकी शादी-ब्याह की चिन्ता लगी है। सोचता हूँ, अब

इससे भी मेरा उद्धार हो जाता तो बड़ी भारी चिन्ता से फुरसत मिल जाती। घर की हालत तुम जानती ही हो, देने-लेने लायक तो मेरे पास क्या है, लेकिन तुम्हारी तरह इसे भी कोई योग्य वर मिल जाता तो मेरे भाग जाग जाते!''

रूपा चुप रही।

वैद्यजी फिर बोले, ''इस गाँव में कोई लड़का तुम्हारी आँखों में तो नहीं है?''

रूपा फिर भी चुप रही।

वैद्यजी फिर बोलने लगे, ''तुम्हारी माँ तो कहती थी कि उसी गाँव में गुंजा भी ब्याह जाती तो दोनों बहनें पास-पास रहतीं।''

वैद्यजी चुप लगा, रूपा की ओर ताकने लगे तो वह बोली, ''बाबू! मेरा मन था कि गुंजा का ब्याह चन्दन से ही हो जाता, घर की लड़की घर में ही रह जाती तो इस चूल्हे के भाग जग जाते! गृहस्थी हमारी पूरी तरह सँभल जाती।''

''लेकिन रूपा, देने को मेरे पास कुछ नहीं है। तुम्हारे ब्याह में भी कुछ दिया तो नहीं था, लेकिन उस समय इस घर की बात और थी। अब खाने-पीने से घर बहुत खुशहाल हो गया है। अब ओंकार और उनके काका मेरी बात मानें या न मानें। मुँह खोलने पर अगर 'नहीं' सुनना पड़ा, तो इसका दुख मुझसे सहा न जाएगा। अगर इसका भार तुम ले लो तो ठीक है।''

''यही तो मैं भी सोचती थी बाबू, कि कहीं ये लोग ऐसा न सोचें कि मैं अपनी बहन को खपाना चाहती हूँ। अगर मेरी बात इन लोगों ने मान ली, तो समझूँगी कि मेरा नसीब अच्छा है।''

वैद्यजी रूपा से गुंजा और चन्दन के ब्याह का परोक्ष रूप से इशारा करके चले गए। और तब से, रूपा इस बात को ओंकार और काका के कान में डालने का उचित अवसर ढूँढ़ने लगी।

एक महीने बाद रूपा ने गुंजा की विदाई की तैयारी की। सावन लग गया था, सोना नदी पूरी तरह भर गई थी। अच्छी-अच्छी पाँच साड़ियाँ, भर दौरी पकवान, रूपा ने बहन के साथ भेजने को तैयार कर दिया। विदाई के दिन, अड़ोस-पड़ोस के घरों में जाकर गुंजा, समुरिआ लड़कियों और बहुओं से विदाई की भेंट कर आई। विदाई के समय चन्दन का घर पड़ोस की लड़कियों से भर गया। सबकी आँखें भरी हुईं, सबके चेहरे उदास जैसे गाँव की बेटी ससुराल जा रही हो। गुंजा ने काका, ओंकार और रूपा सबके पैर छुए।

घर से तीर तक, लगभग डेढ़ सौ गज तक गुंजा को पहुँचाने के लिए लड़कियों का झुंड चला। आगे ओंकार, पीछे चन्दन, उसके पीछे माथे पर पकवान की दौरी लिये दशरथ और उसके पीछे लड़कियों के दल के साथ गुंजा। काले घने बालों का बड़ा-सा जूड़ा, आँखों में हल्का काजल और देह पर नई पियरी, पैर में चाँदी के दो छल्ले और हाथ में सोने की अँगूठी, गुंजा का रूप निखर आया था। किन्तु गुंजा की

आँखों में घर जाने की जितनी खुशी थी, बलिहार छूटने की उतनी ही उदासी भी भर आई थी।

नाव पर बैठते समय तो तीर पर की और भी लड़कियाँ तथा औरतें जुट गई थीं। नाव की डोंगी थी, अगली फेंग पर गुंजा बैठी, बीच में पकवान की दौरी के साथ चन्दन और पीछे से दशरथ ने लग्गी सँभाली। नाव सरकने के पहले तीर की ओर मुँह कर, अपने दोनों हाथ हल्के-से गुंजा ने जोड़ दिए। तीर पर की लगभग सभी समुरिया लड़कियों के भी बीसों हाथ उत्तर में अपने आप ही जुड़ गए।

सोना में नाव चौबेछपरा की ओर सरक चली।

पन्द्रह

सबेरे के लगभग दस बजे थे। सावन का आकाश बादलों से घिरा हुआ था, किन्तु हवा होने से बादल उड़ते जाते थे। चौबेपुर जाने के लिए सोना की धारा और हवा दोनों माफ़िक थीं। सोना का पानी अभी बहुत गन्दा नहीं हुआ था। नदी के दोनों ओर जनेरा, साँवाँ और जोन्हरी के हरे खेत लहरा रहे थे। ठंडा सुहावना मौसम नाव खेने के लिए मन में और भी उत्साह भर देता था।

चन्दन और गुंजा दोनों एक-दूसरे की ओर मुँह करके बैठे हुए थे। दोनों रह-रहकर एक--दूसरे को निहार लेते। रँगरेज के हाथों रँगी हुई पीली साड़ी पर अबरख, हवा से साड़ी के हिलने पर रह-रहकर चमक जाता था। गुंजा की स्वस्थ, भरी गोरी देह पर पियरी खिल रही थी। कलाइयों में की भरी हुई चूड़ियाँ और चाँदी के पछुए हाथ के तनिक हिल जाने पर बज उठते थे। सुघर, सलोने मुँह की, काजल से भरी बड़ी-बड़ी आम की फाँक-सी आँखें, चन्दन के मुँह पर टिकी रहतीं। जब कभी चन्दन ताक देता, तो गुंजा लजाकर दूसरी ओर देखने लगती। आज गुंजा को लग रहा था कि चार-पाँच महीनों के दिन जैसे खेल में ही बीत गए। नाव पर चढ़ने के बाद उसे लगा कि उसे बलिहार के बाहर भी आना है। भीतर-भीतर गुंजा के मन में रह-रहकर कुछ कचोट रहा था। लगता था, बलिहार में कुछ छूट गया है।

नाव दाएँ किनारे से बढ़ रही थी। अहीर का बेटा दशरथ बेहद चतुर था, गुंजा से बोला, "घर में तो चन्दन से तुम इतना बतियाती थीं गुंजा बबुनी, यहाँ क्यों चुप्पी साध ली?"

गुंजा मुसकरा पड़ी, तो दशरथ फिर बोला, "हमारा वश चलता तो बैदजी से कहते कि छोटी बेटी को भी इसी घर में डाल दो। घोड़ी पर सवार होते जगत जवार छान मारेंगे, लेकिन चन्दन जैसा लड़का नहीं पाएँगे। कोई दूसरी सन्तान तो उनको है नहीं? साध, सोहिला से चन्दन के साथ बियाह कर छुट्टी पाते। बबुनी का मन हो तो मैं बैदजी से और काका और ओंकार भइया से भी कह सकता हूँ। देन-लेन में क्या रक्खा है?

दान–दहेज तो बहुत मिलता है, लेकिन बर–कनिया की ऐसी जोड़ी नहीं मिलती ! बोलो गुंजा बबुनी, क्या कहती हो ?'' दशरथ हँसने लगा।

गुंजा कुछ लजाकर चन्दन की ओर ताक, आँचल से मुँह तोपकर हँसने लगी तो चन्दन बोला, ''तू अगुआई और उपरोहिती दोनों करना।''

दशरथ चिढ़ गया, ''ऐ चन्दन, अहीर का बेटा हूँ तो क्या हुआ, एक बार अगर तुम मुँह खोल दो, तो ओंकार भइया से तुम्हारे सामने न कह दिया तो कहना, असल का नहीं।''

''अच्छा लग्गी मार, बहुत बढ़–बढ़कर न बोल। थक गया हो तो ला लग्गी, अब हमें दे।''

''थका तो नहीं हूँ, लेकिन अगली फेंग पर दाब पड़ता है। गुंजा बबुनी तुम्हारे पास बीच में आकर बैठ जावें तो नाव की चाल तेज़ हो जाए।''

दशरथ की बात पर चन्दन ने घूमकर पीछे दशरथ की ओर ताका, उत्तर में दशरथ ने आँखों से ही चन्दन से कुछ कहा। चन्दन ने तो कुछ नहीं कहा, पर गुंजा अपने–आप ही चन्दन की बगल में आकर बैठ गई।

कोरी, रँगी हुई साड़ी की क्वारी गन्ध, चन्दन की देह–मन में भरने लगी। चन्दन ने बगल में बैठती हुई गुंजा को एक अजब भाव से निहारा। नाव के पाटे हुए चाँचर की कोर पर बैठकर, अपने और अगले फेंग के बीच की खाली जगह में, चन्दन और गुंजा दोनों ने पैर लटका लिये थे। नाव में थोड़ा–सा पानी था। दशरथ ने एक बार तेज़ी से लग्गी मारी, नाव की चाल बढ़ी और अगला फेंग पानी की सतह से कुछ ऊपर उठ गया, तो उधर का सारा पानी ढरककर गुंजा और चन्दन के दोनों पैरों को धो गया। गुंजा के रँगे हुए पैरों का लाल रंग पानी में छूटने लगा। थोड़ी देर बाद अचानक चन्दन ने नीचे पैर की ओर देखा तो पाया कि गुंजा के गीले पैरों से छू–छूकर उसके अपने पैरों पर भी रंग के लाल–लाल धब्बे उतर आए थे। चन्दन अपने और गुंजा के लाल रँगे पैरों को वैसे ही निहारता रहा। गुंजा का ध्यान गया तो बोली, ''क्या देख रहे हो ?''

''नीचे पैरों को देखो।''

गुंजा ने देखा तो लाज से गड़ गई। चन्दन गुंजा के भोले चेहरे को देखने लगा और गुंजा चन्दन के पैरों पर लगे लाल धब्बों को निहारती गहरे लाल रंग से रँगी अपनी एड़ी, चन्दन के नाखूनों पर रगड़ने लगी।

''यह क्या ?''

''जब रँगा तो पूरी तरह रँग जाए।''

''दै।''

''दै क्या ? एक बार तो रँगना है ही, लजाते क्या हो ?''

चन्दन अपना पैर निकाल, नदी में लटकाकर धोने लगा तो नाव कुछ ओलरी। दशरथ का ध्यान टूटा तो बोला, ''क्या है, चन्दन ?''

"कुछ नहीं, तुम लग्गी मारो।" और चन्दन ने अपने दोनों पैर थोड़ा-सा ऊपर करके दशरथ को दिखा दिए। दशरथ मुसकराकर रह गया।

सहसा दशरथ गाने लगा :

पाकल पाकल पानवाँ
खिआवे गोपीचानवाँ
पिरितिया लगावे, लारे
बेईमानवाँ, पिरितिया लगावे–

नाव पानी चीरती गई, दशरथ के गीत के बोल हवा में पीछे छूटते गए और ऊपर आकाश में एक के बाद एक बादल के टुकड़े सूरज को ढँकते हुए मौसम सुहावना करते गए।

"अभी कितनी दूर है, चन्दन?"

"आधे से अधिक तो आ गए, देखो, वह रहा तुम्हारे गाँव के सिवानवाला बरगद का पेड़।"

गुंजा ध्यान से देखकर बोली, "अरे, दीपासत्तीवाला कहो।"

और गुंजा ने मन-ही-मन दीपासत्ती को प्रणाम किया और सोना का जल लेकर अपने सिर पर छिड़क, मन में ही मनौती मानी, कि हे दीपासत्ती, यदि चन्दन ने मेरी माँग भरी, तो गा-बजा के चुनरी से तेरी गोद मैं भरूँगी। फिर अपने-आप ही चन्दन से कहने लगी, "सुनो चन्दन, हमारे गाँव में एक चौबे थे। उनकी बेटी थीं दीपा। ब्याह के समय लोग कहते हैं, वे चौदह साल की थीं। ब्याह के बाद, दीपा ने कोहबर में बैठे हुए अपने वर को देख लिया, जो पैंतालीस साल का था। कोहबर की रसम जब पूरी हो गई, तो पिछवाड़े, खिड़की की राह से निकल के दीपा इसी सोना में डूब मरीं। भोर में उनकी लाश इसी पेड़ की जड़ में अटकी मिली। पहले सोना में बारहों मास पानी भरा रहता था, लेकिन तभी से गरमी में ये सूख जाती है। उसी समय से इस पेड़ का नाम दीपासत्ती पड़ा। इस गाँव का चलन है कि हर लड़की, अपने ब्याह के बाद, बिदाई से पहले, अपने वर के साथ आकर दीपासत्ती को पूजती है।"

"तो तुम भी पूजोगी न, गुंजा!" चन्दन ने बीच में ही टोक दिया।

"और नहीं तो क्या?" गुंजा ने लजाकर चन्दन को देखा।

नाव दीपासत्ती के पास आ गई थी। गुंजा फिर कहने लगी, "इनसे लोग मनौती माँगते हैं और पूरी भी होती है। चन्दन, तुम भी मनौती माँग लो न!"

"किसके लिए?" चन्दन ने शरारत-भरी हँसी हँसकर पूछा।

"अपने लिए, और किसके लिए!" गुंजा कुछ खीझकर बोली।

"किस बात के लिए?" चन्दन ने फिर पूछा।

"जिस बात के लिए तुम्हारा मन चाहे। तुम्हारे मन की बात मैं क्या जानती हूँ!" गुंजा ने बड़ी सरलता से कहा और फिर सोना की बहती धार की ओर ताकने लगी।

चन्दन भी उसी सरलता से गुंजा को निहारने लगा।

''बक्! हमको क्या निहारते हो, माँगो न मनौती!''

चन्दन हँसकर कहने लगा, ''हे दीपासत्ती...!''

गुंजा ने बीच में ही टोक दिया, ''ऐसे नहीं, हाथ जोड़कर कहो।''

और गुंजा, चन्दन की दोनों हथेलियाँ जुटाकर सामने की ओर बढ़ाकर बोली, ''अब कहो।''

''हे दीपासत्ती! अगर गुंजा को अच्छा-सा मनचाहा वर मिला, तो मैं तुम्हें पकवान चढ़ाऊँगा।''

गुंजा ऊपर से खीज गई। जोर से चन्दन की पीठ में चिकोटी काटकर बोली, ''मनौती में भी हँसी करते हो। कहूँगी पूरब चलने को, तो चलोगे पच्छिम। गुंजा की इतनी चिन्ता है तो...!''

''तो क्या?'' चन्दन ने कहा।

''कुछ नहीं। हर समय हँसी।'' गुंजा दूसरी ओर मुँह करके बैठ गई।

चन्दन गुंजा के पास सरककर बैठ गया।

नाव दीपासत्ती को पार कर गई थी।

''हमारे पास बैठना अच्छा नहीं लगता?'' गुंजा ने चन्दन से धीरे-से पूछा।

''जानेवाले के पास अन्तिम समय में घड़ी-भर बैठ लेने से कौन-सा सुख मिलेगा, गुंजा! अब, जब बाकी दिन अकेले ही काटने हैं तो घड़ी-भर का यह संग-साथ तो और भी कचोटता रहेगा।''

इतने दिनों के बीच गुंजा से चन्दन ने इतना खुलकर कभी नहीं बोला था। गुंजा ने दूसरी ओर आँखें फेर लीं। फिर सोना के जल में टप्-टप् आँसू गिरने लगे।

खंड : 2

एक

जिस वर्ष सोना में बाढ़ न आती, उस वर्ष बलिहार के पास-पड़ोस के गाँवों की सरेह में भदई कसकर होती थी। अगर बाढ़ आ गई, तो हज़ारों बीघों में छाती-भर ऊँची खड़ी फसल गंगा की गोद में चली जाती। इन खेतों में भदई बोना जुए का खेल था। सब कुछ जानते हुए भी इन गाँवों के अधिकतर लोग यह जुआ प्रतिवर्ष खेलते थे।

'बीस बिगहवा' खेत की अपील माल की बड़ी अदालत में हो गई थी, किन्तु अचलगढ़ का ज़मींदार 'बीस बिगहवा' पर कब्ज़ा कर लेने की ताक में लगा हुआ था। दँवरी-ओसावन के बाद, जब लोगों की खलिहानें उठ गईं, तो बैसाख के आरम्भ में ही काका ने गाँव का बिटोर किया। जामुनवाली परती में साँझ के समय, सूरज डूब जाने के बाद, गाँव के बड़े-बड़े तथा नवहियों की जुटान हुई। पहले 'बीस बिगहवा' में भदई नहीं बोई जाती थी। काका ने बिटोर में प्रस्ताव रखा कि इस वर्ष इसमें भदई बोई जाए और लगन से खेती की कोड़ाई हो। गाँव के बहुत-से लोग मजदूरों से बीच रुपए बीघे की दर से अपने खेत कोड़वा लेते थे। काका के प्रस्ताव पर लोग हँसे। काका ने खड़े होकर कहा," 'बीस बिगहवा' को अगर बचाना है तो जैसे मैं कहता हूँ, गाँव-भर को उसमें मदद देनी पड़ेगी।"

"अदालत-कानून अब तुम्हीं हो गए?" सुमेसर मिसिर बोले।

"अदालत-कानून के नाम पर खेती की सारी आमदनी तो हड़प गए किरिपानिधान! अगर बिहंसी न होती तो हिसाब की बही भी न मिलती। अब दाल-भात में ऊँट का ठेहुन बनोगे तो ठीक न होगा। बाँड़ बाँड़ गए, नौ हाथ का पगहा भी लेते गए। न करेंगे, न दूसरों को करने देंगे!"

सुमेसर मिसिर चुप लगा गए।

काका फिर बोले, "हमारी राय है कि गाँव के बीस आदमी रोज खेत कोड़ना शुरू कर दें। घर पीछे एक आदमी अपनी पारी पर रोज़ खेत कोड़ने जाए। गाँव में जितने घर हैं, उसके हिसाब से एक घर की पारी सात दिन में एक बार आएगी।"

"पारी-आरी बाँधने-चलाने की झंझट कौन सँभालेगा?" किसी ने कहा।

"सब मैं कर लूँगा, इसका भार मुझ पर रहेगा। बस गाँव हमारी पीठ पर तैयार रहे।"

काका अपना जनेऊ निकालकर बोले, "अचलगढ़ के ज़मींदार अदालत से भले जीत लें, खेत पर कब्जा नहीं कर सकते।"

"लेकिन करना क्या होगा?"

"करना यह होगा," काका बोले, "गाँव के लोग अपने इस खेत को बोवें, बीस बिगहवा खेत की आमदनी कम नहीं होती। आधी आमदनी घर पीछे बाँट दी जाए, बाकी का आधा मुक़दमे की पैरवी में लगे, बाकी गऊँझी, धर्म के खाते में जमा हो। गाँव को अगर विश्वास हो, तो आमदनी-खर्च का हिसाब मैं करने को तैयार हूँ।" बिटोर में आए हुए लोग सोचते हुए, आपस में एक-दूसरे का मुँह ताकने लगे। काका हिमालय की-सी दृढ़ता से, भीड़ के बीच में खड़े होकर चारों ओर ताकते रहे। कुछ देर तक जब कोई न बोला तो काका फिर बोले, "हाँ या नाँहीं का जवाब तो गाँव की ओर से मिलना ही चाहिए। खेत बीस बिगहे का है, गाँव के मान का सवाल ऊपर से है।"

सब लोग चुप हो एक-दूसरे से फुसुर-फुसुर बतियाते रहे। काका कोई उत्तर न पाकर फिर बोले, "या तो गाँव 'हाँ' करे या कोई और दूसरा उपाय रखे।"

"अच्छा, हम लोगों को काका की बात मंजूर है।" गाँव के दो-चार नवही और एक-दो प्रौढ़ व्यक्ति एक साथ ही बोल पड़े। फिर बाकी लोग भी हाँ में हाँ मिलाने लगे।

उसी समय काका भीड़ में बैठे हुए बीस आदमियों के नाम बोलकर बोले, "कल अच्छा दिन है, ये लोग भोर में बीस बिगहवा कोड़ने पहुँचेंगे।" लोगों ने मंजूरी दी। बिटोर उठ गया।

उसी समय अपने खंड में आकर काका ने गाँव-भर के घरजनवा की एक फेहरिस्त बना ली। भोर में उठकर, जिस-जिसको जाना था, उसे खंड में जाकर जगा आए। बीस आदमी थे, इक्कीसवें काका स्वयं अपनी कुदाल लिये बीस बिगहवा में पहुँच गए। कतार में खड़े इक्कीस आदमियों की कमर-भर ऊँची बेंटवाली कुदालें, सिर के ऊपर उठकर खेत में धँसती, तो धरती जैसे दहल जाती। ऐसा प्रतिदिन होता। दूसरे दिन जिसकी पारी होती, काका साँझ को ही उसके घर जाकर बता आते और स्वयं भी खेत पर नित्य जाते। दिन-भर इधर-उधर व्यर्थ बैठे रहनेवाले, विशेषकर चैत-बैसाख के लगन के दिनों में, रोज नाच देखने की टोह में लगे रहनेवाले काका के जीवन में ऐसा परिवर्तन देख गाँव के लोग बेहद अचरज करते। किन्तु काका थे, जो बीस बिगहवा की चिन्ता में सोते, बीस बिगहवा की चिन्ता में जागते। अड़ोस-पड़ोस के गाँवों में एक-से-एक बढ़कर नाच-नौटंकियाँ आईं, लोगों ने चलने का लालच भी दिया, किन्तु काका ने सुना और हँसकर टाल दिया। किसी ने बहुत ज़ोर दिया तो बोले,

"हमारे लिए नाच-नौटंकी तो अब बीस बिगहवा है, यारो! गाँव की आन रही, तो बहुत नाच-नौटंकी देखने को मिलेगा।"

चार-पाँच दिनों के बाद लोगों में न जाने कहाँ से इतनी लगन समा गई कि बिना बुलाए, बिना पारी के लोग खेत कोड़ने जाने लगे। बीस की जगह तीस-तीस, चालीस-चालीस आदमी खेत कोड़ने आने लगे। गाँवभर में काका ने जैसे शंख-ध्वनि फूँक दी, दस-दस साल के बच्चे तक ललकार उठे, कोड़नेवालों के संग झुंड-के-झुंड बच्चे भी जाने लगे। बड़े लोग खेत कोड़ते, लड़के दूबें चिखुरते, ढेले फोड़ते।

दिन-भर कोड़ाई, साँझ को दिन डूबने के बाद जामुन वाली परती में गाँव के लोगों की जुटान और केवल बीस बिगहवा की चर्चा।

सिर पर अँगोछा, घुटने तक मुड़ी हुई धोती पहने, चालीस-चालीस आदमियों की कुदालें सिर के ऊपर एक साथ उठकर खेत में गड़तीं, तो देखते ही बनता। कभी तो अचलगढ़ के लोग जैसे तमाशा देखने आते। बीस-बाईस दिनों की मेहनत में खेत कोड़ दिया गया, दूबें भी चिखुरकर लड़कों ने साफ़ कर दीं। खेत एक मेड़ से दूसरी मेड़ तक करइल माटी के बड़े-बड़े ढेलों से भर गया। बलिहार के लोगों ने चैन की साँस ली।

काका को लगा, यज्ञ का पहला चरण समाप्त हुआ। उसके बाद, आषाढ़ की पहली बरसात में ही बीस बिगहवा के करइल माटी के ढेले फूटकर छितरा गए, दूसरी-तीसरी बार की बरसात में तो खेत फूल की तरह खिल उठा। काका घूमने जाते तो खेत देखकर उनकी छाती गज-भर की हो जाती।

भदई बोने का सवाल आया, तो कुछ लोगों की राय हुई कि इसमें भदई न बोकर, इकट्ठे कतिकी में ही बोवाई की जाए, किन्तु काका इस बार फिर गरजे, "बीस बिगहवा बोया जरूर जाएगा, गाँव अगर बीज का दाम न देगा, तो मैं दूँगा।"

और खेत में जनेरा बो दिया गया। देखते-देखते, छाती-भर फ़सल उग आई। गाँव उसी तन्मयता से सोहनी निगरानी करता रहा। छह-छह, सात-सात फीट के जनेरा के पौधे खेत में लहराने लगे। और जब एक-एक पौधे में दोहरी-तिहरी बालें लगने लगीं, तो बलिहारवालों की छाती जुड़ाने लगी।

संयोग ऐसा हुआ कि उस साल सोना में बाढ़ न आई। काका का ललाट दो अंगुल और चौड़ा हो आया।

रात को अगोरने के लिए खेत में बीसों ऊँची-ऊँची मचानें गड़ गईं। लोग अपनी-अपनी पारी पर रात को खेत अगोरने लगे।

बीस बिगहवा ने सोना उगल दिया। काका के खलिहान में सैकड़ों मन जनेरा का टाल लग गया। गाँव-भर का बिटोरकर, काका ने आधा अनाज बराबर-बराबर गाँव के प्रत्येक घर में बँटवा दिया। आधा बेच दिया गया। और रुपए मुक़दमे के खर्च के लिए काका के पास जमा हो गए।

जनेरा कट-बिक जाने के बाद काका के मन में अपार हर्ष समा गया। बड़े विश्वास से वह बीस बिगहवा के मुकदमे की पैरवी करते। क्वार-भर तो सभी लोग इत्मीनान से रहे। सोचते थे कि कार्तिक में इस खेत को फिर से अच्छी तरह जोतकर गेहूँ बोया जाएगा। कार्तिक में ही मुक़दमे की तारीख पड़ी। आशा से पहले ही फ़ैसला हो गया, बलिहार मुक़दमा हार गया।

काका का सारा उत्साह दो-तीन दिनों के लिए ठंडा पड़ गया। न किसी के यहाँ जाना, न किसी से बोलना, चुपचाप अपने खंड में पड़े रहते। गाँव के लोगों ने उनकी उदासी का कारण समझ उन्हें समझाया, पर काका थे कि खेत की चिन्ता में डूबे, तो डूब गए।

जामुनवाली परती में गाँव का बिटोर हुआ। लोगों ने तय किया कि चाहे जैसे भी हो, अचलगढ़ के ठाकुर को खेत पर कब्ज़ा न करने दिया जाए। खेत उसी तरह जोता-बोया जाए। काका इस बार कुछ न बोले।

अचलगढ़ के ठाकुर को इस बात की भनक मिल गई। डिग्री हो गई थी, इसलिए उसने कार्तिक में खेत जोतने-बोने का निश्चय किया।

बलिहार के भी जासूस, ठाकुर का हल चढ़ने के दिन की टोह में लग गए। दोनों ओर के भेद एक-दूसरे की ओर खुलने लगे।

ठाकुर अपने गाँव के लठैतों के साथ हल-बैल लेकर बीस बिगहवा पर आ पहुँचा। इधर से बलिहार के लोग भी लाठी-भाले के साथ खेत पर बाढ़ की तरह फैल गए। खेत की एक डड़ार पर बलिहार के लोग, दूसरी डड़ार पर अचलगढ़ के लोग, लाठी-भाले से लैस खड़े थे। हाँ, अचलगढ़ के लोग कम थे। जो थे, वे ठाकुर के किराए के आदमी थे। इधर बलिहार के बच्चे-बूढ़े तक उमड़ पड़े थे।

खेत के बीच में ठाकुर के हल-बैल आ गए, साथ में पाँच-सात आदमियों के साथ ठाकुर आगे बढ़ा। इधर से चार-पाँच आदमी और डोर से बँधे हुए लोटे में भरा जल लेकर निहत्थे काका! काका और ठाकुर में बातचीत होने लगी। ठाकुर बोला, "देखिए तिवारीजी, आप लोग मुक़दमा हार गए हैं, तब खेत पर कब्जा क्यों नहीं करने देते?"

"मुक़दमा किस बात का हारे हैं, ठाकुर?"

"इस बीस बिगहवा खेत का, जिसे डुमराँव महाराजा ने मुझे पट्टा लिख दिया है।" और ठाकुर ने पट्टा का कागज काका को खोलकर दिखा दिया।

"यह पट्टा लिख देने से कुछ नहीं होगा, ठाकुर! डुमराँव महाराज के बाप ने जिस बीस बिगहवा खेत को बलिहार को माफ़ी दे, दान कर दिया था, उस खेत का पट्टा लिखने का उनके लड़के को कोई अधिकार ही नहीं है।"

"यह तो कानून की बात है, तिवारीजी, इसका फैसला अदालत से हो चुका है।"

"हुआ होगा, लेकिन इस खेत के सहारे जीनेवाले बलिहार के लोगों का पेट अब कैसे भरेगा, इसका फैसला तो अदालत ने किया ही नहीं!"

"तो हम क्या करें?"

"तुम उसका फैसला करो।"

"मैं!" ठाकुर हँसा।

"हाँ, तुम्हें ही फैसला करना होगा। तुमको ही बताना पड़ेगा कि हर साल बलिहार की गरीब-दुखी बेटियों की माँग में इस खेत के कारण सेनुर पड़ता था, अब क्या वे क्वारी रहेंगी? जो विधवा, असहाय औरतें इसके सहारे पलती थीं, वे किसका आसरा देखेंगी? स्कूल और गाँव के मन्दिर का खर्च अब कहाँ से आएगा? यह तो तुमको बताना पड़ेगा।"

"सारी दुनिया का ठेका मैंने ही लिया है?"

"बीस बिगहवा का तो लिया है!"

"ज़रूर!"

"तो ठीका अधूरा क्यों रहे, पूरा ले लो! जिनकी महतारी के मालिक बने हो, उन बच्चों का भी भार सँभालो।" काका के व्यंग्य-भरे स्वर में अपार दृढ़ता थी। पीछे से बलिहार के लोग काका की पीठ पर उफन आए थे। किन्तु हाथ के इशारे से काका हर बार उन्हें रोक देते थे।

"तिवारीजी, बहस न करें। खेत जोतने की साइत बीती जा रही है।"

"खेत कैसे जोतोगे, ठाकुर? सैकड़ों वर्षों से जेठ-बैसाख के ताप में जो खून-पसीना बहाके, जोत-बोके, इसके ढेले फोड़-फोड़ के अपना पेट पालते आए हैं, तुम समझते हो, वे इसे आसानी से छोड़ देंगे!" काका के स्वर में तेजी आने लगी।

"छोड़ना तो पड़ेगा ही तिवारीजी, खेत निकालने के लिए ही तो मैं आज यहाँ आया हूँ।"

"किसी की धरती और बेटी निकाल लेना खिलवाड़ नहीं है, ठाकुर!"

"मैं हर बात के लिए तैयार होकर आया हूँ तिवारीजी, लेकिन तुम आगे-आगे क्यों बोल रहे हो, खेत तुम्हारा अकेले का तो है नहीं!"

"अकेले का होता तब तो तिवारी तुम्हारी परछाईं धोंगने तक न आते, ठाकुर! यह गऊँझी खेत है!" काका ने अभिमान से तनकर कहा।

"चाहे जिसका भी हो, तिवारीजी! हल के आगे से हटो, खेत पर हल चलने दो, साइत बीत रही है।" ठाकुर झुँझलाकर बोला।

"हल नहीं चल सकता, ठाकुर! तुम्हारे ऊपर खून चढ़ा है तो यही सही।" काका ने चेतावनी दी।

"हल चलके रहेगा, तिवारी! आज खेत जुत के रहेगा!" ठाकुर जोश में आ गया।

"तो मैं भी हल के सामने से नहीं हटूँगा। चलाओ मेरी देह पर हल!" और काका हल के आगे बेंड़े लेट गए।

"अरे! यह बाँभन मरेगा क्या? रमचिजुआ!" ठाकुर अपने हलवाहे से बोला, "पकड़ के इन्हें अलग कर दे।" हलवाहा काका को हटाने बढ़ा तो बलिहार की भीड़ पीछे गरज पड़ी, "ख़बरदार, जो काका को हाथ लगाया!"

हलवाहा डरकर पीछे हट गया।

"तू चला हल, देखा जाएगा!" ठाकुर ने हलवाहे को आदेश दिया।

किन्तु अपने सिर पर बलिहारवालों की सधी हुई लाठियाँ देख रमचिजुआ जहाँ-का-तहाँ खड़ा ही रह गया।

"नमकहराम, साले, हट! मैं खुद हल चलाऊँगा।" ठाकुर ने हल की मूठ पकड़ी और बैलों को पैना मारा। आगे लेटा हुआ आदमी देख, बैल भी पाँव उठाकर फिर वहीं खड़े रह गए।

ठाकुर का क्रोध और बढ़ा। उसने सड़ाक्-सड़ाक् लगातार बैलों को पैना मारना शुरू कर दिया। हारकर बैल आगे बढ़े और काका को बचाकर लाँघ गए, किन्तु हल का फाल काका की कोख (पेट की बगल) में खच् से घुस गया। खून फफककर बह निकला।

बलिहार की भीड़ में तूफान आ गया। सैकड़ों लाठियाँ एक साथ बरस पड़ीं। ठाकुर के दलवाले टिक न सके। वे कहीं भागे, बैल कहीं भागे। किन्तु ठाकुर पर एक साथ इतनी लाठियाँ पड़ीं कि वह बुरी तरह घायल हो गया। कुरते की जेब से पट्टेवाला कागज बलिहार के लोगों ने निकाल लिया।

काका लोगों के कन्धों पर लदकर आए। सारा गाँव उनके आँगन में जुट गया। खून बुरी तरह निकल रहा था, फिर भी काका होश में थे, बोले, "पट्टा!"

"ये रहा पट्टा, काका! हम लोगों ने ठाकुर से छीन लिया।"

"इसे फाड़ दो।!"

काका पट्टे का फटना देखते रहे। जब पूरी तरह फट गया तो बोले, "लो, बीस बिगहवा बच गया। पर जोताई-बोआई खुद करना, यही हमारी बिनती है।" काका ने चारों ओर खड़ी भीड़ को हाथ जोड़ दिए। भीड़ के लोगों की आँखें आँसुओं से तर, गले में हिचकियाँ बँधी हुईं।

"इसमें रोने की बात क्या है भाई! एक के जाने से बीस बिगहवा रह गया, तो इसमें दुख की क्या बात है! जाना तो सबको है, आगे-पीछे की तो बात है। दुनिया का काम देर-सबेर से तो होता ही रहता है...पानी पिलाओ।"

पानी पिलाने के लिए पीछे से किसी ने सहारा दे काका को कुछ ऊँचा उठाया, पेट पर जोर पड़ा, ख़ून कुछ अधिक तेज़ी से निकला। काका गट्-गट् एक लोटा पानी पी गए। खून और पतला हो बहने लगा। काका शिथिल होने लगे, आँखें झँपने लगीं। फिर देखते-देखते...

बलिहार में जैसे हाहाकार मच गया। कुछ देर तो बड़ी भाग-दौड़ रही। फिर सब अपार दुख में डूबकर शान्त हो गए। गली-गली, आँगन-आँगन को जैसे एक ही साँप डसता गया। अजीब-सा भय, शंका और गहरा शोक सबके मन में भर गया। चरन पर बँधे हुए जानवरों को दाना-भूसा डालने की किसी को सुधि न रही। भूख से बाँय-बाँय चिल्लाकर बलिहार के जानवर भी चुप लगा गए।

काका की अर्थी उठी, तो लगा जैसे कोई बयार गाँव के बाँस, जामुन, आम के पत्तों तक को सुखाकर झनझना गई। गाँव-भर में चारों ओर एक बेहद डरावना सूनापन बिखर गया।

अर्थी जामुनवाली परती में रख दी गई। परती में रोज़ बैठनेवाले काका आज जैसे लेटे हुए थे। हल्की-सी कम्पन की तरह हवा की बतास बही, जामुन की हरी-पीली दर्जनों पत्तियाँ काका की देह पर और अर्थी के अगल-बगल बिखर गईं।

सारा गाँव परती में उमड़ आया। उत्तिमा गोंड, ठकुराइन, बिहंसी, रमकलिया की माई—सभी थीं। अर्थी उठी तो वे हचक-हचककर रो पड़ीं।

दो

काका का श्राद्ध क्या हुआ जैसे गऊँझी यज्ञ हो। ओंकार के लाख मना करते रहने पर भी गाँव के लोगों ने आटा, चीनी, घी, दही, तरकारी और कपड़े से भंडार-घर भर दिया। गाँव-तो-गाँव, पास-पड़ोस के गाँववाले ब्राह्मण भी इस श्राद्ध में न्योते गए। अन्य गाँव के खानेवाले ब्राह्मणों को जामुनवाली परती में बिठाया गया। ब्रह्मभोज खानेवालों से परती खचाखच भर गई। ब्राह्मण खाते गए, हल्दी में रँगी गमछी दक्षिणा में लेते गए। दूसरे गाँव के लोग अचरज करते। अड़ोस-पड़ोस के गाँवों में ऐसा श्राद्ध तो आज तक किसी का नहीं हुआ था।

बलिहारवालों ने 'बीस बिगहवा' में कतिकी दूने उत्साह से बोई। अचलगढ़ का ठाकुर पकड़ा गया था। उस पर मुक़दमा चला। सजा हुई, सदा के लिए जेल में बन्द कर दिया गया।

काका की मौत से उगते हुए बिरवे—ओंकार और चन्दन—पर जैसे पाला पड़ गया। गृहस्थी के कार्यों का सारा ओज, उत्साह एकदम ठंडा पड़ गया। ओंकार और भी अकेलापन अनुभव करने लगा, गृहस्थी के कामों में अनुभव की सीख और सही राय देनेवाला अब कोई न रहा। काका कुछ नहीं करते थे, फिर भी खंड में बैठे तो रहते थे। दुआर अकेला नहीं रहता, माल-गोरुओं को सानी-पानी चला देते, बिना कहे ओंकार काम से कहीं भी निश्चिन्त होकर चला जाता था। काका के बाद वह भीतर से उखड़ गया। मौके-बेमौके किससे राय पूछे, किस पर गोरू और खंड छोड़कर जाए! बाहर

के जिस काम को दोनों भाई एक साथ लगकर चुटकी बजाकर पूरा कर लेते, उसे अब एक को ही करना पड़ता।

श्राद्ध के लगभग एक महीने बाद वैद्यजी फिर आए। रूपा से उन्होंने गुंजा के ब्याह की चर्चा चलाई।

"अभी तो काका को मरे महीना-भर हुआ है, मैं उनसे कैसे बातचीत करूँ?" रूपा बोली।

"लेकिन गुंजा सयानी हो चली बेटी, ज़रा हमारी ओर से भी तो सोचो!"

"मैं क्या करूँ, बाबू? तुम दोनों घर के मालिक हो। काका की जब तक बरखी न हो जाएगी, तब तक घर में कोई भी शुभ काम कैसे होगा?"

"हाँ, ये तो मैं भी समझता हूँ, रूपा! लेकिन कल का ठिकाना नहीं। मान लो, किसी कारणवश ओंकार राजी न हुए, तब तो मेरे लिए यह साल बिलकुल बेकार हो जाएगा। और घर देख नहीं पाऊँगा, यह घर भी चला जाएगा, फिर सयानी बेटी की बाढ़..."

"ऐसा कैसे होगा, बाबू! जितनी चिन्ता गुंजा के लिए तुम्हें है, उससे अधिक हमको अपनी गृहस्थी की है। बहिन अगर देवरानी हो जाए, तो इससे बढ़कर मेरे लिए दूसरा सुख क्या होगा? चन्दन हमारा, गुंजा हमारी। साल-भर बाद काका की बरखी हो जाने दो, फिर जैसा कहोगे, वैसा ही होगा।"

वैद्यजी सुख की साँस ले चौबेछपरा चले गए।

सारी खेती का भार चन्दन और ओंकार पर पड़ गया। धीरे-धीरे काका की मौत का अवसाद मन से उतरने लगा। चार-पाँच महीने बीत गए। घर की डाँवाँडोल स्थिति काफी सँभल गई थी। किन्तु इसी बीच कुछ ऐसा हुआ कि ओंकार और भी चिन्तित हो उठा।

रूपा दो-तीन महीनों से गर्भवती हो चुकी थी। इस बार उसका स्वास्थ्य गिरने लगा था। गर्भवती होने के महीने-भर बाद ही उसकी देह पीली पड़कर हल्के-हल्के सूज गई। रामू और गृहस्थी के काम—दोनों को सँभालना बेहद कठिन होने लगा। दो-तीन महीनों बाद उसे अकसर बुखार आने लगा। देह एकदम कमज़ोर हो गई।

अन्त में वैद्यजी को खबर गई। बेटी की यह दशा वैद्यजी ने देखी तो माथा पीट लिया। बगल में खड़े हुए ओंकार से बोले, "जवार-भर के लोगों की दवा मैं करूँ, मेरी ही बेटी की यह हालत! इस समय भी मुझे बुलाने की क्या जरूरत थी? जो मन में आता, करते जाते।"

"मेरा वश चला होता बैदजी, तो मैं इनको चौबेछपरा पहुँचा आया होता। मैं बार-बार आपके पास आदमी भेजने को तय करता, पर हर बार ये मना कर देती थीं!"

''घर के मालिक तुम हो, ओंकार! अपना भला-बुरा तुम्हें समझना चाहिए। अब बताओ न, मैं क्या करूँ? यह चौबेछपरा जाने लायक नहीं है। यहाँ दवा-पानी देने में तनिक भी गड़बड़ी हुई, तो बीमारी वश के बाहर हो जाएगी।''

''नहीं, आप ले जाना चाहें तो आज मैं ही असवारी (पालकी) ठीक कर दूँगा।''

''फिर तुम लोगों को यहाँ कौन देखेगा?''

''जब ब्याह नहीं हुआ था, तो कौन देखता था?''

''तब की बात और थी, ओंकार! उस समय केवल भोजन बनाने की ही चिन्ता थी। अब तुम्हारा एक पैर चौबेछपरा में रहेगा, फिर इस बसी-बसाई खेती-गृहस्थी का क्या होगा?''

''यहाँ रहकर भी तो अब कुछ करने-धरने लायक यह रही नहीं, बैदजी!''

''हाँ, पर इसे यहीं रखो। मैं रोज़ आऊँगा। रसोई-पानी के लिए गुंजा को जाकर चन्दन ले आए, या मैं ही कल अपने साथ लेता आऊँगा।''

वैद्यजी दवा देकर तथा परहेज़ की बातें अच्छी तरह समझाकर चौबेछपरा वापस लौट गए, तो ओंकार खाट पर लेटी हुई रूपा के सिर पर हाथ धरकर बैठ गया। आँखें आशंकित हो किसी गहरी चिन्ता के अतल सागर में डूब गईं।

दूसरे दिन वैद्यजी गुंजा को अपने साथ लेते आए। गुंजा को रसोई-पानी तथा भीतरी गृहस्थी के कामों को सँभालने में देर न लगी। बाहर, माल-गोरू तथा खेती के काम में चन्दन जुट गया। ओंकार का एक पैर भाई को सहारा देने बाहर रहता, दूसरा बीमार पत्नी की देख-रेख में रहता।

पन्द्रह-बीस दिन के बाद रूपा की हालत कुछ सुधरी। देह की सूजन कम होने लगी। ओंकार प्रायः रूपा के पास बैठा रहता। कुछ अच्छी होने लगी तो एक दिन रूपा बोली, ''मेरे पास बैठने की क्या जरूरत है? सारा भार चन्दन पर पड़ा है। अभी वह बाँस की कोंपल है। ध्यान नहीं रखोगे तो मुरझा जाएगा।''

''और तुम?'' ओंकार हँसते हुए बोला।

''मैं!'' रूपा भीतर से प्रसन्न हो किन्तु ऊपर से बनावटी स्वर में बोली, ''मैं मर जाऊँगी तो तुम दूसरा ब्याह कर लोगे। बीतेगी तो मेरे बेटे पर।''

''अब क्या ब्याह...''

''ऐ पहुना!'' गुंजा बीच ही में बिगड़ पड़ी, ''यहाँ बैठके यही सब असगुन भाखना है तो जाओ दुआर पर, यहाँ क्यों बैठे रहते हो, तुम्हारा काम क्या है यहाँ पर? रसोई, दवा-पानी के लिए मैं घर में हूँ ही, तुम हर घड़ी घर में क्यों घुसे रहते हो? चलो, जाओ दुआर पर!''

बाहर दँवरी-ओसावन की भीड़, घर में पत्नी बीमार, दोनों की भीड़ में ओंकार रुई की तरह धुन गया। यह तो चन्दन था, जो बाहर का सारा काम अकेली देह पर

रोके हुए था। बाहर चन्दन, भीतर गुंजा। किन्तु सब-कुछ निपट गया। दँवरी-ओसावन होकर, अनाज घर में चला आया, भूसा खोंप और भुसहुल में भर दिया गया।

ओंकार ने कुछ चैन की साँस ली। जेठ बीत चला। रूपा की तबीयत काफ़ी सुधर गई। देह की सूजन बिला गई। पीलापन बहुत हद तक दूर हो गया। वह चलने-फिरने लगी। खाना पचने लगा। वैद्यजी ने बेटी को बचा लिया।

उसी समय किसी गाँव से चन्दन के देखनहरू आए। ओंकार कहीं गया था। चन्दन खंड में गाय-बैलों को खिला-पिला रहा था। इधर-उधर की बातों के बाद, वे काका की मौत की घटना पूछ रहे थे। चन्दन अनमने भाव से उत्तर दे रहा था।

"तो बबुआ, काका का सारा हिस्सा तो...तुम्हीं लोगों को मिला होगा?" एक ने पूछा।

चन्दन बिगड़ गया, "आप लोग किस मतलब से आए हैं? हमारे घर का भेद पूछनेवाले आप लोग होते कौन हैं?"

तभी ओंकार आ गया।

ओंकार से लोगों ने खुलकर बातें कीं। ब्याह की बात चली। चन्दन की कुंडली की नकल माँगी गई।

ओंकार घर आया। रूपा से बात बताई तो रूपा बोली, "अभी कहीं से भी ब्याह की बात न चलाओ। काका की बरखी हो जाए, तब इसकी चर्चा उठेगी।"

"लेकिन कुंडली की नकल देने में क्या हर्ज है? देखनहरू बहुत धनी घराने के हैं।"

गुंजा खम्भे की ओट में खड़ी हो चुपचाप सुनती रही।

"धनी घराने के हों चाहे रजवाड़े के हों, अभी कुछ नहीं होगा! जाओ, उनसे कह दो।"

ओंकार वापस लौट गया। ओंकार का बाहर निकलना था कि गुंजा धरती पर बैठकर चारपाई पर बैठी हुई रूपा की गोद में मुँह छिपा अनायास ही सिसकने लगी।

गोद में मुँह छिपाए बहन की भरी हुई आँखें, बड़े दुलार से ऊपर उठा, रूपा ने अपने आँचल से पोंछ दीं, "यह क्या रे! रोती क्यों है तू? जो चाहती है, वही होगा। चन्दन ही तेरी माँग भरेगा? रो मत। मेरी ओर देख गौरा, तेरे भोले बाबा ही बरात लेकर आएँगे।" और हँसती हुई रूपा गुनगुनाने लगी।

गुंजा का उतरा मुँह खिलकर लाल हो गया। तभी चन्दन आ गया।

"किसके ब्याह का गीत गा रही हो, भउजी?"

"तेरे!"

"मेरे! चन्दन का ब्याह तो कुंडली में लिखा ही नहीं है।"

"काहे रे! खाएँगे गेहूँ नहीं तो रहेंगे ऐहूँ! 'कि बिनु गौरा रहबो कुँआर हो।' " हँसती हुई रूपा ने एक कड़ी गा दी।

"इस समय तो भूख लगी हुई है, उठो न, दोगी कुछ खाने को?"

तभी गुंजा ने पीछे से चन्दन के आगे, छोटी-सी डलिया में टटका भुजना और गुड़ रख दिया।

धरती पर बैठे हुए चन्दन ने एकाएक ऊपर देखा, तो गुंजा को सिर पर झुका पाया। "देख लो, भउजी! तुम कहती हो कि..."

गुंजा ने पीछे से चन्दन का मुँह दबा दिया। चन्दन चुप लगा गया।

"एक-से-एक बढ़के हैं।" रूपा हँसती हुई बोली, "अब छोड़ उसका मुँह।"

किन्तु चन्दन ने गुंजा के हाथ में तनिक कसकर चिकोटी काट दी। गुंजा झमककर हाथ झाड़ती हुई बोली, "दें तेरे कसाई की। तनिक भी दया-माया नहीं।"

"पानी लाओ, पानी!"

"हाथ काटो तुम, पानी लाऊँ मैं! उठ के लोटा माँजो और पानी ले लो।"

चन्दन सचमुच को उठने लगा तो खड़ी हुई गुंजा ने बैठे चन्दन के दोनों कन्धे दबा दिए।

रूपा देखकर हँसती रही। चन्दन भुजना चबाता रहा। पीछे दीवार के सहारे खड़ी हो गुंजा पूर्वतया मुसकराती रही।

तीन

रूपा की बीमारी में सुधार आरम्भ होते ही ओंकार भी कुबेर की पलानी में बैठने लगा। थके मन को ताश के पत्तों में बड़ी राहत मिलती। पीछे के दुख और परेशानियाँ बहुत हद तक मन से बिसर गई थीं। लू की गर्मी से बचने के लिए, दिन-भर पलानी में दुबकी देह का मन भी, एक ही ओर लगा रहा। मन बहलाने को दूसरा और साधन ही क्या था? इस वर्ष लू इतनी चली थी कि जामुनवाली परती की भी तीन-चौथाई दूब सूख गई थी।

आषाढ़ लगा। आकाश में मेघ मँडराने लगे तो देह-मन दोनों को बड़ा सुख मिला। ओंकार ने सोचा, घर से खंड आने-जाने के लिए, सोना से फूटकर निकले हुए इस बीच के खरोह में माटी का एक पुल बनवा दिया जाए, तो लोगों के आने-जाने की सुविधा हो जाए। कुबेर की पलानी में ही उसने बिटोर किया। बस्ती के पास इसी का एक खेत पड़ता था, उसमें से यह माटी देने को भी राजी हो गया। लोगों ने अपने सिर पर माटी काटकर पुल बनाने की बात तय कर ली।

इस निर्णय के बाद, गाँव-भर में ओंकार की प्रतिष्ठा बढ़ने लगी। सभी लोग यही कहते कि एक काका गाँव का मान बढ़ा गए, यह घर की इज्जत बढ़ा देगा। गाँव के

इस छोटे-से उगते हुए घर के प्रति लोगों के भीतर हल्की-हल्की देख जगने लगी।

माटी की खुदाई का काम शुरू होने ही वाला था कि एक दिन अचानक पानी बरस गया। काम रुक गया। लोग भदई बोने की चिन्ता में लग गए। कुबेर की पलानी का अड्डा टूटा। ओंकार अपनी पलानी के आगे बैठकर चन्दन के साथ यह निर्णय कर रहा था कि इस वर्ष कितनी भदई बोई जाए। किधर के खेत में क्या बोया जाए।

उसी समय घर से इन दोनों की बुलाहट हुई। घर पहुँचा तो देखा, रूपा असीम दर्द से खाट पर मछली की तरह छटपटा रही थी। पेट में लगभग सात महीने का बच्चा था, किन्तु प्रसव का दर्द आरम्भ हो गया था। चमाइन बुलाई गई। पड़ोस की औरतें जुट गईं। लगभग घंटे-भर के बाद रूपा ने मरा हुआ बच्चा जना। छटपटाहट तो कम हुई, किन्तु रक्त का निकलना कम होने की जगह बढ़ता ही गया। देह पीली पड़ने लगी। पहले से ही रोगी दुर्बल देह रक्त का अधिक जाना सह न सकी। देखते-देखते रूपा निष्प्राण हो गई।

घर के बाहर ओसारे में बैठे हुए ओंकार और चन्दन को बुलाया गया। भीतर पहुँचते ही ओंकार को चक्कर आ गया। गुंजा और चन्दन की चीत्कार से लगा कि घर भहरा पड़ेगा।

होश आया, तो माटी के बुत की भाँति रूपा के शव को ओंकार एकटक निहारता ही रह गया। धड़ तक ढँकी हुई मृत पत्नी, बगल में ढँका हुआ नवजात मरा बच्चा और अलग-अलग चारों ओर, धरती पर बहकर जमा हुआ लाल-काला रक्त!

ओंकार की आँखों के आगे अन्धकार छा गया। चन्दन ने भाई को अँकवारी में भरकर बाहर निकाला। सवेरे से झाँझ तक टिकनेवाला मेला, दोपहर को ही उठ गया। ओंकार को लगा, किसी ने अधकचरी नींद में ही थप्पड़ मारकर जगा दिया। चोट ऐसी गहरी थी कि नींद टूटने पर भी आँखों को कुछ सूझता नहीं था। आँगन में आकर, घनौची के पासवाले चबूतरे पर, दीवार से पीठ टेककर वह बैठ गया। रह-रहकर आँखें भर आतीं, तो उनका भारीपन दूर करने के लिए, कन्धे के अँगोछे से पोंछ लेता।

चन्दन रामगढ़ के बनिये की दुकान से क़फ़न खरीद लाया। बँसवारी से बाँस काटकर अर्थी बनवाई।

मरी भौजाई को नहला-धुला क़फ़न पहनवाकर लोगों की मदद से लाकर आँगन में अर्थी पर लिटा दिया। अर्थी जब अच्छी तरह बँध गई, तो जाकर ओंकार के सामने वह खड़ा हो गया।

ओंकार ने प्रश्नसूचक दृष्टि से चन्दन की ओर देखा।

"उठो कन्धा लगाने!" चन्दन ने जैसे आदेश दिया।

ओंकार चुपचाप वैसे ही बैठा रहा।

दोनों बाँहें पकड़ भाई को झटका दे खींचता हुआ चन्दन फिर बोला, "भइया, उठो!"

"उठें ?" ओंकार ने अजीब-सा प्रश्न किया।

"हाँ, उठो।"

आज्ञाकारी शिशु की तरह ओंकार उठ गया। अर्थी के पास पहुँचा, तो पुरोहित ने रूपा के मुँह पर से कपड़ा हटा दिया। ओंकार, चन्दन और गुंजा ने पत्नी, भौजाई और बहन को अन्तिम बार देखा।

गुंजा फफक पड़ी। मुँह ढँक दिया गया। अर्थी मचमचाकर उठ गई।

गुंजा के करुण क्रन्दन को 'राम नाम सत्य है' के स्वर ने एकबारगी ही दबा दिया। बिलखती हुई गुंजा की गोद में छोटा-सा रामू, महतारी की उठती हुई अर्थी को टुकुर-टुकुर ताकता ही रह गया।

चार

श्राद्ध के सबेरे जब वैद्यजी जाने लगे तो ओंकार ने पूछा, "और गुंजा ?"

"गुंजा जाएगी तो यहाँ रोटी-पानी कौन करेगा ?"

"रोटी-पानी के लिए गुंजा यहाँ अकेली कब तक रहेगी ?" ओंकार बोला।

"अकेली कहाँ है, तुम लोग हो, रामू है, दिन-रात संग रहनेवाली बिहंसी है।"

"बिहंसी तो है बैदजी लेकिन गाँव-नगर क्या कहेगा ?"

"बेटी मेरी है ओंकार, कोई कहेगा किससे ? अभी एक महीने रख लो। घर जब सलसन्त (शान्त) हो जाए, तुम्हारा मन स्थिर हो जाए, तो गुंजा और रामू को चन्दन के साथ भिजवा देना।"

ओंकार चुप लगा गया। वैद्यजी चले गए।

आषाढ़ आधे से अधिक बीत चुका था। चारों ओर हरियाली छा गई थी। वर्षा मजे की होने लगी थी। किन्तु ओंकार के घर में मौत की खामोशी और एक-सी ठहरी हुई उदासी छाई रहती। यद्यपि गुंजा, रामू तथा बिहंसी के कारण घर में मनसायन रहता, रसोई-पानी पहले की तरह ही होती, लेकिन ओंकार दिन-भर में केवल दो ही बार, सबेरे और साँझ को, खाने के लिए आता।

आषाढ़ बीतते-बीतते इतना पानी बरसा कि सोना उफन पड़ी। वैद्यजी के जाने के ठीक पचीस दिन बाद ओंकार ने गुंजा और रामू को चौबेछपरा पहुँचा आने का आदेश चन्दन को दिया।

उखड़े, उदास मन को भाई के आदेश ने और भी तोड़ दिया। पानी बरस रहा था, किन्तु भीगते हुए ही चन्दन खंड से घर चला आया। रसोईघर के आगे पीढ़े पर चुपचाप वैसे ही बैठ गया। गुंजा भीतर रसोई बना रही थी। रामू वहीं खेल रहा था। चन्दन को देखकर वह लपका तो गुंजा का ध्यान टूटा, "अरे, यहाँ कब से बैठे हो ?"

"अभी आया हूँ।"

"बोले भी नहीं? रसोई कब से तैयार है! पहुना खा गए, तुम्हारा पता ही नहीं।"

"हाँ, मठिया चला गया था। देर हो गई।"

"तो जाओ, नहा-धो आओ तो थाली परसूँ।"

"जाता हूँ, जरा सुस्ता लूँ।"

गुंजा बगल में खड़ी हो चन्दन को देखने लगी और चन्दन सामने के खुले किवाड़ों से बाहर पड़ती हुई पानी की फुहारों से टप्-टप् चूनेवाली ओरियानी के स्वर पर कान लगाए, न जाने कहाँ खो गया!

कुछ देर खड़ी रहने के बाद गुंजा बोली, "क्या सोच रहे हो?"

"कुछ नहीं।"

"नहीं, कुछ जरूर है, बोलो न!" गुंजा ने खड़े-खड़े चन्दन का हाथ पकड़ते हुए कहा।

"सोचता हूँ गुंजा, कि भगवान को भी दया नहीं लगती। काका को गए अभी दिन ही कितने हुए, भउजी भी चली गईं। इतनी मेहनत से यह घर बसा था, तो अब फिर जैसे-का-तैसा होना चाहता है। अब तुम भी चौबेछपरा चली जाओगी, फिर तो इस घर में रहना कठिन हो जाएगा!"

"मैं क्यों जाऊँगी?" गुंजा बिना सोचे-समझे बोल गई।

"जाओगी नहीं, तो यहाँ अकेली कैसे रहोगी?"

गुंजा का मुँह उतर गया। उसने धीरे-धीरे चन्दन का हाथ छोड़ दिया, "अच्छा उठो। जाओ, नहा-धो आओ, भूख लगी होगी।"

"अब इस भूख की चिन्ता कौन करेगा, गुंजा!"

गुंजा ने चन्दन को एक बार देखा, फिर उसके दोनों कन्धे दबाती हुई बोली, "नहीं, अभी बैठे रहो।" और फुरती से एक लोटा पानी लेकर बोली, "चलो, मोरी पर तुम्हारे पैर धो दूँ!"

"नहीं, नहीं, जब नहाना ही है तो इनार पर धो लूँगा।" इतना कहकर वह चला गया।

थोड़ी देर बाद आहट पाकर वह उठी खड़ी हुई। रसोईघर में से थाली परसकर, जब चन्दन के सामने रखने लगी, तो पीढ़े पर बैठते हुए चन्दन बोला, "अब एक-दो दिन और अपने हाथ की रसोई खिला लो। भइया ने परसों तुम्हें चौबेछपरा पहुँचा आने को कहा है।"

गुंजा कुछ नहीं बोली, एक पीढ़ा खींचकर पास में बैठकर चन्दन पर पंखा झलने लगी।

जब वह आधा खा चुका तो बोली, "रसोई कौन बनाएगा?"

"मैं बनाऊँगा।" चन्दन कुछ रोब में बोला।

हल्का-सा मुँह बिचकाकर गुंजा बोली, "हूँ-हूँ! जिस आदमी को अपने खाने की सुधि नहीं रहती, वह दूसरे को रसोई बनाकर खिलाएगा?"

रामू बार-बार चन्दन की थाली में हाथ डाल देता था। चन्दन बार-बार मना कर रहा था। एक बार गुंजा बिगड़ गई, "क्यों रोकते हो इसको, तुम्हारे लड़के-बच्चे नहीं होंगे क्या?"

"मेरे...!" मुसकराते हुए चन्दन ने गुंजा की ओर देखा।

गुंजा के गोरे चहेरे पर लालिमा की एक लहर दौड़ गई।

चन्दन वैसे ही ताकता रहा।

"बक्! ताकते क्या हो, खाओ न!" गुंजा ने दूसरी ओर मुँह फेर लिया।

चन्दन खाने लगा। गुंजा पंखा झलने लगी।

खाकर उठा तो पानी तेज़ पड़ने लगा था।

आँगन में खुलनेवाले दरवाज़े के पास खाट खींचकर चन्दन लेट गया। आसमान का अन्धकार बढ़ता गया, बादल मकान के मुँडेरों को छूने लगे, पानी की धार तिरछी होकर छरछराहट के साथ बरसने लगी। गुंजा जल्दी से खाकर चन्दन के सिरहाने धरती पर बैठ गई। दोनों पानी का बरसना देखते रहे। पानी का गिरना और तेज़ होता गया। आँगन की ओरियानी, दो-दो गजों की दूरी पर आगे की ओर धार फेंकने लगी। बाहर बादलों की गड़गड़ाहट में बिजली चमकी तो गुंजा ने चन्दन को ज़ोर से पकड़ लिया। चारों ओर जैसे अँधेरा छा गया। पानी की उस अनवरत मार ने सब कुछ ढँक दिया, अपने में समाहित कर लिया। फिर न जाने, चन्दन को कब नींद आ गई। नींद खुली तो देह में बड़ी शिथिलता आ गई थी। पानी अब भी वैसे बरस रहा था, किन्तु गुंजा ओसारे के पक्के चबूतरे पर बैठकर बर्तन माँज रही थी।

उसके तीसरे दिन गुंजा को विदा करने की तैयारी होने लगी। हफ्ते-भर का आटा पीसकर, चावल-दाल बीनकर, गुंजा ने भंडारघर में अच्छी तरह रख, चन्दन को दिखाकर समझा दिया। घर की तमाम इधर-उधर की बिखरी चीज़ें तरतीब से लगाकर रख दीं।

गुंजा काम करती जाती और रह-रहकर आँखों की कोरें भर आतीं। चन्दन चौके के खम्भे पर पीठ टेके, उदास, विक्षिप्त होकर चुपचाप बैठा रहा।

रामू के और अपने कपड़े थैले में रखकर गुंजा बोली, "अब चलो।"

"पैर नहीं रँगोगी?"

"नहीं।"

चन्दन गुंजा का मुँह ताकने लगा।

"नहीं, पैर मैं नहीं रँगूँगी। कौन खुशी का मौक़ा है, जो पैर रँग लूँ!"

चन्दन चुप लगा गया।

"तो चलो निकलो।" गुंजा बोली।

"नहीं, भइया आ रहे होंगे। घर बन्द करके चाभी किसको दूँगा?"

तब गुंजा को घर के खाली होने का सहसा ज्ञान हो आया। फिर आँसुओं की धार उमड़ी, गले में हिचकी बँधी, गुंजा सिसक-सिसककर रोने लगी।

ओंकार आ गया, "यह क्या? बात क्या है, गुंजा? घर तो अपने-आप ही उदास है, तुम और भी उदासी भर के जाओगी! चलो, नहीं तो बरखा-बूँदी का दिन, कौन ठिकाना, पानी कब बरसने लगे!"

ओंकार ने रामू को तीर तक पहुँचाने के लिए गोदी उठाया, तो वह रोने लगा। लाचार होकर ओंकार को गोद से रामू को उतारना पड़ा। उतरते ही वह लपककर गुंजा की गोद में चढ़ गया। गुंजा आँचल से आँसू पोंछ, रामू को गोद में ले, घर से निकल पड़ी। पीछे चन्दन, उसके पीछे ओंकार ने निकलकर, निकसार की जंजीर बन्द कर खट् से ताला लगा दिया।

पाँच

फिर वही सोना का जल, वही घर की डोंगी, वही चन्दन, वही गुंजा और वही दशरथ...इस बार केवल रामू नया था, जो गुंजा की गोद में नाव की अगली फेंग पर बैठा था। सब सवार हो गए तो ओंकार ने तीर पर खड़े होकर नाव को धार में ठेल दिया। भोर में लगभग छह बजे सोना के शान्त जल में चौबेछपरा की ओर नाव बढ़ चली। आकाश के बादल, हवा न होने से, कुछ थमे हुए थे। पानी कभी भी बरस सकता था, किन्तु दशरथ इत्मीनान से लग्गी मार रहा था। नाव के चारों ओर एक अजीब-सी शान्ति और भारीपन फैला हुआ था। गुंजा दशरथ की आँखें बचा, रह-रहकर चन्दन को देख रही थी और चन्दन अपलक जैसे सोना के गहरे जल में डूब गया था।

खरोह में नाव पहुँची तो दशरथ ने चुप्पी तोड़ी, "चन्दन!"

"क्या है?"

"इस लच्छन से तो हमसे नाव नहीं सरकेगी।"

"तो क्या कहता है?"

"कुछ बोलो-बतियाओ, हमसे नहीं, गुंजा बबुनी से ही सही। कुछ मनसायन करो, यार! क्या मौनी बाबा की तरह देह साध के बैठ गए! और गुंजा बबुनी, तुम! तुमको तो देखके लगता है कि डूबनेवाले को और डुबा दोगी। तुम दोनों को क्या हो गया है?"

गुंजा का मुँह और भी उदास हो आया। चुपचाप क्रमशः पीछे छूटते हुए बलिहार को वह निहारती रही। खरोह के किनारेवाली बँसवारी छूटी, सुन्नर राउत

का घर छूटा, कोने के तिवारीजी का पकवा मकान छूटा, गाँव के कोने पर सोना के जल में लटका हुआ तीर पर का बौना बबूल छूटा और सबसे अन्त में तूफानी बाबावाला पीपल का पेड़ भी छूट गया, जहाँ बहना के साथ तीज के दिन वह पूजा करने आई थी।

नाव बलिहार का सिवान पार कर गई। खुलाव में आए तो नाव पर की उदासी और भी फैल गई। दशरथ से रहा न गया तो उसने अलाप ली :

किछु दिन खेले पवनी हम नइहरवा,
सइयाँ, माँगेला गवनवाँ, बाला जोरी से
नाहीं मोरा लूरि ढंग, नाही मोरा गहनवाँ
बाला जोरी से...

नाव बढ़ती गई। मौसम इतना सुहावना था कि थकन आई ही नहीं। किन्तु आधी दूर आने के बाद, चन्दन ने स्वयं ही जाकर दशरथ से लग्गी ले ली। न चाहते हुए भी दशरथ को लग्गी देनी ही पड़ी। बीच का गाँव पार करते ही सोना कुछ पतली हो गई थी। धार तेज़ थी, इसलिए आगे बढ़ने में बड़ी आसानी थी।

देखते-देखते दीपासत्ती आ गई। चन्दन ने काटकर नाव किनारे लगा दी। गुंजा अचरज से देखने लगी।

"यह क्या?"

"थोड़ी देर को उतरो।" पहले स्वयं ही कूदकर चन्दन ने नाव को तीर से अच्छी तरह सटा दिया। रामू को अपनी गोद में लेकर, गुंजा को उतरने में एक हाथ का सहारा देते हुए चन्दन बोला, "चलो, दीपासत्ती को गोड़ लाग लें।"

गुंजा का चेहरा खुशी से खिल उठा।

दशरथ नाव पर बैठे-बैठे मुसकराता रहा।

दीपासत्ती के चौरा के पास जा, चन्दन-गुंजा दोनों सिर टेककर लौटे तो दशरथ वैसे ही मुसकराता रहा, नाव पर चढ़ने लगे तो बोला, "रोगिया को भावे, सो बैदा फुरमावे!"

लाज के मारे दूसरी ओर मुँह करके गुंजा बैठ गई।

नाव चली तो दशरथ लग्गी मारते हुए बोला, "हे दीपासत्ती, एक चुनरी हमरी ओर से। चन्दन पंडित, अहीर के बेटे का बरदान लो, पूजै मनोकामना तोहारी।" और हि:-हि: करता हुआ वह लग्गी मारने लगा।

चौबेछपरा पहुँचे, तो गुंजा की महतारी ने अपने रुदन से घर सिर पर उठा लिया। बड़ी कठिनाई से चुप हुई।

खा-पी लेने के एक घंटे बाद ही चन्दन ने वापस जाने की माँग कर दी।

"रामू, चल!" चन्दन ने भतीजे को बुलाया।

रामू गुंजा की गोद से चिपट गया।

दरशथ आगे बढ़ गया था। चन्दन गुंजा की महतारी के पैर छू चलने लगा, तो निकसार के पास गुंजा बोली, "चन्दन फिर कब आओगे?"

"आना-जाना मेरे बस का नहीं, गुंजा!"

"क्यों?"

"भइया जब भेजेंगे तो आऊँगा।"

"रामू को देखने के लिए?"

"हाँ, ये बहाना तो अच्छा है। इसके आगे तो भइया भी कुछ नहीं बोलेंगे!" चन्दन व्यंग्य से गुंजा की ओर ताकने लगा।

गुंजा चन्दन से आँखें न मिला सकी। उसने आँचल से अपना पूरा मुँह ढँक लिया।

चन्दन बाहर निकल गया। गुंजा वहीं खड़ी हो, धीरे-धीरे उसका ओझल होना देखती रही।

छह

ओंकार और चन्दन फिर वैसे ही हो गए, जैसे काका के परिवार में मिलने से पहले रहते थे। पहले का जीवन इससे कहीं अच्छा था। बूढ़ी बेवा फूआ भोजन बना देती थी। दोनों भाई मिल-जुलकर, खेती से कुछ पैदा कर लेते, कुछ खेतों की बन्दोबस्ती से मालगुजारी आ जाती। ज़िन्दगी निश्चिन्त, अल्हड़पन से भरी हुई थी। सुख-दुख देखा न था, इसलिए मन में कभी उतार-चढ़ाव आया ही नहीं। किन्तु अब कुछ वर्षों तक पारिवारिक जीवन में रहकर उससे अलग हो जाने के बाद देह-मन, दोनों में हल्की-सी व्यथा होने लगी।

गुंजा चौबेछपरा चली गई तो चन्दन व्याकुल हो उठा। चन्दन का मन खेती के काम से उचट गया। कभी कुबेर की पलानी में, कभी जामुनवाली परती में, कभी पच्छिम की बारी, कभी मठिया पर मँडराने लगा। अधिक मन उचटता तो करइल माटी के दूब से भरी गुलगुली खेतों की मेड़ों पर, या हरी दूब से ढँकी हुई कच्ची छवरि पर, अकेले ही वह दूर तक टहलने निकल जाता।

कभी-कभी तो माल-गोरू भी सँझवत तक चरन में बाँधे न जाते। भटकता हुआ चन्दन सोचता—भइया होंगे, भूसा-पानी डाल देंगे। ओंकार चन्दन की आस में रह जाता।

खेती खराब होने लगी। पिछली कतिकी ने जहाँ चार सौ मन अनाज दिया था, इस साल डेढ़ सौ मन पर उतर आई। आँगन का गाड़ ओरियानी छूता था, इस वर्ष कमर-भर ऊँचा रह गया। घर में के दो कोठले एकदम खाली रह गए।

रसोई कभी चन्दन बनाता, कभी दोनों भाई मिलकर बना लेते। जैसे-तैसे दिन कटने लगे। दँवरी-ओसावन हो जाने के बाद, रामू को देखने के लिए ओंकार घंटे-

भर को चौबेछपरा गया था। गुंजा ने रामू को गोद में से ओंकार को देना चाहा तो वह रोने लगा, ओंकार को तो वह पहचान भी न सका।

सास ने दामाद से घर का हाल-चाल पूछा, "आगे कैसे चलेगा?"

"आगे की बात हम क्या बतावे!"

"आखिर घर-गृहस्थी तो बसानी ही पड़ेगी।"

"हाँ, सोचता हूँ इस वर्ष चन्दन का ब्याह कर दूँ।"

"और तुम?"

"मैं अब ब्याह करके क्या करूँगा? वंश के नाम पर रामू है ही। चन्दन की बहू आ जाएगी, रोटी-पानी का सहारा हो जाएगा। और चाहिए ही क्या?"

अधिक बातचीत करने की उसकी इच्छा भी न थी। दामाद का उखड़ा मन देख सास आगे न बोल पाई। ओंकार बलिहार लौट आया।

सात

गुंजा बलिहार से लौटी तो उस पर नया रंग छा गया। हँसमुख-अल्हड़ गुंजा धीर गम्भीर हो गई। घर से बहुत कम निकलती, निकलती भी तो अपनी एकमात्र सखी फुलेसरी के पास, नहीं तो घर के कामों में प्रायः लगी रहती। तन-मन का देवता चन्दन, हर समय आगे-पीछे लगा रहता। तड़के नहा-धोकर, आँगन की तुलसीजी को जल चढ़ा, उन्हीं की छाँह में बैठकर हनुमान चालीसा और एक पन्ना गुटका रामायण का पाठ करके बड़ी श्रद्धा से शीश झुकाती, तब कहीं गले से पानी की बूँदें उतरतीं। वैद्यजी के स्नान से पहले ही घर में धूप की गमक फैल जाती। गुंजा में एक लगन समा गई।

चन्दन के साथ दशरथ था, गुंजा के साथ फुलेसरी थी। बलिहार से पहली बार लौटी थी तो गुंजा के मन में सारी बातें, धीरे-धीरे पक रही थीं। दूसरी बार लौटी, तो उन्हें मन में दबाए रखना असम्भव हो गया। उसके बदले स्वभाव को दो-चार दिनों तक फुलेसरी ताड़ती रही, फिर उसने गुंजा को खोदना शुरू कर दिया। भेद खुल गया, तब से फुलेसरी और गुंजा एक हो गईं।

वैद्यजी को खिला-पिलाकर गुंजा थोड़ी देर के लिए रोज़ की तरह फुलेसरी के घर चली आई। रामू सोकर उठा तो रोने लगा। उसकी आदत पड़ गई थी कि दिन में सोकर उठते ही यदि दूध न मिला, तो छरियाने लगता था। एक बार छरियाने लगा, तो फिर उसे मना सकना केवल गुंजा के वश की बात थी। वैद्यजी की पत्नी आकर बिगड़ने लगीं, "तू यहाँ बैठी है, रामू छरिया गया है, चल!"

"गुंजा का ब्याह हो जाएगा तो रामू को कौन मनाएगा, चाची?" फुलेसरी की माँ बोली।

"यही बात तो मेरी जान खाया करती है रे!"

"तो क्यों नहीं उसी घर में गुंजा को भी डाल देतीं? देखा-सुना घर है। एक पंथ दो काज।" फुलेसरी की माँ ने कहा।

"थोड़ी सी हिचक लगती है फुलेसरी की महतारी, उस घर में गुंजा को डालते हुए। एक बेटी मर गई, सन्तान के नाम पर ले-देकर गुंजा बची है, यह गई तो घाव नहीं मिटेगा।"

"मरने-जीने की बात छोड़ो। मरना तो सबको है, जब तक जो जीता है अपने भाग से जीता है, चन्दन जैसा सुन्दर वर नहीं पाओगी, गुंजा की महतारी! अगर ब्याह नहीं करना है, तो मुझसे मुँह खोलकर नाही कर दो, मैं फुलेसरी के लिए उसके बाप को भेजूँ?"

"क्या?" थोड़ा अचरज से गुंजा की महतारी बोली।

"हाँ, अब आपस की बात है, इसलिए पहले पूछ लिया कि हममें-तुममें बीच न पड़े। वैद्यजी से पूछके हमें दो-चार दिन में बता दो।"

गोल-मटोल-सा उत्तर दे वैद्यजी की पत्नी वापस लौट आईं। किन्तु उनके कान खड़े हो गए, इधर-उधर की तमाम बातें वह सोचने लगीं।

जेठ में एक दिन वैद्यजी बलिहार पहुँच ही गए। पलानी में ओंकार और चन्दन बैठकर किसी खेत का बन्दोबस्त करने की सलाह कर रहे थे। थोड़ी देर सुस्ताने के बाद वैद्यजी ने ब्याह की चर्चा उठाई। ओंकार ने फिर चन्दन का ब्याह कर लेने को कहकर टाल दिया।

"देखो ओंकार, मैंने दुनिया देखी है। चन्दन की स्त्री, चन्दन की होगी। रोटी-पानी के अलावा इस देह को जो सुख पत्नी से मिलना चाहिए, उसकी जरूरत चालीस साल के बाद पड़ती है। तुम्हारी अभी अवस्था ही क्या हुई? ले-देकर, सत्ताईस-अट्ठाईस की। इस जिन्दगी को कैसे सँभालोगे?"

"सो तो कट जाएगी वैद्यजी; एक रामू है, उसको चन्दन और उसकी बहू सँभाल लेंगे। मायभा (सौतेली माँ) लाकर रामू को दुख में क्याों डालूँ? चन्दन से कहिए कि वह अपना ब्याह करने पर राज़ी हो जाए।"

खम्भे की टेक दे दूसरी चारपाई पर बैठे हुए चन्दन की ओर वैद्यजी देखकर बोले, "क्यों चन्दन?"

"बैदजी, बड़े भाई के रहते छोटे भाई का ब्याह कैसे होगा? देखिए न, इसी गाँव में पैंतालीस वर्ष के पितम्बर मिश्र हैं, पढ़े-लिखे, बी.ए. पास, बिहार में कहीं हेडमास्टर हैं। देखा ही होगा, सिर के बाल एकदम सफेद, कमर समलवाई से झुक गई है, जब कोई पूछनेवाला न आया, तो लड़की खरीदकर ब्याह किया है। क्या ज़रूरत थी उनको ब्याह करने की? दो-दो ब्याही हुई सयानी लड़कियाँ थीं, घर था, भतीजे थे, लेकिन

नहीं, ब्याह करना ही पड़ा। पियरी पहिन, माथे पर आल अँगोछी लेकर चले, तो जैसे अँगोछी बिरा (चिढ़ा) रही थी। तब भइया के ब्याह में क्या हर्ज है। एक-से-एक लोग आते हैं, इनके मुँह खोलने की देर है। हाँ तो करें, फिर कल से दुआर पर लोगों की जुटान देखिए। और जब तक यह ब्याह नहीं करेंगे, मैं तो कर ही नहीं सकता, घर उजड़ा है तो उजड़े। गाँव हमें दोषी नहीं ठहराएगा।'' एक साँस में चन्दन न जाने कैसे यह सब बोल गया। चन्दन की बातें ओंकार आँखें नीची करके चुपचाप अपराधी की तरह सुनता रहा।

''बोलो ओंकार, अब क्या कहते हो?''

ओंकार चुप रहा।

''चुप्पी मत साधो, बहुत से लोग मेरे पास सिफ़ारिश को दौड़ते हैं कि ओंकार को राज़ी करूँ। अगर तुम हाँ कर दो तो मैं कोई अच्छा-सा सम्बन्ध तय कर दूँ?''

''अच्छी बात है...जैसी आपकी राय!'' ओंकार ने हारकर अपनी स्वीकृति दे दी। चन्दन की देह में खुशी की एक लहर दौड़ गई।

''तो इस बारे में मेरी एक राय है, अगर कहो तो कहूँ?'' वैद्यजी बोले।

''कहिए!''

''रामू का मुँह देखते हुए सोचता हूँ कि तुम अपना ब्याह गुंजा से कर लो। किसी और घर की लड़की आएगी तो शायद चल न सके। मायभा (सौतेली माँ) मायभा ही है। रामू गुंजा से हिला-मिला भी है। गुंजा ने इस घर को देखा-सुना है, तुम सब एक-दूसरे को जानते भी हो। घर की लड़की घर में ही रह जाएगी।''

गुंजा से ब्याह की बात ओंकार ने कभी न सोची थी। वह चुप लगाकर कुछ सोचने लगा, तो वैद्यजी फिर बोले, ''बूढ़े बाप की यह आखिरी बात मान लो। देह थक जाती है, अब अधिक घूमा-फिरा नहीं जाता। बड़े धर्म-संकट में पड़ा हूँ, जीते-जी यदि वह भार उतर गया तो सुख से मर सकूँगा।'' दीनता से वैद्यजी ने ओंकार के आगे हाथ फैला दिए।

चन्दन की सारी देह ऊपर से नीचे तक झनझना रही थी। वह पालनी में खम्भे के सहारे पीठ टेक, फटी आँखों से वैद्यजी को देख रहा था। देख क्या, सुन रहा था। वैद्यजी का एक-एक शब्द उसकी छाती पर हथौड़े की तरह बरस रहा था। देह का सारा रक्त दिमाग में चढ़ आया था, वह पसीने-पसीने हो गया।

''बोलो ओंकार!'' वैद्यजी ने हाथ जोड़े हुए ही पूछा।

ओंकार ने चन्दन की ओर देखकर पूछा, ''चन्दन, तुम्हारी क्या राय है?''

देह का बचा हुआ रक्त भाई ने पिचकारी लगाकर खींच लिया। चन्दन निर्जीव होकर चित्त गिर गया। गला सूख गया, जीभ जैसे तालू से सट गई। किन्तु एक बार देह की सारी शक्ति बटोरकर, सिर के ऊपर के बाँस को अपने दोनों हाथों से पकड़,

पैर के अँगूठे से पाटी का बाध इधर-उधर करता हुआ बोला, "इसमें हमसे क्या पूछना है, जैसा तुम्हारा मन हो! कहीं तो ब्याह करना ही है।"

उसके बाद व्यवहार-कुशल बूढ़े वैद्य ने परिस्थिति सँभाल ली, "अब क्या चाहते हो! चन्दन कोई बच्चा नहीं है, अपना हानि-लाभ समझता है।" और वैद्यजी साथ में लिये अपना पत्रा खोलकर बैठ गए।

"हमें कुछ सोचने का मौका दीजिए, वैद्यजी!" ओंकार बोला।

"अब इसमें कुछ सोचना नहीं है, सोचने की बात भी क्या होगी, जो हो गया, सो हो गया।"

चन्दन टुकुर-टुकुर ताकता ही रह गया और वैद्यजी ने पाँचवें दिन तिलक और तिलक के सातवें रोज़ ब्याह का दिन पत्रा देखकर तय कर दिया। पतली, पीली कमानीवाला चश्मा, तैल-मैल से काली पड़ गई खोल में रखकर, अपनी तीन-चौथाई गंजी खोपड़ी के किनारे-किनारे चारों ओर मेड़ की तरह बचे हुए सफ़ेद बालों को दोनों हाथों से सहलाते हुए बोले, "किसी प्रकार की तूल, परेशानी करने की आवश्यकता नहीं है, ओंकार! जैसा देश वैसा वेश बनाना चाहिए। दिखावे की लालच में पड़कर, लोग शादी-ब्याह में हजारों फूँक देते हैं। मेरा गया तो तुम्हारा, तुम्हारा गया सो तुम्हारा है ही। अब तो, यहाँ-वहाँ दोनों जगह के तुम्हीं हो। तिलक में गिने-गिनाए पाँच आदमी आएँगे, सो बरात में भी दस-पाँच के साथ आ जाना, समझे!"

उसके बाद वैद्यजी ने अपनी मिर्जई के बन्द बाँधे, कन्धे पर चादर रखी, चमरौधा जूता पहन, खड़े हो बोले, "बेटा चन्दन, घोड़ी खोल लाओ, अब मैं चलूँगा, राह में एक-दो रोगी देखने हैं।"

"आज भी रोगी देखिएगा?"

"क्यों?"

"इतना बड़ा शुभ कार्य तय करने के बाद रोगी देखना तो बड़ा अशुभ सा लगता है।"

वैद्यजी ठठाकर हँसे, "अभी नादान हो बेटा, रोगी नहीं देखूँगा तो द्वार पर तुम्हारी खातिर कहाँ से करूँगा? दुनिया का काम कभी रुकता है? मरना-जीना तो लगा ही रहता है। चलती गाड़ी में लोग चढ़ते-उतरते न रहें, तो फिर आफत हो जाए, समझे!"

चन्दन चुप लगाकर सामने की बँसवारी में बँधी वैद्यजी की घोड़ी खोल लाया। पास के खूँटे पर पैर रख वैद्यजी घोड़ी पर सवार हो गए। ओंकार ने बढ़कर उनके पैर छुए, चन्दन हाथ जोड़कर रह गया। तभी घूमता हुआ दूसरी ओर से दशरथ आ गया। वैद्यजी को जाते देखा, तो मुसकराकर चन्दन से बोला, "बैदजी क्यों आए थे?"

"बिआह तय करने!"

"बिआह तय करने आए थे तो मुँह काहे को लटकाके बैठे हो!"

"भइया का बिआह तय करने आए थे।"

"भइया का बिआह तय करने! किससे?" दशरथ अचरज में बोला।

"अपनी बेटी से।"

"बेटी से! गुंजा से!"

"हाँ रे बैकल हाँ, गुंजा से ही!"

"भइया ने क्या कहा..."

"कहा क्या, तय हो गया, पाँचवें दिन तिलक, उसके सातवें दिन ब्याह।"

"दिल्लगी मत करो चन्दन, सही बताओ।"

"यही तो कहते हैं कि आठ साल तक अहीर बैकल ही रहते हैं।"

"बैकल मैं नहीं हूँ, तुम हो। चुपचाप बैठकर सुना तो मान लिया, एक बार मुँह खोल देते तो क्या भाई की इज्जत उतर जाती। आने दो ओंकार भइया को, मैं कहूँगा, यह एकदम अन्याय है। कहो तो दौड़कर राह में ही वैद्यजी को रोक लूँ?"

"चुप रह, चुप रह! दशरथ, चन्दन की कुंडली में बिआह नहीं लिखा है। हो रहा है, सो होने दे। भइया ने खुद नहीं सोचा, तो तेरे–मेरे कहने की अब ज़रूरत नहीं रही। अपना मुँह बन्द कर ले और भइया के बिआह में मेरी मदद कर।"

"हद आदमी हो यार, मरद बच्चा होके मुँह सी लेते हो, तो गुंजा बबुनी का कौन ज़ोर चलेगा! मेरी बात मानो, एक बार भइया से कहने दो।"

"नहीं दशरथ..कोई फ़ायदा नहीं, अब...जो होता है सो होने दो...जब भइया ने नहीं सोचा तो..." कहते–कहते चन्दन उदास हो आया। सूनी आँखों से सिवान की तरफ देखता रहा।

आठ

वैद्यजी चौबेछपरा पहुँचे। आँगन में गुंजा बैठकर थाली में दाल रखे बीन रही थी। रामू उसे पकड़कर घुटनों के सहारे खड़ा होकर थाली में हाथ डालकर दाल छींटने की कोशिश कर रहा था। गुंजा बार–बार से बिठाकर अलग कर देती, किन्तु वह मानता ही न था।

वैद्यजी आँगन में खाट पर बैठकर मिर्जई उतार रहे थे। गुंजा की माँ बगल में खड़ी हो कुछ सुनने की प्रतीक्षा कर रही थी।

"बलिहार से आ रहा हूँ।" वैद्यजी ने पत्नी को मिर्जई पकड़ाते हुए कहा।

गुंजा जा रही थी कि अनायास ही महतारी की बगल में ठिठक गई।

"क्या हुआ?" वैद्यजी की स्त्री ने पूछा।

"गुंजा का ब्याह तय हो गया। आज के पाँचवें दिन तिलक, उसके सातवें दिन ब्याह।"

दरवाजे की राह पवन का एक हल्का-सा झोंका आया और गुंजा की सारी देह लहरा गया।

"बाबू, पानी लाऊँ?"

"हाँ बेटी, ला, पहले रगड़ के पैर धो दे।"

बड़ी प्रसन्नता और उमंग से गुंजा फूल की थाली में पानी भरकर बाप के पैर धोने लगी।

"गुंजा की किस्मत बड़ी तेज है, इसके लिए हाथ लगाओ तो अनहोनी हो जाती है।"

गुंजा का जी हुआ बाप के पैर गोद में रखकर आँखों से छुआ ले। बड़े मन से, मल-मलकर घुटने से नीचे का पैर धो, एक-एक अँगुलियाँ बजाकर अपने आँचल से दोनों गीले पैर पोंछ दिए। गुंजा खुशी से उठकर दाल बीनने लगी।

"बहुत कम दिनों का मौका मिला।"

"क्या करना है, बेचारों को कोई रोटी-पानी देनेवाला नहीं है, जितनी जल्दी सूना घर भर जाए अच्छा है।"

"दान-दहेज के लिए कुछ मुँह खोला?" गुंजा की माँ ने पूछा।

"नहीं जी। ओंकार का स्वभाव जानती नहीं हो, अपने ब्याह में कभी मुँह खोला था?"

वैद्यजी उठ गए। गुंजा अपनी सखियों से मिलने के लिए व्याकुल हो उठी। मन-ही-मन उसने दीपासत्ती को पाँच बार शीश नवाया। रह-रहकर चन्दन आँखों के सामने नाचने लगा। उसकी भरी हुई, गोरी, दोहरी देह, सहमी हुई बड़ी-बड़ी आँखें, चौड़े ललाट वाले सिर पर मौर पहने सामने आ खड़ी हुई। गुंजा घूँघट निकाल उसके बगल में झुक गई। आँगन में मँड़वा छा गया, शहनाई के स्वर से घर-आँगन गूँजने लगे। गुंजा सुहागिन हो गई। पीढ़े पर बैठ चावल चलाती हुई गुंजा झटके से उठी और घर में जा ताक पर के शीशे में अपना मुँह देख आई।

भाई के ब्याह में, चन्दन तन-मन से जुट गया। चेहरे पर कहीं कोई शिकन, कहीं कोई उदासी नहीं। अड़ोस-पड़ोस के गाँवों में खुद जाकर घोड़े-हाथी रखनेवाले अच्छे-अच्छे लोगों को बरात करने के लिए न्योता दे आया। रामगढ़ के नूर मियाँ का इक्यावन चोंपवाला बड़ा शामिआना, जो बड़ी-बड़ी बरातों में जाता था, ग्यारह गैस और सवा सौ रुपए का नाच-बाजा भाड़े पर तय कर आया। ओंकार को खबर मिली तो उसने पूछा, "ये सब क्या कर रहे हो, चन्दन?"

"कर क्या रहा हूँ, तुम्हारे ब्याह की तैयारी!"

"ख़र्च-वर्च का ख़याल है?"

"ख़र्च-वर्च की चिन्ता तुम मत करो भइया, तुम्हारे ब्याह का भार मुझ पर है।"

ओंकार चुप लगा गया।

भतवान क्या हुई, बलिहार में आलू-चीनी का भात गमक उठा। जिनसे खान-पान भैवदी थी, जिनसे नहीं थी, सबके घर चन्दन ने खाने का न्योता भेजा।

ओंकार के खंड से लगभग तीन सौ आदमी, बाजे-गाजे, घोड़े-हाथी और ऊँट के साथ सजकर बरात में चले, तो लोग देखते ही रहे। बाजे के स्वरों ने बलिहार में एक कोलाहल पैदा कर दिया।

कच्ची छवरि की धूल उड़ती हुई पीछे छूटती गई, बरात अपनी उमंग में चौबेछपरा बढ़ती गई। घंटे-डेढ़ घंटे की राह, देखते-देखते बरात चौबेछपरा के बाहर पहुँचकर रुक गई। लगभग बीस घोड़े, सात हाथी और दस ऊँटों से अगवानी करने आए हुए लोग और बरातियों के बीच की जगह में, गाँव के बाहर घुड़दौड़ होने लगी।

इतने घोड़े-हाथी तो बिरले धनी-मानी लोगों की बरात में जुटते हैं। पालकी में ओंकार था और घूम-घूमकर, दौड़-दौड़कर प्रबन्ध करनेवाला चन्दन था। रूपा की भी ऐसी बरात नहीं आई थी। गाँव के लोग धन्य-धन्य करने लगे। गुंजा के भाग्य की सराहना होने लगी। द्वारपूजा के बाद महफ़िल सजी। ग्यारह, बड़े-बड़े हुडवाले गैसों ने, इक्यावन चोंपवाले तम्बू के भीतर-बाहर चकाचौंध कर दिया। नाच इतना नामी था कि जवार के नचदेखवा टूट पड़े थे। चार-पाँच सौ आदमियों से शामिआना घिर गया।

ब्याह के लिए वर की बुलाहट हुई। आगे ओंकार, पीछे नाऊ, पंडित और चन्दन आए। वही घर, वही दालान, वही आँगन; चन्दन ही दूसरा हो गया था। दालान में घुसते ही चन्दन को जैसे झटका लगा। चलते-चलते उसने पल-भर को आँखें मूँद लीं। उस पल-भर में ही बिजली कौंधने भर-सा मन का प्रवाह कहाँ-से-कहाँ लौटा लाया। चन्दन ने अपने को सँभाल लिया। आँगन में पहुँचा तो मँड़वे में औरतें गाने लगीं—

कहि तू त ए बेटी, क्षत्तर छवइतीं,
नाहीं त तनइतीं आहार हो,
कहित तू त ए बेटी, सूरज अलोपितीं
सुन्दर बदन ना कुम्हींलाई हो
काहे के ए बाबा, क्षत्तर छवइबउ
काहे के तनाइब, ओहार हो,
आजु के दिने बाबा, तहरे मड़उआ
बिहने सुन्नर बर, साथ हो...

ब्याह की एक-एक रस्म अनझिपी आँखों से चन्दन देखता रहा। गुरहत्थी, पूजा, हवन इत्यादि के बाद पुरोहित ने कहा कि अब वर कन्या की माँग में सिन्दूरदान करे।

परदे की ओट में झुककर बैठी हुई गुंजा की ओर जब ओंकार बढ़ा, तो चन्दन की आँखें पथरा गईं। ब्याह के बाद भी वह वैसा ही बैठा रहा। पुरोहित और नाऊ ने पूछा कि वह बैठेगा या चलेगा, तब उसे अपनी परिस्थिति का ज्ञान हुआ। झटके से वह उठकर चलने लगा, तो मँड़वे के बाँस से ठोकर लग गई, दाहिने पैर के अँगूठे का नाखून निकल गया, पैर से खून बह चला। चन्दन वहीं बैठ गया।

पानी से पैर धोया गया, पट्टी बाँधी गई। चन्दन को रुकने के लिए कहा गया, किन्तु वह रुका नहीं। वैसे ही लँगड़ाते हुए शामियाने में चला आया।

यहाँ पहुँचा ही था कि पीछे से शहबाले की जगह उसकी कोहबर पूजने की बुलाहट हुई तो चौबेछपरा के हजाम से मुसकराते हुए चन्दन बोला, "अब मैं शहबाले लायक हूँ, नाऊ ठाकुर?"

नाऊ हँसने लगा, "कोहबर की रसम तो पूरी करनी ही है, बबुआ!"

"वह तो एक बार कर चुका हूँ ठाकुर, भइया की सास से कहना, अब मेरी वहाँ कोई ज़रूरत नहीं है। देखते ही हो, पैर से चला भी नहीं जाता।" और नाऊ वापस लौट गया।

खंड : 3

एक

गुंजा विदा होकर बलिहार आ गई। बलिहार की पतोहू, घर की स्वामिनी बनकर। सूना, उदास घर एक बार फिर से भर गया। सम्बन्धियों में ओंकार की एक बूढ़ी विधवा फूआ तथा एक और स्त्री आई थीं। असवारी जब दरवाज़े लगी, तो ओंकार के साथ गठबन्धन किए दौरी में डेग डालती हुई गुंजा को गाँव-भर की चिर-परिचित लड़कियों ने घेर लिया। पहले की सखी गुंजा, अब किसी की भौजाई, किसी की चाची हो गई। दो-तीन दिनों तक तो कंगन छूटा, कथा हुई, भोज-भात हुआ, घर में रौनक बनी रही।

घर की इस चहल-पहल में रामू सबसे अनचीन्हा रहा। वह हर समय गुंजा के पास सटा रहता। औरतें कहतीं, ''अच्छा हुआ जो इनका ब्याह इसी घर में हो गया, नहीं तो इस लड़के को बड़ा दुख होता।''

लेकिन इस घर की चहल-पहल को चन्दन नहीं देख पाया। मँड़वे में चोट लगा अँगूठा पक गया था। दवा करते रहने पर भी उसमें सूजन हो आई थी। दर्द बढ़ गया था। खंड से घर आने में लगभग पाँच मिनट लगते थे, इतनी देर तक लँगड़ाकर चलना चन्दन के वश की बात न थी। इसलिए वह खंड में ही पड़ा रहता। वहीं नहाता, घर से खाना आता, वहीं खा भी लेता।

ब्याह में, न्योते पर आए हुए दो-तीन आदमी ही रह गए थे। बरात लौटे आज पाँचवाँ दिन था। खंड के आगे कुएँ के बीचवाली परती में रात को सबकी खाटें बिछती थीं—पहले चन्दन की, फिर तीन रिश्तेदारों की, अन्त में ओंकार की। पाँव में आज पीड़ा अधिक होने से चन्दन बेचैन था। थोड़ी देर को भी लगातार पाँव एक जगह रख नहीं पाता था। ठीक से आज खाना भी न हो सका। आधा पेट खाकर वह चारपाई पर लेट गया। कभी बाईं करवट, कभी दाईं। आँख लगी, किन्तु पीड़ा ने सोने न दिया। प्यास के मारे गला सूखा जा रहा था। चारपाई के नीचे, अँगोछे से तोपकर रखा हुआ लोटे का जल पीने को उठाया, तो एकदम गरम। पीने की हिम्मत न हुई। सोचा, भइया को जगाए कि एक लोटा जल कुएँ से खींचकर दे दें। आख़िर में लगी भाई की खाट

की ओर ताका तो वह सूनी थी। अगल-बगल के खंडों की ओर ताका तो सारे लोग सो रहे थे। धीरे-धीरे झुरनेवाली उस गरम पछुआ ने रात में और भी सूनापन भर दिया था। भइया गए कहाँ! प्यास तो सही न जा सकी, उठना सम्भव न था, कुछ देर प्रतीक्षा करने के बाद वह लोटे का गरम जल गट्-गट् पी गया। गले में कुछ नमी आई, तो नींद की खुमारी उतरी। तब सहसा उसे कुछ सूझ गया, जिसने पाँव के दर्द को देह-भर में पसार दिया। देह-मन की उस व्यथा में चन्दन मुँह के बल लेट गया और दोनों हाथों से आँखों को कसकर दबाकर उसने सिर तकिए में गड़ा लिया।

गरम हवा में धीरे-धीरे ठंडक आने लगी। चित हो चन्दन ने आँखें खोलकर देखा तो भोर हो रही थी, और घर की ओर से कोई खंड की ओर आ रहा था। धुँधलके में पहचाना तो न जा सका, किन्तु आदमी पास आया तो चन्दन ने चाल से पहचाना, ये तो भइया हैं। और भइया अपनी खाली खाट पर चुपचाप आकर लेटने को बैठे कि खटिया का कोई बन्द पट् से टूट गया।

चन्दन को सब कुछ समझ में आ गया। जी हुआ कि पके अँगूठे को चारपाई की पाटी पर कसकर पटक दे।

दो

सात-आठ दिनों के भीतर-भीतर, न्योते में आए हुए सभी स्त्री-पुरुष विदा हो गए। गुंजा इस चिर-परिचित घर में अकेली हो गई। घर की बहुत-सी चीज़ें जहाँ जैसे रख गई थी, वैसे ही मिलीं। इसलिए काम-धाम शुरू करने में कोई कठिनाई नहीं हुई। सभी कुछ वैसा ही था, किन्तु वह स्वयं ही बदल गई थी। मन की सारी उमंगें, सारे उल्लासों को जैसे पाला मार गया था। घर के काम-काज अपने-आप ही शुरू हो गए। बन्दिनी राजकुमारी की तरह गुंजा अपने ही घर में क़ैद कर दी गई थी। बुझी-बुझी-सी, एक अजीब-सी विवशता में वह ज़िन्दगी की राह पर चल पड़ी।

सुहाग-रात को ओंकार ने पूछा, "घर तो जाना-चीन्हा है, लेकिन उदास क्यों हो?" पति की बगल में चारपाई पर बैठी हुई गुंजा एकाएक भरभराकर रो पड़ी। रोकने की बहुत कोशिश के बावजूद आँसू टपटपा ही गए। "मेरा तो ब्याह करने का मन ही नहीं था गुंजा, लेकिन रामू का मुँह देख बस न चला...सोचा, तुमसे अधिक रामू के लिए उसका अपना कौन होगा? घर तुम्हारा देखा-सुना था, इसलिए और भी मैं झुक गया। यह भी सोचा, बाद में अगर ब्याह करना ही पड़ा, तो कौन जाने कैसी लड़की मिले!"

गुंजा को जैसे किसी विषैले नाग ने सूँघ लिया। वह ऊपर से नीचे तक काँप गई। फूल-सी खिली कोमल देह एकदम स्याह, झाँवर हो गई। देह पसीने से तर

हो गई। बैठी-बैठी गुंजा खाट पर ढह गई। ओंकार घबरा गया। मुँह पर पानी के छींटे दिए और खड़े होकर भरपूर शक्ति से उसकी देह पर हवा करने लगा।

पाँच-सात मिनट के बाद गुंजा ने आँखें खोलीं। मुँह एकदम पीला हो गया था, हथेली एकदम सफ़ेद, जैसे किसी ने सूई लगाकर हाथ का रक्त खींच लिया हो।

कुछ स्वस्थ हुई तो ओंकार ने पूछा, "क्या बात है ?"

"पता नहीं, जैसे चक्कर आ गया।"

"पहले भी कभी ऐसा हुआ था ?"

"हाँ, एक बार चौबेछपरा में हुआ था, ब्याह के दिन, जिस समय सगुन उठा था। घर में बैठी थी, तुम्हारे नाम का जैसे ही सगुन उठा कि लगा, मेरी देह में से जैसे कोई कुछ निकालकर भाग चला। आँखों के आगे अँधेरा छा गया। दूसरी बार आज हुआ है।"

ओंकार किसी गहरी चिन्ता में डूब गया।

"चन्दन का अँगूठा कैसा है ?" गुंजा ने पूछा।

"अभी तो वैसा ही है। पक जाने से पीड़ा हो गई है, मैंने कहा कि घर ही चलकर रहो, लेकिन वह तैयार नहीं हुआ। बोला, बहुत असुविधा होगी।"

गुंजा चुप लगा गई।

भोर होने से पहले ही ओंकार घर से निकल आया और अपनी चारपाई पर लेट गया था। बाहर स्वच्छ, ठंडी बयार लगी थी, किन्तु उसे नींद नहीं आई। एक अजीब-सी मानसिक बेचैनी होने लगी। करवट घूमकर देखा, तो चन्दन अपनी खाट पर बैठकर चुपचाप पूरब की ओर ताक रहा था।

तीन

चन्दन का पैर ठीक होने में लगभग दस दिन लग गए। किन्तु इन दस दिनों में गुंजा के दसों कर्म हो गए। वह छटपटाकर रह गई। कब चन्दन घर में आए कि वह देखे! ओंकार के हाथ खाना भेजती तो तड़पकर रह जाती।

रामू कुछ-कुछ बोलने लगा था, चन्दन उससे बातें करता—खाने के बारे में, दूध के बारे में, सोने के बारे में। रामू एक-एक बात गुंजा से कहता, जब न कहता तो गुंजा खोद-खोदकर पूछती।

सवेरे ओंकार दाना-भूसी लेने गया तो उसने गुंजा को बता दिया कि आज चन्दन यहीं खाना खाने आएगा, तो गुंजा की खुशी का ठिकाना न रहा। बड़ी रुचि से चन्दन को भानेवाली चीज़ें बनाईं। समय से एक घंटा पहले ही भोजन तैयार कर, लीप-पोतकर पीढ़े रख, पति और देवर के आने की प्रतीक्षा करने लगी।

चन्दन नहा–धोकर ओंकार की प्रतीक्षा में खंड के आगे नीम के पेड़ तले बैठ गया। ओंकार कहीं से लौटा, तो चन्दन को बैठा देख बोला, "तुम बैठे क्यों हो, रामू के साथ जाकर खा क्यों नहीं आते ? मुझे तो थोड़ी देर लगेगी।"

"अभी तो मुझे भी भूख नहीं लगी है, नहा–धो लो तो साथ ही चलेंगे, रामू मुझसे तो चलेगा भी नहीं। अँगूठे पर ज़ोर पड़ता है तो दुखने लगता है।"

ओंकार चन्दन का मुँह देखने लगा।

"हाँ, मैं ठीक कह रहा हूँ, मुझे अभी भूख नहीं लगी है। जाओ, नहा–धो लो।" चन्दन ने भाई से फिर कहा।

ओंकार नहाने–धोने में जुट गया।

किवाड़ बजे, गुंजा बिजली की स्फूर्ति से उठकर झाँकने लगी। आँगन का आदमी रसोईघर के दालान से ही दिखने लगता था। गुंजा ने देखा—आगे बाप के कन्धे पर रामू, पीछे साध–साधकर पैर रखते हुए चन्दन आ रहा था।

क्षण–भर को गुंजा देखती ही रह गई।

ओंकार और चन्दन रसोईघर के आगेवाली दालान में पहुँच गए।

पक्के चबूतरे पर पैर धोने के लिए दो लोटों में पानी रखकर गुंजा झुककर चन्दन का अँगूठा देखने लगी। चन्दन को लगा उसकी आँखें मुँद जाएँगी। वह दीवार का सहारा ले खड़ा हो गया। गुंजा चन्दन का अँगूठा पकड़कर अच्छी तरह देखने लगी।

"अब भी दुखता है ?" गुंजा ने पूछा।

"ऐसे नहीं, दबाने से दुखता है।" और पैर धोकर वह पासवाले पीढ़े पर बैठ गया।

"अरे, तुम उधर वाले चौड़े पीढ़े पर बैठो, यह तो पतला है, इस पर मैं बैठूँगा।" ओंकार ने कहा।

"एक ही बात है, अब तो बैठ गया।" चन्दन बोला।

"बैठ गए तो क्या, उठो, आराम से बैठकर खाओ।" ओंकार ने चन्दन की बाँह पकड़कर उठा दिया। विवशता में चन्दन वहीं गुंजा के पासवाले पीढ़े पर बैठ गया।

आँख गड़ाए चन्दन चुपचाप खाने लगा।

खाते समय, थाली में कोई चीज़ घटने पर चन्दन कभी माँगता नहीं था, गुंजा इसकी आदत जानती थी। आज खाते–खाते एकाएक तरकारी की माँग कर बैठा।

"अरे चन्दन! आज क्या हुआ ? नई बात।" ओंकार ने मुसकराते हुए कहा।

"कुछ भी नहीं, हुआ क्या ?" चन्दन चुपचाप खाने लगा। गुंजा ओंकार की आँख बचाकर, रह–रहकर चन्दन को ताक लेती थी, किन्तु एक बार भी चन्दन ने सिर उठाकर गुंजा की ओर नहीं देखा। खाया और हाथ धोकर भाई के पीछे–पीछे खंड की ओर निकल गया।

दोनों के बाहर होते ही, गुंजा ने चन्दन की जूठी थाली में खाना परसा और खाने लगी। धीरे-धीरे, चबा-चबाकर स्वाद लेते हुए... मन की गंगा अनायास ही बहने लगी, बलिहार, चौबेछपरा, सोना का जल, करइल माटी का ताल, सब पट गए।

जब तक अँगूठे का घाव था, चन्दन निश्चिन्त होकर खाट और खंड तक सीमित था। अब चलने-फिरने लायक हुआ, तो उसके सामने एक समस्या आ खड़ी हुई। घर जाने पर वह और भी संकोच में पड़ गया, आख़िर वह गुंजा को अब क्या कहकर पुकारे! भाई ओंकार के साथ में रहता तो रामू के माध्यम से वह गुंजा से कुछ माँग लेता, लेकिन अकेले रहने पर... ! वैसे अकेले आने में वह प्राय: कतराता रहता। बहुत लाचारी में अकेले आना ही पड़ता, तो जल्दी-से-जल्दी वह बाहर भाग जाने की ताक में लगा रहता। गुंजा देखती, समझती, किन्तु चुपचाप मुँह बन्द किए दस-पन्द्रह दिन तक सहती रही, भीतर-ही-भीतर सुलगती रही, कलपती रही।

एक दिन ओंकार को कहीं जाना था, सो उसने कुछ जल्दी नहा-धोकर भोजन कर लिया। बाद में रामू के साथ चन्दन पहुँचा। निकसार का द्वार तो खुला था, किन्तु चौके में पहुँचने के लिए जिस घर से होकर जाना पड़ता था, उसका द्वार जान-बूझकर गुंजा ने बन्द कर दिया था। आज पहली बार ऐसा हुआ था। चन्दन ठिठक गया, रामू से बोला, ''पुकार—मौसी!'' अपनी तोतली आवाज़ में रामू ने एक-दो बार 'मौसी-मौसी' की आवाज़ें लगाईं, किन्तु कोई उत्तर न मिला। फिर चन्दन ने जंजीर खटखटाया, उसका भी कोई असर न हुआ। हारकर उसने पुकारा, ''भउजी!''

चन्दन की बोली समाप्त हुई नहीं कि खड़ाक् से दरवाजा खुल गया, चौखट के बाहर चन्दन और भीतर खड़ी गुंजा एक-दूसरे को ताकने लगे। गुंजा चन्दन को अपराधी की भाँति देख रही थी, चन्दन सिर झुकाए आगे बढ़ने को राह पाने की प्रतीक्षा में खड़ा रहा।

गुंजा एकाएक हट गई। चन्दन आगे बढ़ गया। बाल्टी में पानी लाई पैर धोने लगा, तो गुंजा लपककर उसका पैर पकड़ धोने को बैठ गई।

चन्दन ने झटके से पैर खींचना चाहा, किन्तु गुंजा की पकड़ ऐसी थी कि पैर छूट न सका। चन्दन ने झुककर गुंजा के दोनों हाथ पकड़े और उससे पैर छुड़ाते हुए बोला, ''नहीं-नहीं, अब पैर न छुओ, अब तुम बड़ी हो गई, भौजाई!''

''एकाएक इतना बदल जाओगे, चन्दन! भगवान ने तो मारा ही, अब तुम भी चोट करोगे!''

''जब भगवान ने ही बदल दिया, तो उसके आगे हम कहाँ टिकेंगे, भउजी!''

''सुनो, चन्दन!'' गुंजा आहत होकर बोली, ''मेरी एक विनय सुनो!''

''विनय-सिनय नहीं, जो कहना हो सीधे से कहो!''

''बिना भउजी कहे भी तो काम चल सकता है!''

चन्दन ने कोई उत्तर नहीं दिया।

गुंजा थाली परसने के लिए रसोईघर में चली गई।

चन्दन खाने लगा। गुंजा पास में बैठकर पंखा झलने लगी। रामू खेलते-खेलते चन्दन की बगल में सो गया था, ''इसे हटा के खटिया पर सुला दो।'' वह बोला।

गुंजा रामू को खाट पर सुलाकर लौटी, तो चन्दन ने तरकारी माँगी।

''पहले तो खाते समय अपने से कभी कुछ नहीं माँगते थे, अब क्या मुझ पर से इतना विश्वास उठ गया?''

''नहीं-नहीं, ये बात नहीं है?''

''तो फिर क्या बात है, एकाएक इतना क्यों बदलते जा रहे हो?''

मुँह में डालने के लिए हाथ का उठा हुआ कौर हाथ में ही रह गया।

''पहले की बात है, जब भउजी आई थीं, ऐसे ही खाते समय कुछ घट गया, दो-तीन बार माँगा; भउजी किसी काम में बझी थीं, सुना ही नहीं, फिर वैसे ही उठ गया। तब से प्रण किया कि अब खाते समय घटने पर कभी किसी से माँगूँगा नहीं। भउजी ने बाद में जाना तो बहुत रोईं, लेकिन सोच लिया तो सोच लिया। खाते समय तभी से, कभी वे मेरे सामने से हटी नहीं। लड़कपन को क्या कहूँ, उनसे बहुत खिसिया जाता था। लेकिन मेरी वह ज़िद बड़ी अशुभ निकली, भउजी चली गईं। तुम आईं, तो अपने मन के भय से वह प्रण मैंने तुम्हारे सामने तोड़ दिया।''

गुंजा चन्दन का मुँह ताकने लगी।

फिर गुंजा बोली, ''तुम्हारा बहुत बड़ा भरोसा था चन्दन, मैं सोचती थी कि मेरे नेह-छोह में यदि बल होगा तो तुम्हें पाऊँगी ही। बाबू ब्याह तय कर लौटे तो जी हुआ तुलसी के चबूतरे को अँकवारी में भर लूँ। चन्दन, मैं आसमान में पहुँच गई, लेकिन सगुन में पहुना का नाम सुना तो धरती पर आ गिरी। आज सोचती हूँ कि आदमी का भाग्य ही बली होता है। हाँ, कभी-कभी, बहुत चाह करके भी, मन को बोध नहीं होता, कोई जवाब नहीं मिलता, चन्दन! मैं तो परबस थी, लेकिन तुम कैसे मान गए?''

''ज़िन्दगी में नेह-छोह ही तो सब-कुछ नहीं होता, गुंजा! जिस भाई ने बेटे के समान पाला-पोसा, उसके आगे मैं मुँह खोलकर कहता कि भइया, तुम अपना ब्याह कहीं और करो! गुंजा, तुम तो बाद में आई हो, आँख खोली तो पहले भइया को जाना।'' चुप लगाकर चन्दन गुंजा को देखने लगा। घर में एकाएक निस्तब्धता भर गई थी। चन्दन फिर कहने लगा, ''लेकिन कहीं तो तुम्हारा ब्याह होना ही था। मान लो, बलिहार न आकर किसी और गाँव चली जाती तो?''

''तब चन्दन, जल में खड़े होकर कपड़ा धोनेवाले धोबी-सी, प्यास से मरनेवाली यह गति तो मेरी न होती!''

''अब तो दिन काटने ही हैं गुंजा, चाहे मैं चूका या तुम चूक गईं।''

"यह तो सगुन में पहुना का नाम सुनते ही, कोई तमाचे मारके कह गया। और मैंने भी सोचा कि यदि दुख ही भोगना है, तो दुख देनेवाली आँखों के सामने सही... !" गुंजा की सारी पीड़ा आँखों में उभर आई, "जीने के लिए हजार बहाने होते हैं चन्दन, लेकिन मरने के लिए...एक भाई धर्मराज थे, जिन्होंने दूसरे भाइयों का ख़याल न करके द्रौपदी को जुए के दाँव पर लगा दिया, और एक भाई तुम हो। तुम्हें तो मैं धर्मराज से भी बड़ा मानती हूँ।" फिर एक लम्बी साँस खींचकर गुंजा बोली, "और यह बात तो भूलना ही पड़ेगा, कल को तुम्हारा ब्याह होगा, बहू आएगी, घर-गृहस्थी में समा जाओगे, फिर कौन किसको याद आएगा ?..."

चार

क्वारी गुंजा के सपने देखनेवाला चन्दन कुछ और था, ब्याह तय हो जाने के बाद गुंजा के बलिहार आ जाने तक वह कुछ और हो गया था। गुंजा का ब्याह ओंकार के साथ तय होते ही, मन की सारी करुणा और आँसू एक साथ ही चन्दन पी गया। भीतर से आग सुलगती थी, ऊपर से चन्दन पानी के छींटे मार-मारकर उसे दबाता जाता था, किन्तु उस आग को दबाने के प्रयास में उठनेवाला धुआँ देह की रग-रग में भरता गया; चन्दन भीतर-भीतर ही झुलसने लगा। भरे हुए मुँह की हिरन-सी, हरदम मुसकराती हुई आँखों के नीचे कालापन छाने लगा। शेर की तरह तनी हुई छाती भीतर को दब गई। चन्दन अपराधी की तरह नीची नज़र किए हुए प्रायः झुककर चलने लगा। आरम्भ में देह-मन दोनों पर प्रतिक्रिया हुई थी, उसने चन्दन के मन में एक नशा भर दिया था। सब कुछ भूलकर, अपने को ऊपर से पत्थर बना वह भाई के ब्याह में जुट गया था। और अब सारी पीड़ा, सारा दुख, घोर मानसिक असन्तुलन के बावजूद, गरल पिए हुए शंकर की तरह चन्दन अपने को नए सिरे, नए ढंग से तैयार करने लगा।

पैर का घाव अच्छा हो जाने पर, अगम अथाह सागर-सा चन्दन पहली बार जब गुंजा के सामने पड़ा, तो बड़ी मज़बूती से कसा हुआ धीरज का बन्धन एकाएक ही तड़ से टूट गया। गुंजा की आरत आँखों ने चन्दन को दागना आरम्भ कर दिया। गुंजा ने चन्दन को अपराधी ठहरा दिया—जो कुछ हुआ था सबका जिम्मेदार! चन्दन ने बिना किसी विरोध के अपने को दोषी मान लिया और तब से वह भीतर-बाहर और भी छटपटाने लगा, लू के थपेड़ों से गाछ की तरह सूखने लगा। भीतर-भीतर ही घुटने लगा।

आषाढ़ लग गया था, लोग भदई बोने की तैयारी करने लगे। बैसाख-जेठ की तपन के बाद प्रतीक्षित आषाढ़ की बूँदें चन्दन के तप्त मन को तनिक भी ठंडक न पहुँचा सकीं। उसने जबर्दस्ती अपने को खेती के कामों में लगाया। बोवाई के दिनों खाने-

पीने में ऐसे ही देर-सबेर होती है, चन्दन और भी लापरवाह हो गया। उसकी लापरवाही पर ओंकार झुँझलाता, डाँटता, किन्तु चन्दन भाई की हर बात, बिना किसी उत्तर या सफाई के सिर-माथे पर ओढ़ लेता।

भदई तो किसी तरह बो दी गई, किन्तु इन दो-तीन महीनों में चन्दन के बदले हुए स्वभाव से ओंकार चिन्तित हो उठा। चन्दन ने घर में आना-जाना कम कर दिया था। पहले भाई के साथ ही दोनों जून खाने की ऐसी आदत थी कि समय पर यदि चन्दन खंड में न रहता, तो ओंकार प्रतीक्षा करता, ओंकार न रहता तो चन्दन रुक जाता। यह समझौता अजीब-सी कड़ियों में गुँथा हुआ था। पर अब, इसकी एक-एक कड़ी अनायास ही टूट जाती थी। चन्दन प्रायः भोजन के समय खंड में न रहता, ओंकार अकेले खा आता। दिन में दोपहर की बेला ढल जाती, गुंजा चन्दन की प्रतीक्षा में बिना खाए-पीए बैठी रहती। ओंकार ने गुंजा को कई बार टोका था, किन्तु गुंजा पर इसका कोई असर नहीं हुआ। देर-सबेर, जब चन्दन के मन में आता, घर चला आता। गुंजा चुपचाप परस देती, चन्दन बिना कुछ बोले, खाकर पच्छिम की बारी निकल जाता। गुंजा, ओंकार, चन्दन—तीनों-के-तीनों, एक ही मार से पस्त होकर जैसे भहरा गए थे। घर की खुशी एक अजीब-सी खामोशी धारण करती जा रही थी।

ब्याह के दो-तीन महीनों में ही ओंकार, घर की इस बदलती परिस्थिति से गहरी चिन्ता में डूबने लगा था। अपना दोष अच्छी तरह समझ लेने के बाद भी उसने सोचा था कि समय के साथ गुंजा और चन्दन का मन घर के काम-काज में लग जाएगा, पीछे का सब कुछ भूल-बिसर जाएगा, गुंजा से उसे सन्तोष हो चला था, किन्तु चन्दन था, जो बुझती आग में रह-रहकर जैसे घी डाल देता था। गुंजा बुझ-बुझकर सुलग जाती थी। उड़नेवाले रंगों से बने चित्र की भाँति गुंजा का छीजता हुआ चेहरा और चन्दन के अबोध, उतरे, निर्दोष मुँह का भाव देख ओंकार भीतर-ही-भीतर मथकर रह जाता। परिवार के भविष्य की बात सोच-सोचकर वह मन-ही-मन काँप जाता।

पाँच

गाँव के पश्चिम, आम के बड़े बगीचे में पाँच-सात नेटुओं के घर थे, उन्हीं में से एक नेटुए की बेटी थी बाला। गोरा रंग, भूरे बाल, देह पर धप्-धप् सफेद साड़ी। गुंजा को गोदना गोदने आई थी। चन्दन आँगन में बैठकर दाना चबा रहा था, बाला आँगन में चली आई। सिर पर की छोटी-सी दौरी उतार चन्दन से थोड़ी दूर बैठकर उसने पुकारा, ''बहुरिया!''

चन्दन ने पीछे मुड़कर देखा, ''कौन है रे?''

बाला हँसने लगी, ''गाँव के आदमी को भी नहीं चीन्हते, बाहर भी जब सिर नवाके चलते हो तो चीन्होगे कैसे?''

चन्दन बाला के मुँह की ओर भटर-भटर ताकता ही रह गया। तभी रामू भीतर से आँगन में आया। चन्दन ने उससे कहा, ''जा, भीतर से मौसी को बुला ला, कोई आया है।''

''और तुम क्या कहते हो?'' बाला ने उसी भाव से पूछा।

''क्या कहती है?''

''कभी सुनना चाहोगे तो सब बता दूँगी।''

तब तक भीतर से गुंजा निकल आई। उसे देखते ही बोली, ''अरे बहुरिया! ये तुम्हारे देवर हैं, एकदम भोले बाबा, गाँव के लोगों को भी नहीं चीन्हते। तुम्हारी बड़ी बहन को भी हमने ही गोदना गोदा था।''

''छोटी बहन के लिए कहाँ मर गई थी, न जाने कितनी बार कहला के भेजा।''

''हमारे घर किसी ने भी नहीं कहा, हम तो दौड़ के आते।''

''कई बार तो इन्हीं से कहा।''

''इनकी बात छोड़ो, बहुरिया! ये क्या किसी को खोजेंगे! इनकी राह में अगर रुपए की थैली रख दो, तो बीस डग पहले से ही आँख मूँदकर चलेंगे, आँख खुलेगी तब, जब थैली पीछे छूट जाएगी, या कोई दूसरा उठा लेगा।'' बाला खिलखिलाकर हँस पड़ी। ''आओ, बैठो, गोदना गोद दूँ!'' और बाला दौरी में से सूई और बाँह पर लगानेवाला मसाला निकालने लगी।

''एक कटोरी पानी, सवा रुपया और सवा सेर आखत लेती आओ!'' बाला ने कहा।

''घर ही उठाके न दे दें; ऐसे क्यों नहीं कहती!'' चन्दन बोला।

''चलो, चलो, तुम क्या दोगे, तुम्हारा जब घर होगा तो कहना। अभी भौजाई के हाथ की रोटी खाओ।'' फिर फौरन ही बात बदलकर बोली, ''कौन ढेर माँग लिया, साध सोहिला की भौजाई, सवा रुपया माँगा तो बिगड़ गए। बहुरिया की गोदाई पाँच रुपए होते हैं। तुमसे भी लूँगी।''

''चल-चल, पहले गोदना गोद, तब रुपए-पैसे की बात करना।'' गुंजा बाला के सामने बैठकर बाँह फैलाती हुई बोली।

बाला ने गुंजा की कलाई पकड़ी और एक बार चन्दन की ओर ताक के बोली, ''तो कहो क्या गोदूँ? फूल-पत्ती बना दूँ या मलिकार का नाम लिखवाओगी? आजकल तो घर-घर में नाम लिखाने का चलन बढ़ रहा है। मन हो तो देवर से बाँह पर नाम लिखवा दो, तो उसी पर गोद दूँ।''

''नहीं-नहीं, हमें नाम-फाम नहीं लिखवाना है। एक छोटा-सा फूल काढ़के सगुन कर दे।''

''बस! तो जाओ, कहो देवर से, कि थोड़ी देर को बाँह थाम लें।'' बाला ने कहा तो गुंजा ने चन्दन की ओर ताका।

''नहीं-नहीं, ये सब मुझसे न होगा, तुम लोग आपस में कर लो।''

"चलो-चलो," बाला बोली, "अब कोई हरज नहीं है, इसी सुभाव से तो यह गति हुई, इतना लजकोंकर बनोगे, तो दुनिया में कोई भी नहीं पूछेगा। मुँह में कोई कौर नहीं डालता, सब स्वारथ के मीत होते हैं!" और बाला उठकर चन्दन की बाँह पकड़ गुंजा के पास खींच लाई।

चन्दन ताकता ही रह गया। बाला का तनिक भी विरोध किए बिना, वह चुपचाप गुंजा के पास, जहाँ बाला ने बिठाया, बैठ गया।

"लो, कसके हाथ पकड़े रहना, नहीं तो सूई इधर-उधर गड़ जाएगी तो बाद में बड़ा दरद होगा।"

चन्दन ने गुंजा की बाँह पकड़ ली। बाला टप्-टप् सूई से गोदने लगी। पीड़ा बढ़ी तो गुंजा ने मुँह फेर लिया। कलाई और कुहनी के बीच, गुंजा की गोरी नरम बाँह पर, खून की बूँदें उभरने लगीं।

गोदना गुद गया, तो गुंजा ने भीतर से एक डलिया भरकर अनाज ला, बाला की दौरी में डाल दिया।

"यह तो हुआ आखत, और बाकी?" बाला बोली।

"ले बाकी।" चन्दन ने जेब से सवा रुपया निकालकर बाला के हाथ पर रख दिया।

बाला चन्दन का मुँह ताकने लगी।

"खुशी से दिया है कि मन मारके?" बाला बोली।

"चाहे जैसे दिया, तूने माँगा, तेरी बात रख दी, अब जल्दी से दौरी उठा और रास्ता नाप।"

सिर पर दौरी रखती हुई बाला ने चन्दन को कुछ अजीब ढंग से देखा। चलने को मुड़ी तो चन्दन बोला, "गोदती है गोदना, लेकिन साड़ी पहने है बगुला की पाँख जैसी!"

और चलते-चलते बाला बोली, "एक खरीद के पहिना देते तो बात की शोभा बढ़ती।" और वह बाहर निकल गई।

बाला बाहर तो निकल गई, लेकिन चन्दन के गले में जैसे कमन्द का एक छोर लपेट गई। बीन के स्वर पर मोहनेवाले सर्प के कान में सम्मोहन का मधुर राग भर गई। मानसिक तनाव में जकड़े मन को कुछ ढील मिली, चन्दन सुगबुगाया। ऊपर मुँह कर, बयार में दूर से तैरकर आनेवाली, किसी फूल की प्यारी गन्ध सूँघने का प्रयत्न करने लगा।

छह

और तब से चन्दन पच्छिम की बारी में अकसर चक्कर लगाने लगा। जब भी वह इधर आता, बाला किसी-न-किसी बहाने उससे मिल ही जाती, राह चलते भी दो-चार बातें बोल देती। पहली बार गाँव के लड़कों में, उसने चन्दन से बोलना शुरू किया।

सावन बीत रहा था। इस साल बाढ़ नहीं आई, तो गाँव के लोगों में अपार खुशी भरी हुई थी। जनेरा-जोन्हरी के खेत सरेह में लहलहा रहे थे। पच्छिम की बारी के ठीक उत्तर, बगीचे के कोने पर, चन्दन के कई खेत थे। इनमें जोन्हरी-जनेरा दोनों खूब लगते थे। घर के जानवर हरिअरी से अघा जाते। दो-तीन दिन से वर्षा थम गई थी। माल-गोरुओं के लिए खेतों से हरिअरी काटना आसान हो गया था। लोग अपने-अपने खेतों में हँसुआ लेकर जुटे थे।

दोपहर के बाद, लगभग दो घड़ी बेला ढल चुकी थी। पच्छिम की बारीवाले किसी खेत से हरिअरी का एक बड़ा बोझ सिर पर लिये हुए चन्दन घर की ओर आ रहा था। बोझ भारी होने से चाल में कुछ तेजी थी जिससे डड़ार पर झुके हुए दोनों ओर के खेतों में पोर से भर ऊपर उठी हुई फसलों के पत्ते, बोझ की रगड़ से फड़फड़ाहट पैदा कर रहे थे। अपने खेत से लगभग तीन खेत निकल आने पर बड़ी-सी खाँची लिये बाला दूब के टपके बीन रही थी। किसी के डड़ार पर बैठे रहने पर भी बगल से कतराकर निकला जा सकता था, किन्तु बाला ने अपनी बगल में, दूब से भरी हुई खाँची रख दी थी। सिर पर बोझवाले आदमी के लिए खाँची लाँघकर आगे निकल जाना सम्भव न था। दुलकी चाल में चलते हुए चन्दन ने दस कदम पहले से ही आवाज लगाई, ''कौन है रे!''

किन्तु उस पुकार का कोई असर नहीं हुआ। बाला ने घूमकर पीछे की ओर ताका तक नहीं। चन्दन बढ़ते हुए आवाज़ें लगाता गया। किन्तु बाला टस-से-मस न हुई और पहले की तरह खुरपी से घास छीलती गई। पास पहुँचकर चन्दन रुक गया, ''डड़ार पर ही टपके बीनने थे?''

''और मिलते ही कहाँ हैं!''

''नहीं मिलते तो राह रोक के बैठ जाओगी?''

''तुम्हारी राह कौन रोक सकता है! मरद बच्चा हो, खाँची लाँघ के निकल जाते।''

''कपार पर बोझा, राह में खाँची लाँघता फिरूँ, तब तो हो गया!''

''तुमसे तो बतियाते भी डर लगता है!''

''डर लगता है तो खेतों के बीच टपके बीनने क्यों आ गई?''

''सुनो।'' बाला ने धीमे स्वर में कहा।

''सुनो क्या, सिर पर का बोझा नहीं देखती!''

''बस, इतने में ही काँपने लगे! भारी लगता है तो दो—दुआर पर पटक आऊँ।'' खड़े होकर उसने चन्दन के बोझ पर दोनों हाथ फैला दिए।

''रहने दे, रहने दे!'' दाएँ हाथ से चन्दन ने बाला का दाहिना कन्धा पकड़कर उसे अलग हटाते हुए कहा, ''हटो, राह छोड़ो?''

''नहीं, पहले एक बात बता दो।''

''क्या है, जल्दी पूछ!''

"सब खेतों में मचान गड़ गई, तुम्हारे खेत में नहीं गड़ेगी क्या ?"

"जनेरा का खेत तो इस तरफ एक ही है, एक खेत के लिए क्या मचान गड़े! मैं तो पूरब खेतों में अगोरने जाता हूँ। पाँच खेत सटे हुए हैं, एक ही आदमी से काम चल जाता है।"

"अब तो बालें लगने लगीं, उधर तो बानर-सियार पहुँचते नहीं, लेकिन यहाँ तो सत्यानास कर देते हैं!" फिर थोड़ा-सा मुसकराकर बोली, "मचान तो गाड़ दो, मैं ही रात को अगोर दिया करूँगी।"

"तुझको तो खुद ही अगोरा जाता है...तू खेत अगोरेगी!" चन्दन ने मुसकराकर कहा।

बाला कुछ लजाकर बोली, "मचान गाड़ के देख लो।"

एक बार बाला की ओर चन्दन ने भेद-भरी दृष्टि से देखा, फिर दाहिने पैर से आगे डड़ार पर पड़ी खाँची बगल में सरकाकर आगे निकल गया।

थोड़ी देर बाद बाला भी आधी खाँची घास लेकर घर लौट आई। महतारी ने पूछा, "आज किधर निकल गई थी रे?"

"यहीं बगल में डड़ार पर तो थे।"

"बस आधी खाँची ही लाई!"

"धरती अभी बहुत नम है, घास के साथ माटी निकलती है।" और खाँची भैंस के आगे पटककर वह मड़ई में घुस गई।

सात

चन्दन का मन खेती में लगा। बाढ़ न आने से जनेरा के खेतों में दोहरी-तिहरी बालें लगने लगीं, तो मन में नए सिरे से उल्लास भरने लगा। गाँव के चारों ओर के जनेरा के खेत, दिन में एक बार वह घूमकर देख आता। पच्छिम की बारी वाले खेत की फ़सल अच्छी थी। ऊँचे, पुष्ट पौधों में अन्य खेतों की अपेक्षा बालें लम्बी लग रही थीं। चन्दन ने ओंकार से इस खेत में भी मचान गाड़ने की बात चलाई। खेत के मामलों में ओंकार पूरी तरह चन्दन की बात मानता। कौन खेत बोया जाएगा, कौन परती रहेगा, किस खेत में क्या बोया जाएगा, यह चन्दन के मन की बात थी, किन्तु हर काम में चन्दन बड़े भाई की राय ज़रूर पूछ लेता। पच्छिम की बारी में मचान गाड़ने के लिए भी उसने ओंकार से पूछ लिया।

मचान गड़ गई। जनेरा के घने खेत के बीच में चौड़े फूस की छाजनवाली ऊँची मचान चढ़ते समय मचर-मचर करती थी। दोनों ओर की फूस की ओरियानियों को काफ़ी नीचे तक लटका दिया था कि पानी की बौछार मचान पर सोए हुए को भिगो न सके।

रात को खा-पीकर चन्दन उसी मचान पर चढ़ आया।

पछुआ धीरे-धीरे ज़ोर पकड़ रही थी। आसमान में काले बादलों का बोझ सरेह पर झुकता जा रहा था, डेढ़-डेढ़ पोर से ऊँची, जनेरा-जोन्हरी की तनी हुई फसल को, भादों की उस घनी अँधियारी रात में, पछुआँ झकझोरने लगी। रात के सूनेपन को भेदनेवाली पौधों की सरसराहट बढ़ने लगी तो चन्दन सिरहाने की चादर ओढ़कर बैठ गया। देह में बड़ी बेचैनी-सी थी। तेज़ हवा के झोंके रह-रहकर मचान को हिला देते, तो लगती हुई नींद उचट जाती। चन्दन ज़ोर-ज़ोर से सियारों को हुलकाने लगा। रात का सूनापन बढ़ता जा रहा था। एक ओर दो-तीन बीघे पर लम्बी-चौड़ी पच्छिम की बारी, दूसरी ओर बीस-पच्चीस बीघे पर नदी। पलानी में से पासवाली मठिया की लालटेन की रोशनी साफ़ दिखाई देती थी। मौनी बाबा नियम से रात को ग्यारह बजे सोते थे। चन्दन थोड़ी देर तक सियार और जानवरों को हुलकारता रहा, मन हुआ कि दूसरे खेत के मचान पर सोए, रामरतन को आवाज़ दे। लेकिन वह चार-पाँच खेत के बाद था, फिर पछुआ की सरसराहट में सुनाई ही कहाँ पड़ता था! थोड़ी देर बाद चन्दन ने फिर एक बार मठिया की ओर ताका, तो मौनी बाबा की लालटेन बुझ गई थी। वह मचान पर लुढ़क गया, चादर को पैर और सिर के नीचे अच्छी तरह दबाकर ओढ़ लिया। जनेरा के पत्तों पर टपटपाहट होने लगी, तो समझ लिया कि पानी शुरू हो गया। सोए-सोए मचान के बाहर हाथ निकाला, तो पानी की बड़ी-बड़ी बूँदों से हथेली में जैसे चोट लगने लगी।

एकाएक मचान मचमचाने लगी। चन्दन अन्धकार में ही नीचे देखने की कोशिश करने लगा। दिखाई तो कुछ नहीं पड़ा, लेकिन मचान का हिलना बढ़ता गया, "कौन है?" चन्दन ने कड़े स्वर में पूछा। कहीं कोई आहट न मिली। चन्दन करवट लेकर लेट गया।

बूँदों के टपके बन्द होकर पानी की बौछार शुरू हो गई। मचान फिर हिलने लगी। करवट लेटे-लेटे चन्दन ने ही झुककर देखा। सफ़ेद साड़ी पहने कोई औरत मचान पर चढ़ रही थी। चन्दन पल-भर को काँपकर बोला, "कौन है रे?"

"बाप रे बाप, एकदम सुन्न हो क्या! कब से मचान हिला रही हूँ, ये नहीं होता कि तनिक नीचे उतर के देखते। यही खेत अगोरने चले हो!" कहती हुई बाला ऊपर चढ़ आई।

"अरे, तुम! यहाँ क्या करने आई हो?"

पानी और तेज़ हो गया। बगल से पानी की बौछार भीतर आने लगी तो बाला चन्दन के पास और सरक गई। भीतर से, दोनों किनारे में बँधे हुए टाट के पर्दों को चन्दन ने गिरा दिया, तब पानी से थोड़ा बचाव हुआ।

"आठ दिन पहले कहा था, मचान आज गड़ी है।" बाला ने पूछा।

"भादों की इस आधी रात की अन्हारी-बारी में कैसे निकली रे, तुझे डर नहीं लगा?"

"हमको डर-फर नहीं लगता।"

''और घर के लोग?''

''बाबू तीन दिन के लिए कहीं काम से गए हैं। माई की नाक बज रही थी।''

''अगर जाग गई तो?''

''जाग भी जाएगी तो क्या करेगी? वह तो कह रही थी कि मैं तुमसे बहुत न बोला करूँ, गाँव में बदनामी हो जाएगी। मैंने कहा, हो जाएगी तो हो जाए। जिससे मेरा मन मानता है, बोलूँगी। बदनामी का डर है तो मेरी शादी कर दे, तेरी आँख की ओट हो जाऊँगी।''

एकाएक बड़े ज़ोर से बिजली चमकी। बिजली की कौंध के हल्के-से प्रकाश में दोनों ने एक दूसरे को देखा। फिर इतने ज़ोर की कड़क हुई कि डर से बाला ने चन्दन को कसकर पकड़ लिया। गरज के साथ पानी की बौछारें तेज़ होने लगीं, मूसलाधार जल में इतनी तेज़ी आई कि बात करना कठिन हो गया। हवा तो थम गई, किन्तु पानी की तेज़ बौछारों से जनेरा-जोन्हरी के खेत, बगल का बगीचा, एकदम से ढँक गई। न जाने रात कितनी देर तक ऐसा चलता रहा।

भोर होने के बाद भी चन्दन सोता रहा। अगल-बगल के मचानवाले उठकर अपने-अपने घर चले गए थे। नींद खुली तो मौसम कुछ-कुछ साफ हो गया था। पानी के उमड़े हुए बादल तो नहीं थे, लेकिन हल्की-हल्की झींसी पड़ रही थी। मचान पर बैठे-बैठे ही उसने चारों ओर सरेह में नज़र दौड़ाई, जोन्हरी-जनेरा और अरहर के पौधे, रात के पानी की मार से जैसे पस्त होकर झुक गए थे। क़रीब-क़रीब सभी खेतों में पानी भर गया था। नीचे पैर लटकाकर चन्दन चाँचर पर कुछ देर बैठा रहा। रात की बरसात...मन में सिहरन भर देती थी। पोर-पोर ढीले पड़ गए थे, रग-रग की जकड़ खुल गई थी। किन्तु देह में सुस्ती और नींद न आने से आँखों में कड़वाहट भरी हुई थी। जी चाहा, फिर लेट जाए, लेकिन माल-गोरुओं को नाँद से लगाने की देर हो रही थी। दरी, लाठी और ओढ़नेवाली चादर कन्धे पर रख, धीरे-धीरे नीचे उतर गया। डड़ार पानी में डूब गए थे। निर्मल जल में डड़ार के ऊपर उठी हुई दूबों को रौंदता हुआ चन्दन दुआर की ओर चला। बारी के बीच से, बाला की मड़ई से सटकर राह गई थी। मड़ई के पास पहुँचा, तो अनायास ही निगाह घूम गई। बाला नाँद पर लगी भैंस को कुट्टी डाल रही थी। चन्दन से देखा-देखी हुई तो बाला के मुँह पर गुलाबी हँसी बिखर गई। चन्दन फिर आगे बढ़ गया।

चन्दन दुआर पहुँचा तो ओंकार ने गोरुओं को नाँद से लगा दिया था। लाठी, दरी रखकर वह भूसी और जूठ ले आने घर चल दिया था। घर पहुँचते ही गुंजा ने टोक दिया, ''आज तो देर हो गई, आँख लग गई थी क्या?''

''हाँ।'' चन्दन ने धीमे-से कह दिया।

''बहुत धीरे से बोल रहे हो। आँखें तो चढ़ी हुई हैं। नींद नहीं आई क्या? आती भी कैसे? रात का पानी, बाप रे! बचे कि भीग गए थे?''

"एकदम सराबोर!" चन्दन ठठाकर हँस पड़ा, "लाओ, भूसी-दाना दो। हाथ-मुँह धोके अभी दुआर से पलटता हूँ, बड़ी भूख लगी है, कोई बढ़िया चीज़ बना के रखे रहना।"

दाना-भूसी देती हुई गुंजा उसका मुँह निहारती रही। ब्याह के बाद आज पहली बार वह खुलकर बोला था, अपने की तरह आत्मीयता दिखाकर।

चन्दन दूध लेकर लौटा तो जलपान तैयार था। मोटे-मोटे घी में तले हुए चार 'लिट्' और बड़ी-सी गुड़ की एक भेली फोड़कर थाली में फैलाकर गुंजा ने चन्दन के आगे सरका दी। चन्दन खाने लगा, गुंजा ने सारा दूध औटने के लिए कड़ाही में डाल दिया। चारों लिट्टियाँ* खाकर जब कटोरे-भर गरम दूध पेट में उतार गया, तो पीछे के खम्भे से पीठ टिकाकर चन्दन बोला, "अब जाके देह में जान आई है।"

"क्यों, आज क्या बात है? अब तक बे-जान कैसे हो गए थे?"

"देह ही तो है, डूबती-उतराती रहती है।" गुंजा के मुँह को ध्यान से देखते हुए चन्दन बोला।

चन्दन की इस चितवन में गुंजा ने कुछ नयापन पाया, कोई भेद-भरी दृष्टि। एक अजीब-से जिज्ञासु भाव से वह चन्दन को देखती हुई बोली, "आज क्या बात है?"

"कुछ नहीं, तुमने पूछा तो वैसे ही कह दिया था। 'सकल पदारथ एहि जग माहीं, करमहीन नर पावत नाहीं।' अब मेरी कौन-कौन बात जानोगी? थोड़े दिनों में मेरा ब्याह होगा, मेरी औरत् आएगी। मैं पूरा गृहस्थ बन जाऊँगा—फिर मुझमें नया क्या रह जाएगा, कभी रहा भी नहीं। जो था, उसका मोल-भाव करनेवाला, हाट उठ जाने के बाद आया...।"

और चन्दन उठकर चला आया। गुंजा वैसे ही मुँह ताकती रह गई।

उसके बाद से भादों की प्रत्येक रात, चन्दन ने पच्छिम की बारीवाले जनेरा के खेत की मचान पर ही काटी।

आठ

जनेरा की बालें पकने लगीं, तो रात में सियार और बन्दर खेत पर अधिक चोट मारने लगे। रात में अब सोने को कम मिलता, अगोरवाई में जागना अधिक पड़ता था। चन्दन ने बाला को मचान पर रोज़-रोज़ आने से मना किया, "आख़िर ऐसे कब तक चलेगा रे?"

"जब तक चलता है, चलने दो चन्दन!"

"लेकिन कुछ तो लोक-लाज...!"

"लोक-लाज तुम अपनी देखो चन्दन, अपनी चिन्ता मुझको है।"

* मोटी-मोटी रोटियाँ

''मैं तो जब तक खेत नहीं कटता, मचान पर आऊँगा ही। लेकिन तुझे तो अपने महतारी-बाप का डर...''

''हूँअ-हैं... !'' बाला मुँह बिचकाकर बोली, ''ये मेरा बाप नहीं है चन्दन, और न इसको अपनी महतारी ही मानती हूँ।''

''क्या.... ?''

''हाँ, इस आदमी की खातिर इस औरत ने मेरे बाप को जहर दे दिया था। इसकी कोख से जनम लिया, तो बाप के बाद मैं बेसहारा जाती कहाँ? बहुत नहीं, सात-आठ साल की बात है। फिर ऐसे लोगों से मैं डरूँ! जो मेरे मन को भाता है, चाहे जैसे हो, पा लेती हूँ। दुनिया में कौन किसका होता है! सबको अपने-अपने भाग के हिसाब से नाचना पड़ता है। आज तीन साल से तुमको देख रही हूँ, लेकिन तुम्हें तो गुंजा के अलावा दुनिया में कुछ दिखाई ही नहीं देता था। आखिर क्या मिला तुमको चन्दन! जिसकी चीज़ थी, उसके पास गई और तुम टुकुर-टुकुर ताकते ही रह गए। ज़रूरत से अधिक मुँह बन्द रखने से यही होता है।''

''लेकिन ऐसे कब तक चलेगा?'' चन्दन ने पूछा।

''जब तक चलता है, चलेगा। जब तक तुम्हारा ब्याह नहीं होगा, बलिहार में रहूँगी। ब्याह कर लेंगे, तो मैं भी किसी का हाथ पकड़ कहीं बस जाऊँगी। माई तो इसी साल के लिए कहती थी, लेकिन मैंने कह दिया कि जब तक मैं हाँ न करूँ, कहीं बात मत देना। चक्कर तो अच्छे-अच्छे नेटुए के बेटे मारते हैं, चन्दन! लेकिन पहले जनम का इतना लगाव तुम्हारे साथ था, तो बाला कहाँ जाती!''

•

चाहकर भी चन्दन बाला से मिलना-जुलना रोक न पाया। यद्यपि इस मिलने-जुलने में दोनों बेहद सावधानी बरतते, किन्तु बात ओंकार के कान तक पहुँच ही गई। दो-चार दिन तक ओंकार पतियाता रहा। उसके बाद, बहुत सोच-समझकर उसने गुंजा के आगे बात चलाई। गुंजा को कोई विशेष अचरज न हुआ, और न उत्तर में वह ओंकार से कुछ बोली ही, तो ओंकार बोला, ''कुछ कहती नहीं हो?''

''मेरे कहने न कहने से क्या होगा? घर के मालिक तुम हो, हानि-लाभ तुम सोचो। जैसे तुम मरद बच्चा हो, वैसे ही तो वह भी है।''

''देख-सुनके सोचता हूँ कि अबकी लगन में उसका ब्याह कर देना चाहिए।''

''मुझसे पूछते हो, जैसे मेरी कोई क्वारी बहिन बची है।''

ओंकार मुसकराते हुए बोला, ''होती भी, तो बिना चन्दन की राय के इस घर में न ले आते।''

उसी समय बाहर से चन्दन आ गया। ओंकार ने बात की दिशा बदल दी। गुंजा गेहूँ फटकने में लग गई। चन्दन के बैठते ही ओंकार ने पके हुए खेतों के कटवाने की बात छेड़ दी, ''पहले किधर के खेत कटेंगे, चन्दन?''

"पक तो सभी गए हैं। पच्छिम की बारी वाले पर बानर-सियार अधिक चोट मारते हैं। पहले वही कटवा दिया जाए, वैसे तुम्हारी मर्ज़ी।"

"हमारी मर्ज़ी की बात नहीं है चन्दन, घर-गृहस्थी, नीमन-बाउर, कुल-खानदान की इज्जत के मालिक तुम हो। जो अच्छा समझो करो। जहाँ कोई बात समझ में न आए, हमसे पूछ लिया करो। किसी चीज़ की कमी पड़े, बता दिया करो। बाहर तुम, भीतर तुम्हारी भौजाई, मैं तो बस कहने-भर को हूँ।" दो-चार मिनट चुप लगाकर ओंकार फिर कहने लगा, "एक बात पूछनी थी?"

"हमसे!" चन्दन कुछ अचरज से बोला।

"हाँ, कई जगह से लोग बात चला रहे हैं। अगर कहो तो किसी अच्छे घराने से बातचीत करूँ और फिर तुम्हारी ही राय से अगली लगन में तुम्हारा ब्याह हो जाए।"

"अपना ब्याह किया था तो हमसे पूछा ही था, हमारे ब्याह के लिए भी हमी से पूछोगे?"

"ब्याह तो तुम्हारा ही होना है। पसन्द-नापसन्द तुम्हारी होनी चाहिए।" ओंकार ने कहा।

"अब मेरी पसन्द या नापसन्द की बात नहीं रही, भइया! जहाँ ले चलोगे, चला चलूँगा। ब्याह तो करना ही है, बिना ब्याह के कब तक चलेगा!" कहकर चन्दन ओंकार की ओर देखने लगा। गुंजा ने फटकना बन्द कर दिया था। चन्दन की चितवन का सामना ओंकार न कर सका। ओंकार बातचीत के सिलसिले में बाला के सम्बन्धों की ओर इशारा करना चाहता था, किन्तु छोटे भाई की करुणा के आगे वह स्वयं ही चित हो गया।

"जो कुछ हमसे हुआ, चन्दन," ओंकार कहने लगा, "अनजाने में हुआ, यह भी मैं पूरी तरह नहीं कह सकता। लेकिन क्या करूँ, जो हो गया सो हो गया। मन में उसी एक बात का दुख लिये रहोगे, तो आगे के दिन कैसे कटेंगे? तुम दोनों मुझसे छोटे हो, लेकिन पीछे का भूल-बिसारके, यदि खुश मन से नहीं रहोगे, तो मेरे मन की कसक कभी दूर न होगी। अब भी तुम्हीं हो, मेरे बाद भी तुम्हें ही सँभालना है। लेकिन हमारे या तुम्हारे कारण, वंश की प्रतिष्ठा पर कोई अँगुली उठावे, यह न तुम सहोगे, न मैं सहूँगा—मर्यादा बड़ी कठिनाई से मिलती है, जाते तो देर नहीं लगती।" और ओंकार ने उठते हुए कहा, "भौजाई से भी बात कर लो, उनकी आँख में कोई लड़की हो, तो आपस में राय-बात कर लो।"

गुंजा को जैसे आग छू गई।

"बलिहार के लोग डाकू होते हैं डाकू!" गुंजा चन्दन की ओर देखती हुई बोली।

"गाजे-बाजे के साथ गए थे भउजी, चोरी से नहीं गए थे।" चन्दन हँसने लगा। ओंकार भी उसी रौ में बाहर निकल गया। ओंकार के निकलने के बाद घर का वातावरण और भी सरल हो गया। गेहूँ फटकना बन्द कर गुंजा उसकी मिट्टी बीनने लगी। बोने

के लिए बीज बना रही थी, इसलिए अधिकतर आँखें आगे धरती पर फैली हुई गेहूँ की राशि पर गड़ाए रखनी पड़ती थीं। आँगन में बिछी हुई ईंटें ऊबड़-खाबड़ थीं, इसलिए हाथ से गेहुँओं को इधर-उधर करने में सावधानी रखनी पड़ती थी। आगे के गल्ले में से दोनों हाथों से गेहूँ अपने पास खींचती हुई गुंजा बोली, "तो आजकल किधर के खेत में सोते हो?"

आज तक कभी गुंजा ने उस ढंग से प्रश्न नहीं किया था। इससे चन्दन थोड़ा-सा सावधान हुआ और सतर्क हो, शरारत-भरी आँखों से गुंजा की ओर देखते हुए बोला, "क्या कहा?"

गुंजा चन्दन की ओर देखती हुई बोली, "आजकल किस खेत में सोते हो?"

"अपने राम के लिए कहीं पलंग-सेज तो है नहीं, जहाँ मन किया, वहीं ढरक गए।"

"तो क्यों नहीं पलंग-सेज का इन्तजाम करते?"

"इन्तजाम तो हो गया है भौजाई, लेकिन सेज तो सूली पर लगी है।"

गुंजा चन्दन का मुँह ताकने लगी, "ऐसी सेज की जल्दी क्या थी?"

"जल्दी तो मैं जानता हूँ। कभी मौका आएगा तो बता दूँगा।"

"बताओ न! जादू में इतना तेज था कि देवर बरसाती नदी-नाले में डुबकी लगाने लगे।

"कौन कहे कि देवर के लिए आसपास गंगाजी बह रही हैं!" चन्दन व्यंग्य से बोला, "वैसे गंगाजी में खड़े हुए की प्यास अगर नदी-नाले के जल से ही बुझे तो क्या करें, कोई प्यासा ही मर जाए?"

गेहूँ बीनते हुए गुंजा के हाथ एकाएक रुक गए। वह अजीब-सी चितवन से चन्दन को देखने लगी। उत्तर में चन्दन वैसे ही देखता रहा। अगल-बगल के वातावरण में अनजाने ही जैसे कुछ भरता जा रहा था।

"किन्तु हमने सोचा था चन्दन," गुंजा सामने की बड़ेरी की ओर देखती हुई बोली, "देह तो अपने काबू में न रही, लेकिन मन तो..."

"जिसकी देह चली जाती है उसका मन भी चला जाता है गुंजा, सब कहने की बातें हैं। जिस देह के कारण भाई भाई पर सन्देह करे, उस देह के पीछे मन को बाँधे रखने से, बाघ-बन की रक्षा कैसे होगी?"

जैसे तपते हुए लाल छड़ से कोई दाग दे, गुंजा तिलमिला उठी, "क्या कहा?"

"एक ही रास्ता रह गया था, गुंजा! या तो मैं घर छोड़ के चला जाता, सो तुम्हें छोड़कर जाना मेरे बस की बात न थी। और नहीं...यहाँ रहना था, तो भइया के मन का सन्देह मिटाने के लिए, पच्छिम की बारीवाली मचान पर लगातार कुछ दिन तक, रात में खेत अगोरने के अलावा और कोई चारा नहीं था। मैं चाहता था कि भइया इसे जान जाएँ, कम-से-कम तुम पर तो किसी प्रकार उनके मन में मैल न आवे...मेरे आगे कोई दूसरा उपाय रह ही नहीं गया था, गुंजा!"

"चन्दन... !" गुंजा भीतर-ही-भीतर तिलमिला गई।

"कौन जाने... !" चन्दन आहत हो बोला, "आगे कभी और क्या-क्या भोगना है! लेकिन तुम्हारा मुँह देखता हूँ तो मुँह से निकलनेवाली बात को कोई हाथ रखके बन्द कर देता है। कभी-कभी सोचता हूँ कि अगर तुम्हारा ब्याह किसी और गाँव में हो गया होता, तो क्या होता? हारे-थके याद आती है, तो मन में फिर भी सन्तोष होता है कि भौजाई ही बनके सही, इस घर में आँखों के सामने तो हो!"

चुप लगाकर चन्दन ने सामने से दृष्टि हटाकर गुंजा की ओर देखा, तो पाया कि उसकी आँखों की धार बह रही है, आँसू गालों से ढरककर आगे के आँचल पर टप-टप गिरते जा रहे हैं और गेहूँ की बिखरी राशि में आँखें गड़ाए, क्षितिज में, वह कहीं दूर देख रही है।

"और तुम चाहती हो कि मेरा ब्याह तुम्हारे गाँव की सखी सरला से हो जाए!" चन्दन उसी टूटी रौ में कहने लगा, "हमारी-तुम्हारी बातें उससे छिपी नहीं हैं, कल को वह तुम्हारी देवरानी बनके आएगी! दो दिन बाद घर की मालकिन बनना चाहेगी, खटपट होगी, बाँट-बखेर का सवाल उठेगा, इस आँगन में बँटवारे की दीवार खिंचेगी, तब न तुम रोक पाओगी, न मैं। फिर क्या होगा?"

"तो क्या मेरे कारण ब्याह नहीं करोगे?"

"ब्याह नहीं करूँगा, तो इस घर में इस तरह कब तक रह पाऊँगा! लेकिन तुम्हारे गाँव में नहीं! जवार में बहुत-सी लड़कियाँ हैं, किसी भी गाँव में मेरा ब्याह हो सकता है।"

गुंजा वैसे ही बड़ेरी की ओर ताकने लगी। चुप लगा चन्दन गुंजा से कुछ सुनने की प्रतीक्षा करने लगा। दो-तीन मिनट तक कोई भी नहीं बोला, तो चन्दन ने स्वयं ही मौन तोड़ा, "कुछ बोलो।"

"क्या बोलूँ चन्दन, मैं किस लायक हूँ जो बोलूँ! ब्याह हुआ था, तो यही सोचके मन को सन्तोष दिया था कि किसी मनचाही लड़की को तुम्हें सौंप दूँगी, देख-रेख खुद करूँगी। लेकिन जब से बाला वाली बात सुनी है तो मन में कुछ खौलने-सा लगा है। लगता है, मेरी धरोहर कोई लेके भाग रहा है। चन्दन, न जाने कैसा लगता है!"

"अब अन्दाज़ लगाओ गुंजा कि तुम्हारा ब्याह जब भइया से हुआ, तो मुझे कैसे लगा होगा! तब से आज तक मैं कैसे रहता आया हूँ! और आज थोड़ी भूख-प्यास लगी तो..."

"नहीं-नहीं, चन्दन! बाला से बोलने को मैं मना नहीं करती। मुरदे की देह पर, दो मन न चार मन। यह अपने स्वारथ की बात थी—बहुत हुआ। मेरे कारण अधिक दुख न भोगो। उपदेश देना तो सबको आता है, लेकिन कभी-कभी सोचती हूँ, तो सब कुछ अपने पर ही आ पड़ता है।"

"क्या आ पड़ता है?"

"यही कि ये सब आख़िर मेरे ही कारण तो हुआ या हो रहा है। हमारे या तुम्हारे मन के ताप को तो कोई न देखेगा चन्दन, लेकिन बाला से बोलने-बतियाने पर सभी अँगुली उठा देंगे। कुल की लाज मर्द-औरत दोनों के रखे रहती है। यह सोचती हूँ तो मन को बोध नहीं होता।"

"तो ठीक है, तुम्हारे मन को जिससे बोध हो, आज से चन्दन वही करेगा, लेकिन एकाएक नहीं गुंजा, धीरे-धीरे। अब साँझ हो गई, जाता हूँ। दुआर पर बहुत काम है। भइया हों, न हों।" कहता हुआ चन्दन बाहर निकल गया।

नौ

जनेरा की कटाई ख़त्म हो गई। जोन्हरी और अरहर खेतों में ही पकने के लिए छोड़ दी गई। जिन खेतों में केवल जनेरा था, उन्हें जोत दिया गया। खूँटियाँ उखाड़कर, खेत में 'हाल' बनने को छोड़ दिया गया। कुछ दिन ठहरकर दूसरा जोत और ऊपर से हेंगाई। ढेलों के फूट जाने से खेत की माटी चिकनी और मुलायम हो गई। कतिकी के लिए खेत तैयार होने लगे। कछार का पानी सोना में उतर गया था। किनारे की धरती सूखकर कुटकुर हो गई थी, जिस पर किनारे-किनारे ही चिकनी पगडंडी निकल गई। पैदल आने-जाने की राह एकदम खुल गई।

पच्छिम की बारी, चन्दन के छोटे-बड़े सात खेत पड़ते थे। ओंकार की राय न थी कि इनमें जनेरा बोया जाए, क्योंकि यदि बाढ़ आई, तो सारी फ़सल बह जाती है, फिर खेतों में डाले गए बीज भी डाँड़ पड़ते हैं। किन्तु चन्दन ने अपनी राय में सबमें जनेरा बो दिया था। इस वर्ष बाढ़ न आई। जनेरा की दोहरी-तिहरी बालों से खेत लद गए। गाँव ऊपर, इस वर्ष चन्दन के घर जनेरा आया। खेतों में ही ढाट्हा के बोझ बाँध-बाँधकर खड़े कर दिए गए थे। चन्दन दूसरे खेतों की जुताई में लगा था। बाढ़ में बहकर आई हुई गंगाजी की चिकनी मिट्टी खेतों को बेहद उपजाऊ बना देती थी। बाढ़ के आने से लोगों को भदई की फ़सल तो मिल जाती थी, लेकिन रबी के लिए खेती में जी-जान से मेहनत करनी पड़ती थी। 'हाल' बनाने के लिए, एक-एक खेत को दो-दो, तीन-तीन बार जोतना और हेंगाना पड़ता था। कभी-कभी खेतों में दीमक भी लगने लगती थी, इसलिए लोगों को और भी सतर्क रहना पड़ता था।

फुरसत पा चन्दन पच्छिम की बारी के खेतों में रखे हुए, सूखे ढाट्हा के बोझ देखने आया, तो देखा कि क़रीब-क़रीब हर बोझ में नीचे से दीमक लग रही है। दो महीनों की माल-गोरुओं की खुराक दीमक बरबाद कर रही थी। लगभग डेढ़ सौ बोझे, यदि हटाए न गए, तो देखते-देखते पूरी तरह दीमक छाप लेगी। साँझ हो चली थी। चन्दन बोझ ढोआने के लिए गाँव में आदमी ढूँढ़ने निकला। गाँव के सारे बनिहार खेतों की जुताई में लगे थे। चन्दन ने ओंकार से कहा। ओंकार चन्दन को लेकर स्वयं ही

खेत से बोझ ले आने चला। पच्छिम की बारी आया तो बाला का बाप पचीसा, अपनी पलानी के आगे बैठकर जनेरा का टटका लावा खा रहा था। आगे-आगे ओंकार, पीछे-पीछे चन्दन। दोनों सिरों पर गमछा का फेंटा।

"कहाँ चले राम-लछुमन?" बैठे-बैठे पचीसा ने पूछा।

"जहाँ जाते हैं, वहाँ चलोगे?" चन्दन ने भाई के पहले ही उत्तर दिया।

"पचीसा को कब पूछे हो, जो उसने इनकार किया है! ऐसी बात क्यों कहते हो, चन्दन?"

"तो चलो खेत में, जनेरा के बोझों में दीमक लग रही है, भइया की देह में पीड़ा है। गाँव में बनिहार मिले नहीं और खेत के सारे बोझों को दुआर पर आज टलिआ देना है।"

"बस, चलो।" अँगोछे में गाँठ बाँधते हुए पचीसा बोला।

चन्दन की बोली सुनकर बाला और उसकी माँ पलानी से बाहर निकल आई थीं।

"सुनती है रे!" पचीसा ने अपनी मेहरारू की ओर देखकर कहा, "चल...!"

और ओंकार के देखते-देखते पचीसा, बाला और उसकी महतारी—तीनों पास आकर बोले, "चलो।"

आगे ओंकार, पीछे चन्दन, पचीसा, बाला और उसकी महतारी।

खेत में पहुँचकर चन्दन ने ओंकार से कहा कि वह बोझे उठवाता जाए, ढोआई बाकी लोग करेंगे। सूरज डूब चुका था। ढाई घड़ी रात जाते-जाते, खेत में दस-पन्द्रह बोझे रह गए। इस फेरे से जब सबके संग में चन्दन लौटा तो बोला, "पचीसा!"

"क्या है?"

"पसन्द करके अपने मजूरी के बोझे छाँट लो।"

"जल्दी क्या बबुआ, पाँच इसी में से ले लूँगा।"

"बस। पाँच हमारी ओर से भी। चन्दन दस बोझे पचीसा के लिए छोड़ देना। अब मैं चलता हूँ।" ओंकार बोला।

"इतना खुश हो ओंकार बबुआ, कहो तो एक अरज करूँ?"

"अरज! मैं किस अरज के लायक हूँ, पचीसा!" ओंकार बोझ उठाते हुए रुक गया।

"यहीं का कोई खेत पोतऊ पर दे देते, तो मेरी गुजर हो जाती। लगान जो कहोगे दे दूँगा, चाहे लगान पर दो या अधिया पर।"

ओंकार पचीसा की बात सुनकर चुप लगा गया। ऐसी बात की आशा उसने पचीसा से न की थी। पचीसा फिर कहने लगा, "दोनों भाई यहीं हैं। पचीसा की बात रख लो।"

"क्यों चन्दन, क्या राय है?" ओंकार ने पूछा।

"राय क्या, घर के मालिक तुम हो, हमसे क्या पूछते हो? बोझा उठा दो, हमें चलने दो, जो मन में आए तय-तपाड़ करते रहना।"

चन्दन के सिर पर ओंकार ने बोझा उठा दिया। चन्दन जाने लगा तो ओंकार बोला, "एक खेत तुझको दूँगा पचीसा, पर कौन खेत दिया जाएगा, यह चन्दन बताएगा, क्योंकि खेतों का मालिक वही है। उसके राज में मैं दख़ल नहीं देता।"

"बस-बस, इतना काफी है, तुमने हाँ कर दिया, मुझे इतना ही चाहिए। चन्दन जो खेत देंगे, ले लूँगा।" पचीसा ने बाला के सिर पर बोझ उठाते हुए कहा।

बाला के साथ, जब उसकी माँ भी कुछ आगे निकल गई, तो ओंकार बोला, "और बाला का ब्याह क्यों नहीं करते?"

"क्या करूँ ओंकार भइया, मैं तो बड़े फेर में पड़ गया हूँ। दूसरे मरद की बेटी है। मेरा एक नहीं मानती। कहती है कि दूसरे गाँव नहीं जाऊँगी। ब्याह ऐसे से करो जो मेरी पसन्द का हो और इसी गाँव में आकर बसे। लड़की ऐसी है कि अच्छे-अच्छे नेटुए के बेटे ललचाए हैं, लेकिन इस गाँव में वे बसने को तैयार नहीं हैं, और दो-एक जो तैयार हैं, इसे पसन्द नहीं हैं। इसके लायक हैं भी नहीं। सोचा, कि अगर कोई इसके मन लायक यहाँ बसने को तैयार भी हुआ तो यहाँ पेट कैसे भरेगा? इसी से सोचता हूँ कि अब खेती का सिलसिला लगा दूँ।"

"सुनो, बाला को अब किसी तरह ब्याह ही दो, खर्चे-वर्चे की घटती-बढ़ती मैं पूरा कर दूँगा। लेकिन इसकी यहाँ से विदाई कर दो।"

पचीसा हाथ जोड़कर कहने लगा, "जिस कारन तुम ऐसा कह रहे हो ओंकार भइया, वह मुझसे छिपा नहीं है। लेकिन जान करके भी मैं चुप लगा गया कि बड़े घर की बात है। हो-हल्ला करने से दोनों की बदनामी होती है। चन्दन बबुआ की शादी हो जाएगी, तो वह अपनी ही गृहस्थी में सना जाएँगे। फिर अपने-आप ही ठीक-ठाक हो जाएगा। यह तो नई उमर का मामला है। समय के साथ सब दब-दबा जाता है।"

दुआर पर बोझ रख बाला, चन्दन और बाला की महतारी पास पहुँच रहे थे। बात वहीं रोककर पचीसा बोला, "तुम्हारी सरन में हूँ ओंकार बबुआ, जैसे कहोगे, चलूँगा।"

चन्दन पास आ गया तो ओंकार बोला, "अच्छा, मैं तो अब चलूँ, चन्दन! दस बोझे पचीसा अपने लिए उठा ले जाएगा। बाकी ये लोग ढो ही लेंगे, बस आठ-दस तो और हैं। चलो, बहुत बड़ा काम निपट गया।" और जाते-जाते बोला, "जो मन करे वह खेत पचीसा को दे देना। कल से हल चलवाने को कह रहा था।"

"ऐसी कौन-सी साइत बीत रही है! कल दुआर पर पचीसा को बुला लो। ठिकाने से बैठकर लगान तय करके खेत देंगे...कि कोई लड़कों का खिलवाड़ है!" चन्दन ने कहा।

पचीसा ठठाकर हँस पड़ा। बाला की महतारी बोली, "बाप रे! ये तो भाई को बुद्धि सिखाते हैं। देखने में ही छोटी उमिर के लगते हैं।"

ओंकार मुसकराते हुए बोला, "इतना जो अनाज देखती हो बाला की महतारी, सब इसी चन्दन के कारन है, मैं तो कुछ जानता ही नहीं। घर की इज़्ज़त-आबरू सब

इसी के कारन मिली है। मुझसे पाँच जौ आगे है, घर का असली मलिकार तो यही है। इसकी इच्छा के आगे मैं नहीं बोलता। होगा वही जो ये चाहेगा। तो पचीसा, कल सवेरे दुआर पर आ जाना।''

ओंकार घर चला गया। बाला, बाला की महतारी और पचीसा के सिर पर चन्दन बोझे उठवाने लगा। चन्दन ने बोझे गिने तो अभी बारह बचे थे। चार फेरे की ढोआई। इतनी देर में बाला से चन्दन एक बार भी नहीं बोला। बाला भीतर-ही-भीतर कसमसाकर रह जाती थी। महतारी-बाप बोझे ढोते समय कभी आगे-पीछे हो जाते तो बाला चन्दन के पास सरक जाती, बगल में चलने लगती, लेकिन चन्दन कुछ न बोलता। बाला मौका ढूँढ़ रही थी। चन्दन ने बाला की महतारी के सिर पर बोझा उठाया, फिर पचीसा के। दोनों बोझे लेकर बढ़े तो वह बाला के सिर पर उठवाने चला। बाला पहले से ही अपने सिर पर ले जाने के लिए बोझा झुककर आगे-पीछे डगरा रही थी। चन्दन ने बाला की मदद से बोझ सिर पर उठवाया, दोनों के हाथ छोड़ने के पहले ही बाला ने बोझे की गुर्ही धीरे-से खींच दी। बोझ खुल गया। जनेरा का बोझ आधा चन्दन, आधा बाला की देह पर गिरकर खेत में फैल गया।

''यही बोझ बाँधे हो कि बाला का हाथ लगते ही भहरा गया!'' मुसकराती हुई बाला चन्दन से बोली।

''तेरा बोझ मेरे मान का नहीं।''

''अब ऐसा कहने से काम नहीं चलेगा, समझे! अब कतराओगे तो प्रान दे दूँगी।''

''बड़ी भारी बेवकूफ लड़की है।'' चन्दन बिखरे बोझ को बटोरते हुए बोला, ''तनिक भी बदनामी से नहीं डरती। लोग देखेंगे-सुनेंगे तो क्या कहेंगे?''

''जिसको देखना-सुनना था, देख-सुन लिया। अब बदनामी-फदनामी से बाला नहीं डरती। बिआह करके, जब मेहरारू घर में ले आओगे और अपने हाथों उनकी बाँह पर गोदना गोद लूँगी, तो मन को सन्तोष हो जाएगा। फिर तुमसे नहीं बोलूँगी, चन्दन! लेकिन तब तक दुख मत दो। मुझसे सहा नहीं जाता।''

खिली हुई चाँदनी में बाला और भी खिल रही थी। बगल के खेत से हरी घास की महक आ रही थी, जोन्हरी के कच्चे दानों के बड़े-बड़े गुच्छे भार से लटक गए थे। झींगुरों की लगातार आवाज़ों के अलावा, एकदम सुनसान था—पूरी शान्ति। गोरे मुँह पर पड़ती हुई चाँदनी में बाला की सुगठित देह और बड़ी-बड़ी आँखें चन्दन देखता ही रह गया।

चन्दन ने बोझ उठवाया। बाएँ हाथ से सिर पर बोझ साध, दाहिने हाथ से आगे को फुफती पकड़कर, बाला दुलकी चाल से चन्दन के दुआर की ओर चली। चन्दन ताकता रह गया। आँखों की ओट हो गई, तो उसने एक बँधे हुए बोझ पर बैठकर सूनेपन को भेदनेवाली झींगुरों की आवाज़ पर कान लगाकर न जाने कहाँ पहुँच गया।

पचीसा अपनी औरत के साथ पलटा तो चन्दन ने कहा, "अब कहो तो दुआर पर चलूँ पचीसा! एक फेरे की बात और है, आपस में उठवा के पहुँचा देना।"

"हाँ-हाँ, जाओ, अब तो बोझे लगभग चुक गए।"

चन्दन दुआर पर पहुँचा, तो ओंकार घर से खाना खाकर बहुत पहले ही लौट आया था। सामने के पकवा इनार पर साँझ को नहानेवालों की भीड़ छँट गई थी। बैल खा-पीकर चरन से हटकर परती में बैठ, पगुरी कर रहे थे। लगभग ढाई घड़ी रात बीत चुकी थी। ओंकार चबूतरे पर नीम के पेड़ के नीचे चौकी पर बैठा हुआ था।

"नहाना मत, चन्दन! गर्म-सर्द हो जाएगा।" ओंकार ने कहा।

"सारी देह चुनचुना रही है, बिना नहाए नींद कैसे आएगी?"

"तब थोड़ा सुस्ता लो। तुम्हारी राह देखते-देखते बिना खाए ही रामू सो गया है।"

लगभग आधे घंटे बाद नहा-धोकर चन्दन घर पहुँचा तो देखा, चूल्हे से थोड़ा-सा हटकर दीवार से पीठ टेके प्रतीक्षा में गुंजा बैठी है।

"बड़ी देर कर दी!"

"हाँ, आज बोझे ढोआ ही देने थे। सोचा, निपटा के ही चलूँ।"

"सुना, बाला का परिवार जुटा था। देवरानी से क्या बातचीत हुई?" गुंजा हँसने लगी।

चन्दन गुंजा का मुँह ताकने लगा। बिना कुछ बोले क्षण-भर वैसे ही खड़ा रहा, तो चूल्हे के पास बैठती हुई गुंजा ने बगल में चन्दन को बैठने के लिए पीढ़ा सरका दिया, "बैठो।" और चूल्हे में लकड़ी डाल उसे फूँक मार सुलगाने लगी। आग जब लहक गई तो तवा रखती हुई बोली, "क्या हुआ? आज इतने चुप क्यों हो?"

"चन्दन की ज़िन्दगी में चुप्पी के अलावा और कुछ नहीं है, गुंजा! भूख लगी है, रोटी दो।"

गुंजा रोटी सेंकने लगी, चन्दन चुपचाप खाने लगा।

दस

घर के खाने-भर को रख लेने के बाद चन्दन ने पाँच सौ रुपए का जनेरा बेचा। रामगढ़ के तीन बनिए आकर तौला ले गए। जिस दिन अनाज बिका, उसी दिन ओंकार किसी मुकदमे की तारीख में बलिया गया था। पाँच सौ रुपए जब चन्दन ने गुंजा के हाथ में रखे तो बोली, "यह क्या?"

"जनेरा बिका है।"

"तो मैं क्या करूँ?"

''अपने पास रख लो।''

''नहीं-नहीं, भइया आवें तो उन्हीं को दे देना। वैसे तुम्हीं क्यों नहीं रखते?''

''हमारे पास मेहरारू-लड़के कहाँ हैं, जिनके लिए रुपए रखूँ! रुपया-पैसा माया है, और साधू-सन्त को माया से दूर रहना चाहिए।'' चन्दन चुप लगा मुसकराती चितवन से गुंजा को ताकने लगा।

गुंजा के चेहरे में कृत्रिम तनाव आ गया, ''सौ चूहा खाय के बिलार बनी भगतिन! वाह रे साधू-सन्त!''

हँसते हुए चन्दन ने गुंजा का आँचल पकड़कर फैलाया और रुपयों की गड्डी उसमें डालकर बोला, ''यह चन्दन की कमाई है। जब तक कोई बाँटनेवाली नहीं आती, तब तक इस पर तुम्हारा हक है।'' और आँचल का एक छोर मोड़कर गुंजा का हाथ खींच उसे थमाते हुए बोला, ''ये मत कहना कि चन्दन ने तुमको कभी कुछ नहीं दिया।''

''अच्छा, जो दिया सो लिया। अभी ही क्या, जब तक जीऊँगी चन्दन, तुमसे लेती ही रहूँगी। अब हमारी तरफ़ से इन रुपयों को ले लो और ददरी के मेले से एक भैंस खरीद लाओ, बढ़िया जमुनापारी।''

''गाय तो घर में है ही, दूध पूरा नहीं पड़ता क्या?''

''नहीं, दूध भी पूरा नहीं पड़ता। गाय का दूध रामू के लिए रहेगा, बाकी लोग भैंस का पीएँगे। घी तो खरीदना पड़ता है। भैंस आ जाएगी, तो घर में घी, दूध, दही—सभी का सुख हो जाएगा।''

''लेकिन भइया...''

''भइया ही तो कह रहे थे। उन्होंने ही कह दिया कि चन्दन से पूछके तय कर लेना। बलिया से लौटते हैं तो संग में चले जाओ और मनपसन्द दुधारू जमुनापारी ले आओ।''

चन्दन कुछ देर तक सोचता रहा।

''इसमें सोचने की कुछ बात नहीं है, कभी-कभी हमारी बात भी मान लिया करो।''

''कभी-कभी ही...!'' चन्दन ने मुसकराते हुए कहा, ''ऐसे ही कभी-कभी का ढंग तुमको पहले क्यों नहीं आया?''

कतिकी की बोआई में चन्दन तन-मन की सुधि भूल गया। बाहर चन्दन, भीतर गुंजा और बीच में ओंकार—दोनों को सँभालनेवाला? गेहूँ, जौ, चना, मटर, उर्द इत्यादि के बीज बनाने के लिए सूप चलाने के कारण, रोज़ साँझ को गुंजा की बाँहें फटने लगतीं। सुबह-शाम रसोई, तनहा देह, गुंजा तड़फड़ाकर रह गई।

चन्दन ने पचीसा को उसका मनचाहा खेत क्या दे दिया, पचीसा पालतू कुत्ता बन गया। ओंकार ने कुछ रुपए दे उसे बैल खरीदवा दिए। चन्दन के पास बीस बीघे खेत

थे, पहले वह दस बीघे बोता था, पाँच-सात बीघे लगान पर बन्दोबस्त करके, बाकी खेत प्रत्येक वर्ष 'हाल' बनने के लिए परती छोड़ दिया जाता था। इस साल पचीसा का सहारा मिला तो, लगान पर बन्दोबस्त होनेवाले खेत भी ओंकार की राय से चन्दन ने बोआ दिए। पचीसा एक पैर पर खड़ा रहने लगा, तो चन्दन ने दो बीघे खेत और उसे अधिया पर दे दिए।

बोआई समाप्त हुई तो लगा, बेटी की बरात विदा हो गई। घर के लोग—चन्दन, ओंकार, गुंजा—जोड़-जोड़ से टूट गए, अंग-अंग से छितरा गए, थककर चकनाचूर! बैलों की गरदनों पर रोज़ साँझ को हरवाही से लौटने के बाद पिसी हुई हल्दी और कड़ुआ तेल छाप दिया जाता, तो भी सूजन दबने में पन्द्रह दिन लग गए। बोआई के बाद भी चन्दन-ओंकार, बैलों की गर्दनें गरम पानी से धोकर उन पर पिसी हुई हल्दी और कड़ुआ तेल छापते रहे।

भृगु क्षेत्र में, दरदर मुनि के नाम पर कार्तिक की पूर्णिमा से आरम्भ होकर पन्द्रह दिन तक लगनेवाले मेले की प्रतीक्षा जवार कर रहा था। बोआई प्रायः समाप्त हो गई थी। स्वाति नक्षत्र की प्रतीक्षा में कुछ लोगों ने अपने खेत छोड़ दिए थे कि अगर यह नक्षत्र बरस गया, तो बोआई हो जाएगी, क्योंकि इसके बरसने के बाद बोआई करने पर खेतों में अनाज कुछ अधिक उपजता था।

चन्दन के घर तैयारी हो रही थी, मेले से भैंस खरीदने की। पूर्णिमा के दिन ओंकार ने पचीसा को साथ चलने को पहले से ही कह रखा था। पचीसा पुराना नेटुआ था, भैंसों की अच्छी पहचान करता था। चतुर्दशी की साँझ को ही ओंकार, पचीसा और चन्दन रेलगाड़ी से बलिया चले गए। पन्द्रह दिन तक टिकनेवाले मेले की भीड़ अपार थी। हर दिशा से लोग आ रहे थे।

हाथी को छोड़कर सभी जानवर इस मेले में बिकते हैं। लकड़ी के सामान, चौखट, दरवाजे, कपड़े, जूते, लोहे के बक्स इत्यादि की बड़ी-बड़ी दुकानें आती हैं। गंगा के तट पर लगनेवाले इस मेले में पन्द्रह-पन्द्रह कोसों से औरत-मर्द उमड़ पड़ते हैं। कार्तिक की पूर्णिमा को गंगा में स्नान, दिन-भर मेले की घुमाई और खरीदारी, फिर रात को या दूसरे दिन घर को वापसी। पहले चार-पाँच दिन जानवरों की खरीद-बिक्री में बड़ी भीड़ रहती है।

सवेरे गंगाजी में नहा-धोकर चन्दन, ओंकार और पचीसा ने तय किया कि पहले भैंस खरीदी जाएगी। लोग भैंसों के बाज़ार में घुसे। एक-से-एक बढ़िया नस्ल की भैंसें, गोल मुड़े हुए सींगों में तेल पुता हुआ, गर्दन में कौड़ियों की माला और घंटियाँ टुनटुनाती हुईं, पाँच-सात लम्बी-लम्बी क़तारों में खड़ी थीं। हर भैंस के आगे अपनी मोटरी-गठरी के साथ बेचनेवाले। आगे-आगे पचीसा, पीछे-पीछे ओंकार और चन्दन भैंस पसन्द करने लगे। कुछ देर बाद एक भैंस पसन्द आई, पहले बिआन की। बातचीत

के बाद पचीसा स्वयं दुहने बैठ गया। हल्के मुलायम हाथ पर ही भैंस थन से दूध फेंकने लगी।

जैसे-तैसे सौदा तय हुआ। पचीसा ने खुशी से हाथ हिलाया। ओंकार ने रुपए गिनकर पगहा पकड़ा। पचीसा पड़रू को आगे ठेलने लगा, चन्दन भैंस हाँकने लगा। लोग पैदल गाँव की ओर बढ़े। दिन-भर की राह थी।

ग्यारह

दूसरे दिन, सवेरे दो घड़ी दिन चढ़ने पर, दुआर पर पचीसा आया। चन्दन पलानी में से रात का गोबर उठा रहा था। बाहर धूप में ओंकार दतुअन कर रहा था। बगल में कऊड़ खाली पड़ा था। पास की लकड़ी से कऊड़ की दबी आग इधर-उधर करता हुआ पचीसा वहीं बैठकर हाथ सेंकने लगा। ''क्या है, पचीसा?'' ओंकार ने दाँतों पर दतुअन चलाते हुए पूछा।

''आज तीन दिन से बाला को कसके बुखार चढ़ा है, अक्-बक् कर रही है।''

खरहर चलाते हुए चन्दन के हाथ एकाएक रुक गए। वह पचीसा की बात सुनने लगा।

''तो?'' ओंकार ने पूछा।

''तो चाहता था कि चौबेछपरा जाके बैदजी से कुछ दवाई ले आता!''

''जाओ, ले आओ। इसमें पूछने की क्या बात है?''

''लेकिन मैं तो चाहता था कि अगर आकर वह देख भी लेते तो उसकी महतारी को सन्तोष आ जाता। कल से मुँह उदास किए है। लेकिन हाथ में तो कुछ नहीं है। जाऊँ तो क्या लेकर?''

''तो ऐसे साफ़ क्यों नहीं कहते कि रुपए चाहिए? कितने चाहिए?''

''अभी दस दो।''

''ठीक है, मैं रुपए दे देता हूँ। दवाई जाकर ले आओ, बैदजी से कह दोगे तो वह आ भी जाएँगे। आओ, चलो, घर चल रहा हूँ, वहीं रुपए ले लेना।''

ओंकार के पीछे-पीछे पचीसा घर चला, तो चन्दन के मन में कुछ छटपटाहट-सी होने लगी। आँखों के सामने बार-बार बाला ही आ जाती थी। रह-रहकर ध्यान पच्छिम की बारी को चला जाता था। बहुत चाहा कि काम में मन लगाए, लेकिन मन बेकाबू हो गया। चरन पर से गोरुओं को हटाकर, अलग धूप में बाँधा। फिर पकवा इनार के पत्थर पर गँड़ासी की धार तेज़ करने लगा।

ओंकार जलपान करके घर से लौट आया। आते ही चन्दन पर बिगड़ा, ''आज दतुअन-कुल्ला नहीं होगा क्या? बेर-सबेर का कुछ ध्यान है! गँड़ासी पिजोने की कौन जल्दी है! उठो, दतुअन करके घर जाओ।''

ओंकार ने चन्दन के हाथ से गँड़ासी ले ली, ''पलानी में दतुअन खोंस दिया है, जाके ले लो। रामू से थोड़ा तेल भिजवा देना। आज घाम में तेल लगाने को मन करता है।''

मुँह धोकर, जलपान करने जब घर पहुँचा तो गुंजा मुसकराने लगी, ''तुम्हारी बुलाहट है।''

''कहाँ?'' चन्दन भेदभरी चितवन से बोला।

''बस, समझ लो!''

''बताओ भी तो?''

''लो, पहले जलपान कर लो, बताती हूँ।'' गुंजा चन्दन के आगे एक कटोरी में तीसी के दो लड्डू रखती हुई बोली।

''ऊँट के मुँह में जीरा! इतने से क्या होगा?''

''सब एक ही दिन में ख़तम कर दोगे क्या?''

''तो ले जाओ यह भी, खाली एक लोटा जल दे दो, जलपान हो जाएगा।''

गुंजा बिगड़ गई, ''तुम तो हैरान करके रख देते हो, एक दिन अगर सवेरे कुछ खाने को न मिले, तो मेरी आफ़त कर दोगे, और घर में कुछ बनाऊँगी तो भस्मासुर की तरह एक ही दिन में चट् करने के फेर में। हमको क्या, मैं सब ले आके रख देती हूँ।'' गुंजा झमककर मुड़ी तो चन्दन ने लपककर उसका आँचल पकड़ लिया।

''ज़रा-सी बात में खिसिया जाती हो!''

''आँचल अपनी सास का पकड़ना!'' गुंजा मुसकराती हुई बोली।

एक लड्डू मुँह में रखते हुए चन्दन बोला, ''एक और ला दो।''

भीतर से दो और लड्डू लाकर कटोरी में रखती हुई गुंजा बोली, ''देवरानी बीमार हैं, देखने गए कि नहीं?''

''बक्-बक् न किया करो!'' चन्दन खाते हुए बोला।

''हँसी नहीं करती। पचीसा दस रुपए ले गए हैं। भइया से पूछ लेना।''

''ले गए होंगे। रामू से कड़ुआ तेल भिजवा दो। भइया ने माँगा है। मैं एक काम से जा रहा हूँ।''

और घर से बाहर निकल, पहले तो चन्दन खंड की ओर बढ़ा, फिर वापस मुड़कर दूसरी गली पकड़ ली। राह में एक-दो जगह रुककर पच्छिम की बारी की ओर बढ़ा। गड़हा पार किया, शिवाला डाँक गया, फिर बगीचे में। दूर से ही देखा, बाला की महतारी मड़ई के आगे आँगन में बैठी हुई है। पास पहुँचते-पहुँचते वह उठकर भीतर चली गई। आँगन में खड़े हो चन्दन ने पचीसा का नाम पुकारा, तो बाला की महतारी बाहर निकली।

''बाला को क्या हुआ है?''

"भले आ गए। ऐसा तेज़ बुखार चढ़ा है कि उसे सुधि भी नहीं है, बस कभी-कभी तुम्हारा नाम दोहरा देती है। आओ न, ज़रा भीतर चलके देख लो।"

चन्दन भीतर पहुँचा तो बाला चादर से मुँह तोपकर चित लेटी थी। महतारी ने द्वार पर से ही आवाज लगाई, "मुँह खोल री, चन्दन आए हैं।"

चन्दन का नाम सुनते ही मुँह पर से बाला ने चादर हटा दी—गोरा चेहरा, तमतमाया हुआ, एकदम लाल, बड़ी-बड़ी आँखों में खिंचे हुए डोरे, अस्त-व्यस्त बाल!

बाला कुछ बोली नहीं, चन्दन का मुँह निहारती रही। ज्वर से तपते हुए चेहरे में पल-भर को चैन आ गया। चन्दन ने झुककर उसका मुँह देखकर पूछा, "तुम्हारे गाल पर दाने कैसे हैं?"

"दाने! दाने कैसे! होंगे कुछ।" बाला बोली।

चन्दन ने उसकी माँ को बुलाया। मुँह पर दाने का नाम सुन जैसे उसे झटका लगा। वह ग़ौर से बाला का मुँह देखने लगी—गाल, ललाट, गर्दन पर छोटे-छोटे दाने।

"चन्दन, बाहर निकलो, इसे माता निकली है। इसका बाप मिले तो मना कर देना कि दवा के लिए न जाए।"

"वह तो रुपए लेकर चले गए।" चन्दन बाहर निकल आया। मन में भय भर गया, लेकिन चुपचाप वह दुआर पर चला आया।

दूसरे दिन पचीसा से ही जाना कि बाला को बड़ी माता निकली हैं, बहुत ज़ोर का चढ़ाव है, रोम-रोम में दाने निकल आए हैं। चन्दन न जाने क्या-क्या सोचता रहा! रह-रहकर बाला की बड़ी-बड़ी आँखें, गोरा मुँह, घुँघराले बाल और बगुले की पाँखी-सी धप्प-धप्प सफ़ेद साड़ी याद आती, तो कभी ज्वर में डूबा हुआ लाल, तमतमाया चेहरा, गाल और ललाट पर माता के बड़े-बड़े दाने। अब न जाने क्या हाल होगा! चन्दन अपने को किसी काम में जबर्दस्ती लगा देता।

बीमारी बाला के घर ही तक न रही, गाँव में प्रवेश कर गई। धीरे-धीरे लोगों के बीमार पड़ने की सूचना मिलने लगी। माता का प्रकोप बढ़ने लगा, गाँव भय से काँप उठा।

बारह

पूस का जाड़ा शुरू हुआ था किन्तु जाड़े की गुलाबी धूप में एक अजीब-सी उदासी छाई रहती। जामुनवाली परती में लोग जुटते, किन्तु डरे हुए, पता नहीं कब किसके घर में माता प्रवेश कर जाएँ! अब तक लगभग दस घर पकड़ में आ गए थे। सरेह की फ़सलें तेज़ी के साथ बढ़ रही थीं, किन्तु दिन में सरेह घूमने की जगह लोग माता की पूजा करने में लगे।

दस–बारह दिन तक लोग आशंका में डूबे रहे। अचानक भोर में खबर फैली कि खेलावन कुरमी का दस साल का बेटा मर गया। लोग थरथरा गए। उत्तर टोल में जो आग फैली, तो बस चारों ओर दहकने लगी। रोज़ लोग इसी शंका में कान लगाए रहते कि किस टोल से किसके मरने की ख़बर मिलती है। हर दूसरे–तीसरे दिन कोई–न–कोई मर जाता। बीस–पच्चीस दिन के भीतर गाँव के छोटे–बड़े पन्द्रह आदमी मर गए। लोगों के रुदन और चीत्कार से बयार में भी हाहाकार भर गया। गली–गली में सूनापन, घर–घर के ऊपर मौत की छाया मँडराने लगी। सारा–का–सारा गाँव भयानक दुख और अवसाद में डूब गया। सबके चेहरे भय और शोक से डरकर उतर गए।

चन्दन घर पहुँचा तो देखा, ओंकार रजाई ओढ़कर लेटा हुआ है, और सिरहाने पीढ़े पर बैठकर गुंजा उसके सिर में तेल लगा रही है। ओंकार ने सवेरे देह–कपार में दर्द की बात की थी। उसे लेटा देख चन्दन का मन कँपकँपा गया।

''दर्द कैसा है?''

''दर्द तो कहते हैं, वैसा ही है, पर माथे की नसें तनी हुई हैं, तुम भी ज़रा छूके देखो न, मुझको इनकी देह गरम लगती है।''

''क्या?'' चन्दन ने कुछ डरकर भाई के ललाट पर हाथ रखा, ''इनकी देह तो गरम है!''

चन्दन और गुंजा दोनों ने एक–दूसरे को देखा।

ओंकार करवट घूमकर बोला, ''दोनों पैर फट रहे हैं चन्दन, रजाई के ऊपर से ज़रा कड़े हाथों दबा दे।''

''नहीं–नहीं, देह गरम लगती है। ऐसी हालत में उसे दबवाना नहीं चाहिए। सिर में तेल भी न लगवाओ।'' फिर गुंजा की ओर ताककर बोला, ''रहने दो, अब तेल न लगाओ। इनको सो जाने दो। सरेह में ठंडक लग गई है। लाओ, हाथ धोके दूध की बाल्टियाँ दे दो।''

गुंजा ने तेल की प्याली ताक पर रख दी और हाथ धोकर चन्दन को बाल्टियाँ थमाती हुई बोली, ''बाहर रामू मिले तो भेज देना। और दूध लेके ज़रा जल्दी आ जाना।''

''क्यों?''

''कुछ नहीं, ऐसे ही। तुम आ जाना।''

चन्दन बाल्टियाँ लेकर बाहर तो निकला, लेकिन मन में कोई शंका भर गई थी। भाई की गरम देह के कारण मन में एक अजीब–सा, अनचाहा, जैसे डर भरता जा रहा था। उसे बाला का तमतमाया हुआ, ज्वर से तप्त चेहरा याद आया और वह जल्दी–जल्दी दुआर की ओर डग बढ़ाने लगा।

तीन दिन तक ओंकार ज्वर से तप्त पड़ा रहा। आग में तपाए हुए लोहे की तरह देह तपती रही। चन्दन और गुंजा दोनों के मन में भीतर–ही–भीतर एक दहशत भर

गई थी। किन्तु कोई भी एक-दूसरे से कुछ कहता न था। दोनों एक-दूसरे की उदास और उत्साहहीन आँखें देखते रह जाते। अगल-बगल की बूढ़ी औरतें ओंकार को देख गई थीं। ज्वर के लक्षण ठीक नहीं थे। सभी चौथे-पाँचवें दिन की प्रतीक्षा कर रही थीं। घर में एकदम सूनापन भर गया था। घर की एक-एक चीज़ सरिहाकर रखनेवाली गुंजा अपने तन-मन की सुधि भूल गई थी। जो चीज़ जहाँ पड़ी थी, वहीं पड़ी रह गई।

चौथे दिन देह में चेचक के दाने दिखाई पड़ गए। गुंजा काँप गई। बड़ी-बूढ़ी औरतों ने जैसे बताया, गुंजा पति की सेवा में जुट गई। दोनों समय नहा-धोकर, ओंकार, ओंकार की खटिया के नीचे की धरती हाथों से लीप ली, अईंछा हुआ ढेला रख छाक देती, धूप जलाती, घुटनों के बल बैठ असीम प्रार्थना से लिपी धरती पर नाक दरती। और तब चारपाई की बगल में धरती पर बैठकर माता की पूजा और प्रार्थना के गीत गाने लगती, ''निमियाँ की डार मइया, लावेली हिड़ोलवा, कि झूमि-झूमि ना।'' इस अकेले कंठ की पुकार में इतनी विनय और दीनता होती कि घर का कोना-कोना जैसे साथ देने लगता। घर के ज़रूरी कामों को जल्दी-जल्दी निपटा, धुली हुई साड़ी पहनकर, गुंजा बगल में बैठकर, पति के मुँह पर आँखें गड़ा, प्रार्थना के गीत फिर गाने लगती।

और चन्दन था, जो दिन-भर घर और दुआर के बीच जैसे दौड़ा करता। घंटे-घंटे पर भाई को देख जाता। सवेरे ताज़ी पत्तियों से भरा हुआ नीम का छरका तोड़ता और भाई के सिरहाने स्वयं रखता। दोपहर को फिर नीम के पेड़ पर चढ़ता और ताज़ा छरका तोड़ लाता। सवेरे का रखा हुआ छरका मुरझाने न पाए कि उसे बदल दिया। जब देखो, तो खाट के पास खिली हुई नीम की पत्तियोंवाला टटका छरका रखा हुआ है।

किन्तु देह पर की गोटियाँ बढ़ती ही गईं। दूसरे हफ़्ते में सारी देह चेचक के बड़े-बड़े दानों से भर गई। हाथ, मुँह, पैर में सूई की नोक के बराबर खाली जगह न बची। दानों की भीषण गरमी से ओंकार छटपटाने लगा। दाने पकने शुरू हो गए, तो उनकी टभकन से बेचैनी और छटपटाहट होने लगी।

कोई चारा नहीं, कोई वश नहीं, चारपाई के एक ओर गुंजा और दूसरी ओर चन्दन बैठ जाता। गुंजा दिन-रात बस माता की पूजा के ही गीत गाती रहती, चन्दन भाई को पंखा झलता रहता। उदास, कभी-कभी रो पड़नेवाली गुंजा को समझाता रहता, बोलता रहता। अगल-बगल की बूढ़ी औरतों ने भी आना-जाना कम कर दिया था, जिससे गुंजा अपने को और भी असहाय समझने लगी थी।

ओंकार की हालत गिरने लगी। वह रह-रहकर बकने लगा। सूनी रात में रह-रहकर चिल्ला पड़ता, कभी-कभी उठकर बैठ जाता, रोने लगता। घर में अकेली-असहाय गुंजा डर से काँप जाती। चन्दन माल-गोरुओं को अगोरने के लिए रात में

दुआर पर रहता, लेकिन गुंजा ने अब उसे घर पर ही रहने को कहा। जानवरों की देख-रेख के लिए चन्दन ने रात में पचीसा को दुआर पर रख दिया। रात में चन्दन भी घर ही पर रहने लगा, तो गुंजा की जान-में-जान आई।

किन्तु गुंजा की प्रार्थना और पूजा-गीत का कोई फल न मिला। बीमार पड़ने से ठीक चौदहवीं रात को ओंकार बुरी तरह छटपटाने लगा। कराह में इतनी पीड़ा थी कि घर-आँगन का कोना-कोना भयानक हो गया। आधी रात से भोर तक ओंकार झटपटाता और कराहता रहा। भोर होते-होते सारी कराहट और छटपटाहट बन्द हो गई। गले से लम्बी-लम्बी हिचकियाँ आने लगीं। एक, दो, चार गिनकर—कुल पच्चीस हिचकियों के बाद सब कुछ समाप्त, देह एकदम अकड़ गई।

बलिहार की उस भोर में गुंजा का आर्तनाद गूँज उठा। चन्दन की चीत्कार ने पास-पड़ोस के लोगों को जगा दिया। मौत के उस भयानक सन्नाटे को गुंजा का विलाप भेदने लगा। देखते-देखते आँगन लोगों से भर गया। कोई गुंजा को पकड़ता, कोई चन्दन को सँभालता।

खंड : 4

एक

सारा खेल ही समाप्त हो गया। इस हरे-भरे घर की फ़िज़ा ही बदल गई। उछलते-कूदते हिरन की जैसे चारों टाँगें एक साथ ही कोई बाँध दे, चन्दन भहराकर बैठ गया। सूझ-बूझ एकदम हवा हो गई। दुआर पर रहता तो वहाँ की उदासी काटने लगती, घर में आता तो बिलखती हुई गुंजा मन का ढाढ़स ही तोड़ देती। किन्तु वह समझाने लगता। समझाते-समझाते वह स्वयं भी रो पड़ता। बाहर आता तो फिर वही अकेलापन, दुआर-खंड की वही उदासी मन को बेधने लगती।

यह पचीसा था जिसने आकर दुआर का काम सँभाल लिया। रह-रहकर चन्दन को समझाता रहता, बोधता रहता।

वैद्यजी हर दूसरे-तीसरे दिन आकर गुंजा से मिल जाते, चन्दन से कह-सुन जाते। श्राद्ध के बाद वह फिर आए। चन्दन दुआर पर ही था। आँगन में खाट पर बैठकर गुंजा से बोले, ''महतारी ने बुलाया है।'' गुंजा ने कुछ भी उत्तर नहीं दिया, वह सिर झुकाए चुपचाप नीचे देखती रही तो वैद्यजी फिर बोले, ''कुछ दिन के लिए चौबेछपरा चलोगी?''

''चौबेछपरा जाके अब क्या करूँगी, बाबू?''

''तुम्हारी महतारी तुम्हें देखना चाहती हैं। तुम्हारा मन भी बहल जाएगा।''

''अब चौबेछपरा में मेरे लिए क्या धरा है? सुख इस घर में भोगा, तो दुख के दिनों में नइहर जाके क्या करूँगी? थोड़े दिनों के लिए अगर चली भी चलूँ तो यहाँ रामू-चन्दन को कौन देखेगा? इनको किस पर छोड़कर चलूँ।''

''रामू तो साथ चल सकता है।'' वैद्यजी बोले।

''लेकिन चन्दन?''

वैद्यजी चुप लगा गए तो गुंजा फिर बोली, ''जब इस घर पर विपत्ति आई है तो घर के सभी लोग एक ही जगह साथ रहकर भोगेंगे। अब मेरे लिए इस घर में दूसरा कौन सहारा है बाबू, मैं चन्दन को छोड़के नहीं जाऊँगी। दुख ही भोगने के लिए जब मैं पैदा हुई हूँ तो यहाँ से भागकर मैं भला सुखी होऊँगी!''

रामू को भेजकर वैद्यजी ने चन्दन को दुआर पर से बुलवाया। चन्दन आया तो बोले, "मैं चाहता था चन्दन, कि गुंजा थोड़े दिनों के लिए चौबेछपरा हो आती। तुम्हारी क्या राय है?"

"उनका मन हो तो चली जाएँ, नइहर उनका है।"

"लेकिन यह तो तैयार नहीं है, तुम कहो तो शायद तैयार हो जाए।"

"अपना भला-बुरा ये खूब समझती हैं, मैं अब इनसे कुछ नहीं कह सकता। अब तो जैसा ये कहेंगी, वैसा ही मुझको चलना है। बाहर दो बैल, दो लगहर, रामू, यह घर, इनको कौन सँभालेगा—यह तो अच्छी तरह यही समझ सकती हैं, मुझसे आप नाहक पूछते हैं।"

"तो किससे पूछूँ, चन्दन, घर के मालिक एक तरह से पहले भी तुम्हीं रहे हो, अब हो ही गए।"

"मालिक-मलिकाँव की बात छोड़िए बैदजी, जो हमारी किस्मत रही है उसे देख ही रहे हैं। ऐसा भी दिन कभी देखना पड़ेगा, यह सपने में भी नहीं सोचा था। आप तो इनके बाप हैं, दुख में सहारा देने चले आए हैं, मुझे तो अपने बाप-महतारी के चेहरे तक याद नहीं। होश सँभाला तो भइया की गोद में, घर में दुलारनेवाली मिली भउजी, सो भी न टिकीं। अब तो भइया भी चले गए, बची हैं ये, सो इनको आप ले जाइए। आगे जो देखना होगा सो देखूँगा, भोगना होगा, भोग लूँगा। सिर तो झुका ही है।" चन्दन की आँखें भर आईं। वह दूसरी ओर देखने लगा।

"नहीं-नहीं, ऐसा न सोचो, चन्दन! अब गुंजा को नहीं लिवा जाऊँगा। मैं अपने मन से नहीं आया था, इसकी महतारी इसे देखना चाहती थी। मैं तो यहाँ आ गया, लेकिन वे कैसे आएँगी? लेकिन मैं जाकर समझा दूँगा। फिर दो-चार महीने के बाद अगर हो सके, तो दिन-भर को तुम्हीं पहुँचा आना। यहाँ-वहाँ, दोनों जगहों के लिए, अब तो तुम्हीं बचे हो।"

वैद्यजी गुंजा को समझा-बुझाकर वापस लौट गए।

महामारी का प्रकोप सिराने लगा। इसके बाद भी दो-चार लोग बीमार पड़े, लेकिन बच गए। गाँव का उत्साह ही जैसे ठंडा पड़ गया। सभी एक ही बयार की चपेट में चित गिरे थे। उखड़े हुए, उदास चेहरे, सबके दैनिक कार्यों में बेहद शिथिलता आ गई। जामुनवाली परती में यदा-कदा ही कोई बैठता, सब अपने खंड-दुआर पर। गाँव की फ़िज़ा ही बदल गई।

चन्दन और भी सुस्त हो गया। न सरेह घूमने में मन लगे, न खंड-दुआर पर बैठने की इच्छा हो। कभी यहाँ, कभी वहाँ बैठ-बैठकर दिन काटने लगा।

माघ बीत रहा था। खेत में मटर और चना गोटा रहे थे। पचीसा चन्दन के सिर पर सवार रहता, बार-बार टोकता, समझाता रहता, "चन्दन, इतनी बड़ी खेती-गृहस्थी

बरबाद न करो, भउजाई और भतीजे का मुँह देखो। जो हुआ सो बीत गया। जिसको जाना था चला गया, उसके कारन, जो पास है उसकी ओर से आँखें क्यों मूँद रहे हो? ऐसी जमी हुई खेती, यदि उखड़ गई तो कहीं के न रहोगे! रोने-धोने और उदास रहने से कुछ नहीं मिलता। पीठ की धूल झाड़-पोंछकर खड़े हो जाओ, चन्दन! आगे बहुत काम करने हैं।''

पचीसा के बार-बार समझाने से चन्दन कुछ सँभलने लगा। खेत-सरेह घूमने लगा, काम में रुचि लेने लगा। जब तक बाहर रहता, मन लगा रहता, घर आता तो गुंजा को देखकर उसका सारा धीरज छूट जाता। गुंजा जैसे फिर क्वारी हो गई। कौन कह सकता था कि इस माँग में कभी सिन्दूर भरा होगा! इस उम्र में तो बहुत-सी लड़कियाँ क्वारी रहती हैं। कभी-कभी गुंजा के तीनों रूप चन्दन की आँखों में नाच जाते—क्वारी गुंजा, सुहागिन गुंजा और अब की निस्तेज, बुझी हुई, मुरझाई, विधवा गुंजा! चन्दन भीतर-ही-भीतर काँप जाता।

गुंजा चुप हो गई। उड़नेवाले रंगों में रँगे हुए चित्र की भाँति उसके चेहरे की कान्ति फीकी पड़ती गई। आँखों के नीचे कुछ स्याही आने लगी।

चन्दन बार-बार समझाता, बार-बार बोधता, अकसर अपने अँगोछे से उसकी आँखें पोंछता, लेकिन गुंजा के उतरते हुए चेहरे पर पल-भर को भी ठहराव न आया। चन्दन एक दिन खीज गया, ''तो ठीक है, अब मैं भी इस घर में नहीं रहूँगा।''

''क्या हुआ?'' गुंजा ने पूछा।

''मेरी एक भी बात जब सुनती ही नहीं हो, तो इस घर में रहके क्या करूँगा? तुम्हारा घर है, तुम सँभालो।''

''तो जाओगे कहाँ?''

''जहाँ मेरा मन करेगा, चला जाऊँगा। इतना अब मुझसे सहा नहीं जाता। पचीसा कहता, 'भौजाई-भतीजे का मुँह देखो, मन में ढाढ़स करो', लेकिन तुम हो कि सारा ढाढ़स, सारा धीरज चुटकी बजाके तोड़ देती हो। आख़िर मैं पत्थर का नहीं हूँ गुंजा, तुम एक मार में तिलमिला गईं, मेरे सिर पर तो न जाने कितने निशान हैं!''

''मैं ही तुम्हें दुख देती हूँ।''

''हाँ-हाँ-हाँ! मेरे सारे दुखों की जड़ तुम हो, और कोई नहीं है। अब तक जो हुआ सो हुआ ही, आगे भी चाहती हो कि मैं घुट-घुटके ही मर जाऊँ। मुझसे अब नहीं सहा जाता, मैं घर छोड़कर चला जाऊँगा।'' चन्दन ने अपना मुँह घुटनों में छिपा लिया।

गुंजा उठ खड़ी हुई और चन्दन का सिर ऊपर उठाती हुई बोली, ''तो कहो, मुझे क्या कहते हो?''

''कहना क्या है, मेरी देह छूके कहो कि अब तुम कभी न रोओगी!''

गुंजा चन्दन का मुँह ताकने लगी तो चन्दन ने अपनी बाँह बढ़ाकर कहा, ''लो, मेरी देह छूके वचन दो कि अब कभी नहीं रोऊँगी।''

गुंजा चन्दन की बाँह छूकर बोली, ''लो, अब कभी नहीं रोऊँगी।'' चन्दन बाहर चला आया।

दो

धीरे-धीरे घर में स्थिरता आने लगी। गृहस्थी के काम में गुंजा मन लगाने लगी। घर एक ढर्रे पर आने लगा। चन्दन बाहर-भीतर के सारे काम नियमित रूप से सँभालने लगा। घर का बिखरा हुआ, उदास, अलस वातावरण सिमटने लगा, भारीपन कम होने लगा, खेती-गृहस्थी के कामों के बारे में गुंजा-चन्दन बैठकर राय-बात करने लगे। ज़िन्दगी चल निकली।

छपटी काटनेवाली गँडासी की धार मुरहा गई थी। सवेरे ही चन्दन ने गँड़ासी पचीसा को दे दी थी कि रामपुर के लोहार से जाकर पिटवा लाएगा। दोपहर को खेत से हरिअरी का बोझ लेकर लौटा तो गँड़ासी अपनी जगह पर न मिली। अगल-बगल सभी लोग अपने-अपने दुआर पर छपटी काट रहे थे, माँगता भी तो किससे! हारकर पचीसा के घर की ओर बढ़ा। बहुत दिनों बाद पच्छिम की बारी में पैर रखा था। मन में अजीब तरह की उत्सुकता भरी हुई थी। बाला को देखे हुए बहुत दिन हो गए थे। अब न जाने बीमारी के बाद उसका चेहरा कैसा हो गया हो! पचीसा की एक मड़ई के द्वार पर चाँचर चढ़ा था, दूसरी में भीतर कोई छपटी काट रहा था।

आगे के नाँद और फाटक के बीच चिकनी ज़मीन पर खड़े होकर चन्दन ने आवाज लगाई, ''पचीसा!'' कोई उत्तर न आया, भीतर छपटी काटने का क्रम जारी रहा, खच्च-खच्च की आवाज़ आती रही। चन्दन ने फिर दो-तीन बार धीरे-धीरे ही आवाज़ें लगाईं, किन्तु कोई उत्तर न आया। अबकी बार कुछ सोचकर जोर से पुकारा, ''पचीसा!''

भीतर छपटी काटने का खच्च-खच्च का स्वर रुक गया और आवाज आई, ''कौन है?''

चन्दन ने जो सोचा था वही हुआ। थमे स्वर में धीरे-से बोला, ''मैं हूँ चन्दन!''

''काम क्या है, बाबू घर में नहीं हैं?'' भीतर से ही बाला बोली।

चन्दन रुककर कुछ सोचने लगा। भीतर भी बाहर से कुछ सुनने की ही प्रतीक्षा थी।

''क्या बाहर नहीं निकलोगी?'' चन्दन ने धीरे-से कहा। इतना बहुत था। बाला की बीमारी के बाद उसे पहली बार चन्दन देख रहा था। हाथ-पैर झाड़, छपटी काटना छोड़कर बाला बाहर निकली। चन्दन सहम गया, यह कौन है? वह बाला कहाँ गई? हाथ, पैर और मुँह पर चेचक के बड़े-बड़े दाग...उस गोल, गोरे चेहरे की बड़ी-बड़ी दो आँखों में से एक...?

बाला ने मुँह फेर लिया।

''अब मेरी ओर देखोगी भी नहीं!''

''देखने-दिखाने लायक अब यह देह नहीं रही, चन्दन!''

"नाता बस देह-देह का ही था?" चन्दन ने पूछा।

"जो चीज़ आँखों को बुरी लगे, उससे लगाव होता ही कहाँ है, चन्दन! मन का नाता भला कौन निबाहता है!"

"तू भी यही कहती है, बाला!"

"मेरे कहने-न-कहने से होगा ही क्या, चन्दन! जो तुम्हारे सिर पर आ पड़ी है उसी से उबर जाओ तो बहुत है। इतना जो सँभाल रहो हो, तुम्हारे लिए कम नहीं है। कल शीशे में अपना मुँह देखा, तो लगा कि भगवान ने मेरा हक-पद छीन लिया। जब रूप ही न रहा चन्दन, तो भला मोह कौन देगा! अच्छा हुआ जो आ गए, बहुत दिनों से मन करता था देखने को। सोचती थी, माई से कहके बुलवाऊँ, लेकिन हिम्मत नहीं होती थी।"

"और जब आया तो मड़ई के बाहर नहीं निकलती थी?" चन्दन ने बात कस दी।

"हाँ, यह एक आँखवाला कुरूप मुँह लेकर तुम्हारे सामने आने में थमती थी। भउजाई कैसी हैं?"

"हैं!"

कुछ रुककर चन्दन बोला, "पचीसा को गँड़ासी पिटवाने को दी थी, देखो कहीं रखी है क्या?"

"देखती हूँ," बाला मुड़कर मड़ई में गँड़ासी खोजने चली गई। दो-एक मिनटों के बाद गँड़ासी लेकर लौटी तो चन्दन बोला, "कहते हैं, नारियल का पानी मलने से माता के दाग बहुत जल्दी भर जाते हैं।"

"नारियल का पानी मैं कहाँ पाऊँगी, मुझे कौन लाकर देनेवाला है, चन्दन! और ये दाग भरें या ना भरें, मन में अब कोई लालसा न रही। संसार में कब किसका मन भरा है! रूप का घमंड कभी मन में आया था, सो परमात्मा ने चूर कर दिया। अब तो इसी बलिहार में दिन काटते हैं। कभी-कभी सुधि लेते रहोगे, तो मेरे लिए बहुत बड़ा सहारा होगा। अगर भूल-बिसार दोगे तो भी क्या करूँगी—पहले-सी बात अब कहाँ रही। न वह मन रहा, न वह उमंग रही।" बाला की आँखें भर आईं।

चन्दन चुपचाप बाला की ओर देखता रहा। बाला की आँख से जब टप् से आँसू गिरा और उसने अपने आँचल से आँखें पोंछीं, तो चन्दन बोला, "तू अपने ही भाग्य को रोती है। घड़ी-भर को भी कभी मेरी किस्मत के बारे में सोचा है!"

"हाँ, चन्दन! यह तो ठीक कहते हो, आदमी इतना स्वारथी होता है कि उसे अपना दुख, दूसरे के बड़े-से-बड़े सुख से भी भारी लगता है। जिस दिन भाई को फूँककर लौट रहे थे तो मैंने तुम्हें देखा था। बड़ी देर तक यही सोचती रही कि आदमी से बड़ी उसकी किस्मत होती है। अपने किए-कराए कुछ नहीं होता। और वैसा आदमी, जो दूसरों के आँसू ही पोंछने के लिए बना हो, उसकी थाह कौन पा सकता है! चन्दन!...जाओ, तुम्हें देर हो रही होगी।"

"हाँ, अभी छपटी काटनी हैं।" चन्दन लौट पड़ा।

दुआर लौटते हुए चन्दन का मन नए सिरे से उचट गया। जनेरा के खेत में, मचान पर ही बाला बार-बार आँखों के सामने खड़ी हो जाती—यह वही बाला है लेकिन हिरनी की एक आँख कहाँ गई ? चेहरा इतना कुरूप कैसे हो गया! भइया का चेहरा भी कितना भयंकर हो गया था, वह उनके साथ ही चला गया। तो सबको एक दिन चल देना है, यहाँ का कुछ भी टिकना नहीं है—न यह रूप, न यह देह और न संसार की कोई भी चीज़! तो यह माया-मोह किसलिए ? भौजी चली गईं, भइया चले गए, एक दिन मैं भी चला जाऊँगा, गुंजा चली जाएगी, बाला चली जाएगी, एक-एक करके सब चले जाएँगे, सब चले जाएँगे। तो यह सब खेल है, तमाशा है! पेड़ों के नीचे से, दुआर की ओर बढ़ते हुए चन्दन के अगल-बगल जैसे कोई गरम बयार बह गई। सामने के खेतों की ओर निगाह गई, तो देखा जैसे हल्का पीलापन छा रहा था। खेत पकने लगे, हरी-भरी यह सरेह सूखकर झनझना जाएगी, खेत कट जाएँगे। लहलहाती हुई यह धरती एक दिन सुनसान, उजाड़ हो जाएगी।

चन्दन दुआर पर तो पहुँच गया, लेकिन मन में एक अजीब-सी उचटन और अनिच्छा भर गई थी। भाई की मौत के बाद से वह जैसे चकोह में पड़कर नाच रहा था, आज जैसे एकाएक किनारे लग गया, और आँखों के सामने का सब कुछ अपने असली रूप में साफ़-साफ़ दिखाई देने लगा...

तीन

फागुन लग गया। दस दिन जाते-जाते वैद्यजी फिर आए। गुंजा को दो-चार दिन के लिए ही चौबेछपरा ले जाने की चन्दन से विनय करने लगे। गुंजा पास ही में धरती पर बैठी हुई थी। वैद्यजी ने चन्दन से फिर पूछा, "क्या कहते हो चन्दन ?"

"देखिए बैदजी, हमने तो आज तक एक बार भी मना नहीं किया। मैंने तो बीच में इनसे दो-तीन बार कहा कि जाओ, चौबेछपरा एक बार हो आओ। महतारी देखने को छछनती होगी। लेकिन इनके गुम-सुम चेहरे के आगे अब मेरी एक भी नहीं चलती। अब आप आ ही गए हैं, तो अधिक नहीं, दस दिन के लिए इनको लेते ही जाइए। पर इससे आगे न रखिएगा, नहीं तो फगुआ बीता कि कटाई शुरू हुई। और आप जानते ही हैं कि अब सारा भार इसी देह पर है। मैं खेत देखूँगा कि रोटी-पानी! "

वैद्यजी प्रसन्न हो गए। चन्दन ने गाँव की असवारी ठीक कर दी। गुंजा रामू को लेकर चौबेछपरा चली गई।

चन्दन नितान्त अकेला हो गया। दिन में बगल की चाची के घर खा लेता, रात में दुआर पर ही कभी लिट्टी लगा लेता, कभी फुटेहरी। कभी भरपेट दूध ही पीकर रह जाता। उसकी ज़रूरत से बहुत अधिक दूध, दोनों जून बच जाता था। कभी किसी

के घर दे आता, कभी पचीसा ले जाता। घर में ताला बन्द कर दिया तो फिर गया ही नहीं। रामू और गुंजा के चले जाने के बाद सूनापन तो ज़रूर लगने लगा, लेकिन चन्दन को यह सूनापन कुछ अच्छा भी लगा। शान्त, निश्चिन्त होकर, वह दुआर पर पड़ा रहता, साँझ-सवेरे जानवरों के खिलाने-पिलाने में बीत जाता, बाकी समय में फुरसत और अकेलापन। इस अकेलेपन में मन को उबानेवाली उदासी न होती, बल्कि उसे सोचने-समझने का एक हल्का-सा सुख मिलता—विरक्तता का सुख। चन्दन के मन में नए सिरे से कुछ भरने लगा। यह माया-मोह कुछ नहीं है। ब्याह-शादी का झंझट—सब बेकार है। जो आश्रित हैं, बस उन्हें पार लगा दो। घर-गृहस्थी बढ़ाना एकदम व्यर्थ है। चन्दन ने निश्चय किया कि वह अपना ब्याह नहीं करेगा, किसी भी हालत में नहीं।

गुंजा को गए दस दिन हो गए थे, किन्तु चौबेछपरा से कोई हाल-चाल नहीं मिला। पाँच दिन और...फिर भी कोई समाचार नहीं आया, तो चन्दन सगबगाया। फगुनहट बहने लगी थी। दिल में कुछ उदासी और रूखापन आने लगा था। खेत पियराकर पकने लगे थे। कसकर फगुनहट बही कि खेत में डाँठ सूखकर झनझना गए और कटनी शुरू हुई। चन्दन रोज़ अपने खेत देख आता कि कौन पहले काटने लायक होगा। फगुआ दस दिन रह गया, तो चन्दन ने वैद्यजी के नाम एक चिट्ठी लिखी और पचीसा के हाथ भिजवा दी।

साँझ को वैद्यजी गुंजा और रामू को लेकर आ गए। गुंजा दुबरा गई थी।

"पन्द्रह-बीस दिन में ही यह हालत! आख़िर बात क्या है?" चन्दन ने गुंजा से पूछा।

"बात मैं क्या बताऊँ! दो बार बीमार पड़ गई।"

"हुआ क्या था?"

"पहली बार तो बुखार लगा था, तीन-चार दिन तक उसी में डूबी रही, फिर एक दिन चक्कर आ गया और आँगन में बेहोश होके गिर पड़ी। फिर दो-तीन दिन तक खटिया पर से उठा ही नहीं गया। देह का सारा बल ही जैसे किसी ने हर लिया। अभी तो बाबू भेजना नहीं चाहते थे, लेकिन तुम्हारी चिट्ठी गई, तो नाहीं न कर सके। मैं तो चिन्ता में सूखी जा रही थी कि तुम क्या सोचते होगे, खाने-पीने का क्या इन्तज़ाम होगा। लेकिन देह के आगे मैं तो बेबस हो गई थी।"

"खाना-पीना तो चल ही जाता था। पहले दो-चार दिन तक तो अकेले रहना अच्छा लगा, लेकिन बाद में मन ही उचट गया। रामू भी चला गया था, सो अपना तो कोई दिखाई ही नहीं पड़ता था।"

"घड़ी-दो घड़ी के लिए भी चौबेछपरा एक बार क्यों नहीं आ गए? मेरा मन नहीं लगता था, आ गए होते तो मैं चली भी आती।"

"चौबेछपरा में मेरा अब क्या धरा है!" चन्दन ने एक लम्बी साँस खींची, "वहाँ जाने को अब मन नहीं करता। सम्बन्ध तो ऐसा हो गया है चौबेछपरा से कि जीवन-

पर्यन्त आना-जाना लगा ही रहेगा, लेकिन मुझे लगता है कि चौबेछपरा में चोरी करते हुए ही मैं पकड़ लिया गया। खैर हटाओ, इन बातों में अब क्या धरा ही है!'' गुंजा चन्दन को अपलक ताकती रही। चन्दन ने बात ही मोड़ दी, ''गाँव में कटिया करनेवाले बनिहार आने लगे हैं। खेत पक चले हैं। फगुआ के बाद ठहरेंगे नहीं। कटाई लग ही जानी चाहिए। अगर कहो तो बनिहारों (खेत काटनेवाले मज़दूर) को बयाना दे दूँ?''

''ये सब मुझसे पूछके होगा!''

''तो किससे पूछूँ? अब कौन रह गया है?''

''जब कोई था, तब भी मलिकार तुम्हीं थे, चन्दन! मुझसे पूछना हो तो इस घर के बारे में पूछा करो। खेती के बारे में मैं क्या जानती हूँ! लेकिन बनिहार आने लगे हैं और कहते हो कि फगुआ के बाद खेत ठहरेंगे नहीं, तब तो बनिहारों को बयाना देकर छेंक लेना ही ठीक होगा।''

चन्दन ने पन्द्रह बनिहारों को बयाना दे दिया। फगुआ आ गया, लेकिन इस वर्ष किसी ने भी रंग नहीं खेला। बलिहार ने होली नहीं मनाई। इस महामारी ने सबके मन का उत्साह ही हर लिया था।

होली बीती, चन्दन खेतों की कटाई में जुटा। बनिहारों के दल-के-दल गाँव की सरेह में जुट गए। खलिहानों में अनाज के बोझे टलियाए जाने लगे। अँजोरिया रात में बनिहार लगभग रात-भर काटते रहते। चन्दन के साथ पचीसा और उसका परिवार था। चन्दन ने पचीसा को एक बार मना भी किया कि साथ में खुद रहे, बाला और उसकी महतारी को कटाई में न लाए, लेकिन वह माना नहीं, बोला, ''खाने-भर को अनाज मुझे मिलने लगा चन्दन, तो हम बदल नहीं गए। हम अब भी तुम्हारे लिए वैसे ही हैं। तुम्हारा जो उपकार हम पर है वह इस जिन्दगी में भूल नहीं सकता। हम अब भी तो बनिहार हैं। तुम्हारे खेत में काम करेंगे, मजूरी लेंगे।'' चन्दन चुप रह गया।

दस-पन्द्रह दिन में कटाई समाप्त हो गई। खलिहान में बोझे गँज गए। दिन को धूप में मज़े की गरमी आ गई थी। थोड़े दिनों तक बोझों को सूखने दिया गया, फिर दँवरी के लिए चन्दन ने गेहूँ के बोझों को खुलवाया। चैत बीत रहा था। लोग दँवरी कर रहे थे। गेहूँ की दँवरी में ही चन्दन को पन्द्रह दिन लग गए। खलिहान में गेहूँ-भूसे के बड़े-बड़े दो टाल लग गए। फिर चना और तब सरसों की दँवरी हुई। बैसाख की गरमी और ऊपर से पछुआँ, दँवरी में डाँठ खूब टूटने लगे। बैसाख बीतते-बीतते चन्दन की दँवरी-ओसावन समाप्त हो गई।

खलिहान में से अनाज घर ढोया जाने लगा। घर में खड़े हुए अनाज के कोठले और दीवार के सहारे रखे हुए बड़े-बड़े मिट्टी के कूँड़े जब अनाज से भर गए तो चन्दन ने गुंजा से पूछा, ''साल भर के खर्चे से अधिक के लिए तो अनाज घर में आ गया, अब बाकी का क्या करूँ?''

"खलिहान में अभी कितना अनाज है?"

"तौल का अन्दाजा तो हमें नहीं है। लेकिन जितना गेहूँ घर के लिए आया है उससे सात-आठ गुना ज़रूर होगा। चार हिस्सा जौ होगा, पचीसा कह रहा था कि बीस मन चना होगा। दस मन अरहर और लगभग तीस मन सरसों। बाकी और अनाज।"

"सबके आँगन में गाड़ गड़ता है, चन्दन! देखके साध लगती है...हमारा आँगन सूना लगता है।"

"कहो तो गाड़ गड़वा दूँ!"

"हाँ, खलिहान का आधा अनाज गाड़ में डलवा दो, बाकी बेच दो।"

"लेकिन इतना अनाज होगा क्या?"

"यह भी पूछने की चीज़ है। घर में 'परोजन' पड़ेंगे, तुम्हारा ब्याह होगा, खानेवाले मुँह बढ़ेंगे।"

"तुम भी सपने देखने लगीं!" चन्दन कुछ हँसकर बोला, "आँगन में गाड़ की तुम्हारी साध है, तो पूरी हो जाए, बाकी तो मन का मोदक फोड़ना है।"

चन्दन बाहर निकल आया।

साइत देखकर दो-चार रोज़ के भीतर आँगन में गाड़ गड़ गया। गुंजा का मन हुलस गया। बाकी अनाज खलिहान से ही चन्दन ने बेच दिया।

खलिहान से अनाज उठ गया। साल-भर माल-गोरुओं के खाने लायक खोप में भूसा भर गया, तब जाकर चन्दन ने चैन की साँस ली। पचीसा को उसकी मजूरी से दो मन अधिक अनाज चन्दन ने दे दिया था, सो वह जुड़ा गया था।

जेठ की लू और तपन बढ़ने लगी थी। खा-पीकर लोग अपनी-अपनी पलानी में घुसते, तो साँझ को ही निकलते। दिन-भर पलानियों में ताश जमता। शादी-ब्याह के देखनहरू घूमने लगे थे। लोग चन्दन के लिए मँडराने लगे। वैद्यजी भी दो-एक लोगों के साथ आकर, चन्दन को दिखा गए थे। गुंजा से चन्दन के ब्याह के बारे में बात भी चलाई थी, लेकिन गुंजा ने अभी तक चन्दन से कुछ नहीं कहा था।

दिन में खाना खाने चन्दन आया, तो खाना परसकर आगे बैठ पंखा झलती हुई गुंजा ने धीमे-से कहा, "अब आगे क्या होगा, चन्दन?"

चन्दन ने कौर चबाते हुए गुंजा की ओर देखा, "क्या करूँ?"

"आगे की कुछ सोचते हो?"

"आगे की भगवान सोचता है, यह मेरे जिम्मे नहीं है, गुंजा! जो होना है, वह तो आगे आता ही जा रहा है।"

"लेकिन अपना धर्म?"

"धर्म-उपदेश की सूझने लगी!"

"धर्म-उपदेश नहीं, लोक-लाज की बात कहती हूँ, चन्दन!"

''लोक तुमसे क्या कहता है ?''

''आज नहीं कहता, तो कल कहेगा ही। घर की परम्परा तो चलानी ही है।''

''इसमें कोई रोक-टोक तो आई नहीं, घर चल ही रहा है।''

''लेकिन इस तरह से हम और तुम कब तक रहेंगे ?'' गुंजा ने फिर धीमे-से कहा।

''मेरे फेर में तुम इतना क्यों पड़ती हो ?''

''तो किसके फेर में पड़ूँ, चन्दन ! मेरा अपना कौन है, अब मैं किसका मुँह देखूँ, किससे सुख-दुख की बात कहूँ ?''

''तो चाहती क्या हो, खुल के कहो ?''

''मेरी ही चाह की बात नहीं है, चन्दन ! चाह तो मेरी भगवान ने कभी पूरी ही न की। मैं तो कहती थी कि मेरे नसीब में भगवान ने सुख नहीं दिया, तो मेरे कारन तुम क्यों दुख भोगो ?''

चन्दन भोजन कर चुका था। हाथ धोकर बगल में थाली सरकाकर, गमछे से हाथ पोंछ, दीवार से पीठ टेक बोला, ''अगर तुमसे मेरा ब्याह हुआ होता, तो भी तुम मेरी आँखों के सामने इसी घर में रहतीं, सो हैं ही। अब और क्या चाहती हो ?''

''लेकिन अब लगता है कि इतना ही सब कुछ नहीं है, चन्दन ! इसके बाद के लिए हम-तुम नहीं रहे। देह की भूख-प्यास भी तो होती है। मेरे लिए भगवान ने पग-पग पर गड़हे खोद ही दिए। अब तुम मुझे नहीं बचाओगे तो खड़े होने के लिए मुझे बराबर धरती कहाँ मिलेगी। मुझे तो जैसे रखोगे रहूँगी, लेकिन हम-तुम दोनों से बड़ा यह कुल है, उसकी लाज है, वंश की परम्परा है। अब तो हमें उसके अनुसार चलना होगा। हम तो हमेशा नहीं रहेंगे, लेकिन जब तक हैं, यदि उस बीच कहीं भी हम चूक गए तो फिर—तो फिर, यह सब कुछ उजड़ जाएगा।''

चन्दन गुंजा का मुँह ताकने लगा तो गुंजा बोली, ''मेरा मुँह न देखो, चन्दन, आगे की राह निकालो।''

''चन्दन के राह निकालने से यदि कभी कुछ हो सका होता, तो आज यह सब न हुआ होता ! अब तो जो कुछ भी होगा, उसे सिर-माथे पर ओढ़ने के लिए तैयार बैठा हूँ, गुंजा !''

''ऐसा कह देने से अब मुझे कहाँ शरण मिलेगी ?''

''शरण तुम्हें वही देगा, जिसने यह सब कुछ किया है।''

''मगर सहारा तो तुम्हारा ही है। शुरू से अब तक तुम्हारा ही मुँह देखके मन को ढाढ़स देती रही हूँ। लेकिन बाबू कभी-कभी कहते थे कि जो दवा कभी प्रान बचाती है वही कभी घातक भी हो जाती है।''

''यह ठीक कह रही हो, गुंजा ! मैंने कभी किसी को सुख नहीं दिया है, लेकिन क्या करूँ, भगवान ने मेरा आँगछ ही ऐसा बना दिया कि जिस बिरवे पर भी नज़र पड़ी, वही सूख-मुरझा गया। जनम लिया, तो महतारी-बाप चले गए, पोसने-पालनेवाले

भइया चले गए, दुलारने–सँवारनेवाली भउजी भी चली गईं। कल तक जिसका भरोसा था, आज उसी के लिए घातक बन गया। पता नहीं आगे क्या–क्या देखना पड़े!''

बात समाप्त कर चन्दन ने गुंजा की ओर देखा तो उसकी आँखों से गंगा–जमुना बह रही थीं।

''इसमें रोने की क्या बात है?''

''हो या न हो, लेकिन मेरे भाग्य में घुट–घुटके ही मरना लिखा है, तो उसे तुम कहाँ तक रोकोगे? जिस घर को तुमने सँवारा–बनाया है, चाहते हो, तुम्हारे ही सामने उजड़के उसमें आग भी लग जाए तो लगे। घर तुम्हारा है, तुम घर के मालिक हो, लेकिन एक बात सुनो, चन्दन! अपने कोहबर की रात मैं होश में थी, तब दीपासत्ती की कथा भी रह–रहके याद आया करती थी, और सोना में पानी भरा था। लेकिन मैं सब कुछ सह गई तुम्हारी आस पर। और आज तक यही सोचती रही हूँ कि तुम्हारे ही सहारे जैसे–तैसे दिन कट जाएँगे। घाव में इतनी व्यथा न होगी, लेकिन...''

''लेकिन क्या?''

''लेकिन, अब तो तुम मेरी बात भी सुनने को तैयार नहीं हो!''

''तुमने कहा क्या जिसे मैंने नहीं सुना?''

''अपनी ही ओर से नहीं कहती, औरों की ओर से भी कहती हूँ। दो बार बाबू आए, दोनों बार उन्होंने मुझसे कहा कि मैं तुम्हारे ब्याह की बात चलाऊँ।''

''मेरा ब्याह!'' चन्दन कुछ चौंककर बोला।

''हाँ, तुम्हारा ही।''

''और तुम अगुवायी करोगी!''

''यह भी हो सकता है।''

चन्दन ठठाकर हँस पड़ा, ''अभी खिलवाड़ से तुम्हारा पेट नहीं भरा है गुंजा, मेरे दुख से तुम्हें सन्तोष नहीं हुआ।''

''अगर यह खिलवाड़ है चन्दन, तो ठीक है, तुम्हारे जो मन में आए करो। तुम्हारी राह रोकनेवाली मैं कौन होती हूँ! मैं तो अपने जीने की राह बनाना चाहती थी, लेकिन तुम्हें दूसरे ढंग से सुख मिलता है तो वही करो। मुझे तो अब भी दीपासत्ती की कथा भूली नहीं है, सोना में बाढ़ भी फिर से आएगी...'' और गुंजा की आँखें एकाएक मुँद गईं। वह दीवार के सहारे टिक गई, दाँत बैठ गए। जब धरती पर गिरने लगी, तो चन्दन की निगाह पड़ी। लपककर गुंजा की गर्दन और पैर के नीचे हाथ लगा चन्दन ने उठा लिया और बगल की चारपाई पर सुलाकर मुँह पर पानी के छींटें देते हुए उसने गुंजा की नाक दबा दी। थोड़ी देर में गुंजा ने आँखें खोल दीं। चन्दन सिरहाने बैठ पंखे से हवा कर रहा था। हाथ उठाकर गुंजा ने मना किया, किन्तु चन्दन ने गुंजा को करवट लिटा दिया और पंखा हाँकता रहा। गुंजा का चेहरा एकदम पीला हो गया था, आँखों के नीचे स्याही–सी भर आई थी। लगभग आधा घंटे बाद वह बैठ सकी।

"तो चन्दन, मुझे इस घर में नहीं रखोगे? अपना ब्याह नहीं करोगे?"

"मेरे ब्याह करने-न-करने से तुम्हारे यहाँ रहने में क्या अन्तर पड़ता है?"

"बिना तुम्हारी दुलहिन के, तुम्हारे साथ मुझे अकेला कौन रहने देगा? और दूसरा ऐसा कौन-सा ठौर है, जहाँ तुम्हारे बिना मैं जी सकती हूँ!" गुंजा की आँखें फिर भर आईं, "बोलो न चन्दन, मेरे लिए क्या कहते हो?"

"मुझे कुछ नहीं कहना है, गुंजा! मरे की देह पर जैसे दो मन वैसे चार मन। लेकिन भइया की बरखी भी अभी नहीं हुई, और तुमने ब्याह की बात उठा दी!"

"मैंने नहीं, बाबू जब आते हैं, तो यही पूछते हैं। मैं उन्हें क्या कहूँ? अब उन्हें जवाब दे दूँगी।"

"लेकिन एक बात सुनो गुंजा, तुम्हारे गाँव में मैं ब्याह नहीं करूँगा।"

"क्यों?"

"हर बात में सवाल न किया करो। अगर मेरा ब्याह होना है तो दूसरे गाँव में ही होगा।"

"ठीक है, मैं भी नहीं चाहती कि चौबेछपरा में तुम्हारा ब्याह न हो, ब्याह होगा इतना ही मैं बाबू से कहूँगी।"

चार

जैसे सागर की लहर आए, और तीर पर का सभी कुछ बहा ले जाए...खेलनेवाले बच्चे, तीर पर छूटे हुए शंख और सीपियाँ ही बटोरकर सन्तोष करें, गुंजा को भी कुछ वैसा ही लगा। नए सिरे से उसने ज़िन्दगी शुरू की। चले गए का मन में जितना दुख था, बचे हुए का उतना ही बड़ा आसरा था। गुंजा इसी आधार पर अटक गई। बिखरे मन को समेटना शुरू कर दिया।

मन तो सिमटा, लेकिन देह को बटोर न सकी। तन की कमज़ोरी धीरे-धीरे बढ़ने लगी। महीने में तीन-चार दिन न नहा सकने की जगह, आठ-आठ दिन तक वह नहा न पाती। इन आठ दिनों में देह से ज़रूरत से अधिक रक्त निकल जाता। कमजोरी बढ़ी, तो बेहोशी के दौरे भी बढ़ने लगे।

चन्दन नई मुसीबत में पड़ा, वैद्यजी हर दूसरे-तीसरे आकर गुंजा को देख जाते, दवा दे जाते। आने-जाने की परेशानी से बचने के लिए वैद्यजी ने गुंजा को चौबेछपरा ही चलने को कहा, लेकिन गुंजा ने अस्वीकार कर दिया। दवा से अच्छा होना है, तो यहाँ रहकर भी अच्छा हुआ जा सकता है।

आषाढ़ लग गया था। पानी एक-दो बार बरस गया तो लोग हल-बैल लेकर खेत जोतने को दौड़े। चन्दन सुस्त रहा।

"समुहुत नहीं करोगे क्या?" गुंजा ने चन्दन से पूछा।

"नहीं, अभी तो मन नहीं करता। इस साल बाढ़ आने की पारी है, भदई बोने से कोई लाभ न होगा?"

"पहले ही ख़राब सोचोगे तो कैसे होगा?"

"जो मेरा मन कहता है, वही मैं करता हूँ, गुंजा! मन के ख़िलाफ़ जब कभी किया है, भोगना पड़ा है।"

गुंजा चुप लगा गई।

आषाढ़ बीतते-बीतते गुंजा ने चारपाई पकड़ ली। चन्दन का एक पैर खंड में, दूसरा घर में रहने लगा। कब गुंजा बेहोश हो जाए, अन्दाज़ नहीं लग पाता। जब वह बाहर जाता, तो रामू को घर में बिठा जाता। रामू को भी उसने नाक दबाकर मुँह पर पानी के छींटे मारने की तरकीब सिखा दी थी। घर में खाना बनाना, खंड में बैलों की देख-रेख करना, फिर गुंजा को सँभालना, समय से दवाई देना, चन्दन के सिर पर यह सब एक ही साथ आ पड़ा।

वैद्यजी की दवा से विशेष लाभ न हुआ, तो चन्दन ने दूसरे वैद्य को बुलाया। बुलाया क्या, वैद्यजी स्वयं ही ले आए। किन्तु हालत में बहुत सुधार न हुआ। चारपाई पर बैठने या उठने के लिए चन्दन को ही सहारा देना पड़ता।

घर का सारा उत्साह थम गया। कोने-कोने में जैसे सूनापन भरने लगा। चन्दन के मुँह पर एक नई उदासी छाने लगी—अजीब-सी करुणा-भरी उदासी! भैंस बिसुक गई थी, सेवा न होने से कुसारी हो रही थी। चन्दन ने गुंजा को बिना बताए ही भैंस को बेच दिया। केवल गाय लगती थी, जिससे घर का काम किसी तरह चल जाता था। दुआर पर के कामों को जल्दी से निपटाकर चन्दन घर आ जाता। कमज़ोर होने से गुंजा चिड़चिड़ी हो गई थी। तनिक-सी देर में मुँह फुला लेती या रोने लगती। चन्दन को उसे मनाने और चुप कराने में ही परेशानी होने लगी। किन्तु चन्दन गुंजा की सेवा में तनिक भी थका नहीं। नियम से गुंजा को भोर में उठाता, दतुअन-कुल्ला कराता, दवाई पिलाता, बिस्तर झाड़ता, दूध देता, वैद्यजी के बताए अनुसार भोजन देता। गुंजा की सेवा में चन्दन तन्मय हो गया—जैसे सेवा करने की मन की कोई पुरानी साध पूरी करने लगा। और गुंजा थी, जो बैसाख की नदी की भाँति धीरे-धीरे कम होने लगी। चेहरे की आभा बिलाने लगी, भरा हुआ गोल मुँह दबने लगा, कनपटी दोनों ओर से दब गई। गाल की हड्डियाँ उभर आईं। देह खाट पर जैसे सट गई। बहुत दिनों से बालों में कंघी नहीं हो पाई थी, इसलिए सिर में खुजली मच रही थी। पहले चारपाई पर बैठकर ही वह कंघी कर लेती, पर जब देह में उतना भी बल नहीं रहा तो वह लाचार हो गई। सिर की चुनचुनाहट जब अधिक बढ़ गई, तो उसने चन्दन से कंघी माँगी। कंघी तो हाथ में पकड़ ली, किन्तु बाँहों में इतनी शक्ति न थी कि कंघी से बालों को खींच सके। हारकर कंघी सिरहाने रख दी। चन्दन ने कंघी ले ली और सिरहाने पीढ़े पर बैठकर गुंजा के बालों में हाथ लगाया।

"अब ये भी करोगे?" गुंजा की आँखें भर आईं।

"जितना इस भाग्य में लिखा है उतना तो करना ही पड़ेगा, गुंजा!"

"अच्छा तो ये होता चन्दन कि कैंची से इन बालों को काट ही देते।"

"क्या?"

"हाँ, मैं ठीक कहती हूँ। मुझमें दम नहीं है कि अब दूसरे-तीसरे इनमें कंघी करूँ, और तुम अकेली देह, क्या-क्या करोगे? बालों में लाटा बँध जाएँगे, तब तो और भी तकलीफ़ होगी।"

"इतने लम्बे-लम्बे बाल फिर कितने दिन में उगेंगे, यह भी सोचती हो!"

"उग के करेंगे ही क्या चन्दन, अब ये किस काम के रहे! अब तो इनको सँवारने में भी लोगों को बुरा लगेगा, कापर करूँ मैं सिंगार..."

चन्दन कुछ नहीं बोला। बालों में कंघी करता रहा। चार-पाँच बार में ही टूटे हुए बालों से कंघी भर जाती। चन्दन जब कंघी साफ़ करने लगा, तो गुंजा फिर बोली, "इन्हें टिकना नहीं है चन्दन, ऐसी बीमारी में ये बाल बचेंगे नहीं। मेरा मोह न करो, इन्हें काट डालो।"

"तुम्हारा मोह मैंने किया ही कब है, गुंजा! और अब मोह करने-न-करने से होता ही क्या है! जैसे देह के लिए दवा खा रही हो, वैसे ही इनके लिए भी तो कुछ होना चाहिए, आखिर ये भी तो उसी देह में हैं।"

"तुम तो मानते ही नहीं हो, मैं तो कहती हूँ कि अब दवा-पानी भी बन्द कर दो। जिससे कुछ लाभ ही न हो, उसे खाना-न-खाना, दोनों बराबर हैं। जब दुख ही भोगना है तो दुनिया-भर की परेशानी में अपने को डालने से क्या लाभ!"

"बक्-बक् न करो, चुपचाप पड़ी रहो। जब बोलना चाहिए था उस समय तो मुँह में ताला पड़ा था, जब चुप रहना चाहिए, तो दुनिया-भर का ज्ञान-उपदेश छाँट रही हो!"

कंघी करने में मुट्ठी-भर बाल टूटकर निकल गए। धरती पर गिरे हुए बालों को फेंकने के लिए चन्दन उठाने लगा, तो करवट घूमकर गुंजा बोली, "देखा, तुम मेरा कहा तो मानते नहीं हो!"

चन्दन कुछ नहीं बोला। जँगले से बालों को गुमेटकर बाहर फेंक दिया। गुंजा फिर टुकुर-टुकुर ताकती रही।

पन्द्रह-बीस दिन बाद गुंजा की हालत सुधरने लगी। सावन की बरसात शुरू हो गई थी। दस-बारह दिन जाते-जाते सोना में जल भर गया। चारों ओर हरियाली छा गई थी। लोगों ने भदई बो दी थी, किन्तु चन्दन था कि गुंजा की बीमारी से कुछ कर ही न पाया। पचीसा ने अपने मन में थोड़ा-सा खेत बो दिया था। खेत और खंड की देख-रेख पचीसा ही करने लगा था। रात को वह अपने घर न रहकर चन्दन के दुआर पर ही सोता, क्योंकि चन्दन के लिए रात में भी घर में ही रहना जरूरी हो गया था।

गुंजा का बुखार धीरे-धीरे घटने लगा। बेहोशी के दौरे भी देर से आने लगे। इस बार वैद्यजी ने नाक में डालने को ऐसी दवा दी थी, जो तुरन्त बेहोशी को दूर कर देती

थी। इसलिए बेहोशी के बाद होनेवाली कमजोरी से गुंजा बचने लगी। वैद्यजी के चेहरे पर प्रसन्नता दिखी, तो चन्दन को अपार खुशी हुई।

सोना का जल धीरे-धीरे ऊपर चढ़ रहा था। भादों लगते ही गंगाजी ने भी ज़ोर पकड़ा, तो सोना और भी उफन गई। दोनों ओर के सरेहों में जल भर गया। बलिहार के चारों ओर बाढ़ आ गई। खेतों की फ़सल एकदम डूब गई, लोग वाहनों पर इधर-उधर आने-जाने लगे।

इन बीस-पच्चीस दिनों में गुंजा की स्थिति काफ़ी सँभल गई थी। किन्तु महीने (मासिक धर्म) के समय फिर से ज़रूरत से अधिक खून जाने लगा। चौथे-पाँचवें दिन तो देह में अपार शिथिलता आ गई। बिस्तरे की चादर अकसर खराब हो जाती। चन्दन ने पचीसा को वैद्यजी के पास चौबेछपरा दौड़ाया।

दोपहर को खाकर गुंजा सो गई थी। सोकर उठने के बाद दवा में मिलाकर देने के लिए चन्दन पान का रस गार रहा था। सोई-सोई ही गुंजा हिचक-हिचककर रोने लगी। चन्दन रस गारना छोड़कर गुंजा को जगाने लगा। गुंजा ने आँखें खोलीं, तो चन्दन को अपने ऊपर झुका देख, उसकी दोनों बाँहें पकड़ जैसे डरकर बोली, "चन्दन!"

"अरे! बात क्या है, रो क्यों रही हो?" और चन्दन आँचल से गुंजा की आँखें पोंछने लगा। गुंजा तेजी के साथ हाँफ रही थी। चन्दन ने फिर पूछा, "आख़िर हुआ क्या? डर गई क्या?"

गुंजा की आँखें एकदम सफ़ेद हो गई थीं। डरी हुई, धँसी आँखों के सफ़ेद कोये अजीब-से लग रहे थे। पाँच-सात मिनट के बाद गुंजा कुछ ठीक हुई, तो उसने चन्दन की बाँहें छोड़ दीं। चन्दन खाट की पाटी पर बैठ गया, तो चित लेटी हुई गुंजा चन्दन का मुँह निहारने लगी।

"कुछ बोलोगी नहीं, क्या सोच रही हो?"

"सोच रही हूँ कि बहिना के ब्याह में कोहबर की रात जब तुम ऊँघ रहे थे, तो तुम्हारे मुँह पर पानी डालकर, आँचल से मैंने तुम्हारा मुँह पोंछा था, याद है चन्दन! और आज, तुम मेरे आँसू पोंछ रहे हो!"

लू की गरम बयार जैसे देह के असंख्य रोंगटे खड़े कर दे, चन्दन वैसी ही बयार की चपेट में आ गया।

"भूल गए क्या, चन्दन!"

"नहीं, याद है गुंजा, और यह भी याद है कि उसी रात तुमने एक शर्त भी बदी थी, लेकिन शर्त क्या थी, आज तक मेरी समझ में नहीं आया।"

गुंजा की आँखों की कोरों से फिर टप्-टप् आँसू गिरने लगे। चन्दन के मुँह पर निगाह गड़ा जैसे कहीं दूर देखती हुई ज़ोर लगाकर साँस खींचकर बोली, "अच्छा ही हुआ चन्दन, जो नहीं समझे, वह तो ऐसी शर्त थी, जिसमें हम दोनों ही हार गए।"

गुंजा की साँस फिर तेज़ चलने लगी। कमर के नीचे बिस्तरे की चादर खून से तर हो गई थी। चादर बदलने के लिए चन्दन ने गुंजा को करवट लिवाया तो मूर्च्छा का आक्रमण हो गया और वह आँखें मूँदकर जैसे किसी शून्य में खो गई।

चन्दन उसकी नाक में दवा डालकर, बेहोशी दूर होने की प्रतीक्षा में, चिन्तित, डरे मन से, उसके सिरहाने बैठ गया। गुंजा के चेहरे पर पसीने की बूँदें मोती के दानों की तरह उभरने लगीं। चन्दन अपने गमछे से धीरे-धीरे उन्हें पोंछता जा रहा था। लगभग बीस-पच्चीस मिनट के बाद गुंजा ने फिर पहले ही-सी डरी हुई आँखें खोल दीं। चारों ओर देखकर बोली, "चन्दन!"

"क्या है?"

"सामने आओ, इस तरफ़।"

चन्दन गुंजा की खाट की दाहिनी पाटी पर बैठ गया। गुंजा का चेहरा इस बार पहले से अधिक भयभीत लग रहा था—बेहद डरा हुआ।

"मैं यहीं हूँ गुंजा, तुम इतनी घबराती क्यों हो?"

"मैंने अभी एक सपना देखा है चन्दन, कि आसमान में चारों ओर काले-काले घटाटोप बादल घिरे हैं, और एक बहुत चौड़ी नदी है, जिसके किनारे बहुत ऊँचे हैं। उसी के किनारे-किनारे, आगे-आगे तुम, पीछे-पीछे मैं चल रही हूँ...!" गुंजा की साँस फिर तेज़ होने लगी, सीना फूलने-चिपकने लगा। बहुत ही कोशिश के साथ वह फिर कहने लगी, "और चन्दन, मेरी गोद में एक छोटा-सा बच्चा है। बच्चे को गोद में चिपकाए, तुमसे सटी हुई मैं जल्दी-जल्दी दौड़ रही हूँ। और बलिहार के लोग हम लोगों को खेदते हुए पीछे-पीछे चले आ रहे हैं। एकाएक तुम्हारे पाँव के नीचे का कगार फट जाता है और तुम नदी में गिरकर डूब जाते हो। चन्दन, तुम डूब जाते हो।"

साँस फिर तेज़ हो चली। मुँह पसीने से तर होने लगा। चन्दन उसके मुँह पर हवा करते हुए बोला, "लेकिन तुम हाँफती क्यों हो? सपने से इतना क्यों डरती हो?"

"नहीं-नहीं, चन्दन, मेरे सपने झूठे नहीं होते। ब्याह के पहले भी जो सपना देखा था, वह एकदम सच हुआ। अब यह भी सच होगा क्या? क्या कभी ऐसा भी हो सकता है, चन्दन?" हाँफती हुई बेहद डरे स्वर में गुंजा बोली, "तब क्या होगा?" फिर गले से हल्की-सी आवाज निकलते-निकलते गले में अटक गई। गुंजा की आँखें मुँद गईं। चेहरा शान्त, स्निग्ध और शीतल हो गया।

चन्दन ने समझा, बेहोशी का दौरा आया है। नाक में दवा डाल, गुंजा के होश में आने की प्रतीक्षा में वह चुपचाप बैठा रहा।

उसी समय वैद्यजी पहुँचे। बेटी की नासिका पकड़ी तो चौंक गए। कनपटी के नीचे दबी हुई हथेली पकड़कर बाँह सीधी करने लगे, तो चन्दन गुंजा का सिर उठा सहारा देने लगा।

"छोड़ दो चन्दन, अब छोड़ दो।"

"क्यों, क्या हुआ?"

"जो होना था सो हो गया, चन्दन! गुंजा चली गई।"

पाँच

बँसवारी में पानी भरा था। बाढ़ के दिनों में साँप प्राय: इन बाँसों पर ही लिपटे रहते थे, इसलिए बाँस काटना ख़तरनाक काम था। साँझ हो चली थी, इसलिए यह काम और भी कठिन था, किन्तु बाँस तो काटना ही था। चन्दन चुपचाप दीवार के सहारे पीठ टेककर जड़वत् बैठा था। सभी लोग उसे समझा रहे थे, वैद्यजी बार-बार उससे उठने को कह रहे थे कि देर हो रही है चन्दन, बाढ़-बूड़े का दिन, अन्त्येष्टि-क्रिया आज ही हो जानी चाहिए। किन्तु चन्दन पर इसका कोई असर नहीं हुआ। कफ़न पहनाना था। देर हो रही थी। पचीसा आया और चन्दन की दोनों काँखों में पीछे से हाथ लगा, जबरदस्ती उठाकर आँगन में ले आया। बाँस भी वही काट लाया था।

अर्थी बन गई थी। गुंजा के शव को स्नान कराकर कफ़न पहना दिया गया, तो घर में से विमान पर रखने के लिए वैद्यजी ने चन्दन का कन्धा पकड़कर उठाया।

"क्या है?"

"उठो, हमारे साथ भीतर आओ।"

चन्दन चुपचाप उठ गया। घर में गुंजा कफ़न में लिपटी हुई धरती पर पड़ी थी।

"यह क्या?" चन्दन ठिठक गया।

"कुछ नहीं चन्दन, कुछ नहीं, धीरज धरो। आओ, उठाने में सहारा दो। मन में ढाढ़स करो, चन्दन! लो, गर्दन और कन्धों के नीचे हाथ लगाओ।"

गर्दन की ओर चन्दन और पैर की ओर से वैद्यजी ने शव को उठाकर आँगन में रखे हुए विमान पर लिटा दिया। लोग अर्थी उठाने को तैयार खड़े थे। सबसे पहले रामू को कन्धा लगाना था। वैद्यजी कुछ बोल न पाए। फिर चन्दन ने अर्थी में हाथ लगाया। एक ओर चन्दन, दूसरी ओर वैद्यजी, पीछे की ओर गाँव के दो आदमी और। अर्थी मचर-मचर करती हुई कन्धों पर उठ गई, 'ले बाबुल घर आपनो, मैं चली पिया के देश...'

मरघट तो पानी में डूबा था, जलाने की कोई सुविधा न थी, शव को केवल जल में प्रवाह कर देना था। गंगाजी का जल तो चारों ओर फैला था, किन्तु शव को गंगा की मुख्य धारा में ही डालना था। गंगाजी वहाँ से लगभग दो मील पड़ती थीं। गाँव के किनारे चार डोंगियाँ आदमियों से भरी हुई तैयार थीं। पाँचवीं डोंगी के बीच की जगह चाँचर से पाटकर अर्थी रखने के लायक बनाई गई थी। अगली फेंग पर चन्दन, वैद्यजी और रामू बैठे। पीछे की ओर तीन-चार लोग।

आगे-पीछे, अगल-बगल, पाँचों डोंगियाँ बरसात की उस अँधेरी रात में गंगाजी की ओर बढ़ चलीं। सुनसान, भयानक रात, केवल एक नाव पर जलती लालटेन का प्रकाश आगे की राह दिखा रहा था। आकाश के घने, काले, भूरे बादलों ने विदा की इस बेला को और भी भारी कर दिया था।

बलिहार छूटा। गंगापुर की घनी बँसवारियों से भी आगे निकल गए। गंगाजी की मुख्य धारा अभी आधा मील थी। बाढ़ का उफनता हुआ जल, लोगों के मन में और भी भय भर रहा था।

गंगा की बीच धारा में जब डोंगियाँ पहुँच गईं तो पुरोहित ने गुंजा के मुँह पर का कपड़ा हटाते हुए कहा, "बेटी का मुँह आख़िरी बार देख लीजिए, वैद्यजी!" वैद्यजी कुछ पास सरक आए। लालटेन की रोशनी मुँह पर कर दी गई। वैद्यजी पीछे हटते हुए बोले, "चन्दन, तुम भी आ जाओ।"

चन्दन ने पास आकर गुंजा के मुँह पर का कपड़ा अच्छी तरह हटा दिया। लालटेन अपने हाथ में लेकर बत्ती उकसाकर रोशनी तेज़ कर दी। घुँघराले बाल, उभरे ललाट के नीचे मुँदी हुई आँखें—जैसे गाढ़ी निद्रा में लीन।

"वैद्यजी मुँह तोप दूँ?" चन्दन ने पूछा।

वैद्यजी फफककर रो पड़े।

चन्दन ने मुँह ढँक दिया। आगे-पीछे दोनों बाँसों में मिट्टी के चार घड़े मजबूती से बाँध दिए गए। दो डोंगियाँ कठिनाई से सटाकर, पानी में अर्थी उतारी जाने लगी। एक ओर के बाँस चन्दन पकड़े था, दूसरी ओर के दो आदमी।

"चन्दन, साध के छोड़ना, एक साथ।" वैद्यजी बोले।

पहले घड़ों में जल भर दिया गया, फिर लोग एक-दूसरे से छोड़ने के लिए कहने लगे। किन्तु चन्दन था, जो बाँस को पकड़े रहा।

"चन्दन, छोड़ो! छोड़ो चन्दन! ख़तरा करोगे क्या? बढ़ी गंगा की धारा है, नाव उलट जाएगी।"

वैद्यजी ने चन्दन का हाथ झकझोरकर छुड़ा दिया। गहरे, अतल जल में गुंजा समा गई। हल्की-सी एक भँवर आई, लेकिन साधकर, हिसाब से नावें बलिहार को मोड़ दी गईं। गाँव की ओर पीठ करके बैठा हुआ चन्दन भँवरों से भरी हुई उस मटमैली धारा को थोड़ी देर चुपचाप देखता रहा। फिर अपने मुड़े हुए दोनों घुटनों के बीच सिर टेक, उसने आँखें मूँद लीं।